一学就会魔法书（第 2 版）

Photoshop CS3 数码照片处理 200 例
（全彩版）

九州书源　编著

清华大学出版社

北　京

内 容 简 介

　　Photoshop CS3 是目前最流行的图像处理软件之一，在许多领域都得到了广泛的应用，而对数码照片的处理更是 Photoshop CS3 的强项。本书是一本帮助用户快速掌握数码照片处理技巧的书籍，主要内容包括对照片的基本处理、处理照片中的光源问题、修复照片、人物美容、照片合成与风景照处理、为照片添加特效、在照片中添加文字效果、为照片添加边框、照片的商业应用等。

　　本书深入浅出、图文并茂、以图析文、直观而生动，通过对实例的讲解，潜移默化地帮助读者巩固所学知识，使读者能学以致用、举一反三。每章后面附有大量丰富生动的练习题供读者练习，从而达到熟能生巧的目的。

　　本书定位于图形图像处理的初、中级用户，可供平面设计人员、摄影爱好者等相关人士参考，也可供电脑培训学校作为 Photoshop 软件的培训教材使用。

图书在版编目（CIP）数据

Photoshop CS3 数码照片处理 200 例（全彩版）/九州书源编著. —2 版. —北京：清华大学出版社，2009.7
　（一学就会魔法书）
　　ISBN 978-7-302-19826-0

I. P… II. 九… III. 图形软件，Photoshop CS3　IV. TP391.41

中国版本图书馆 CIP 数据核字（2009）第 046749 号

责任编辑：刘利民　朱英彪　郭　伟
封面设计：刘洪利　刘　超
版式设计：王世情
责任校对：焦章英
责任印制：孟凡玉
出版发行：清华大学出版社　　　　　　　　地　　　址：北京清华大学学研大厦 A 座
　　　　　http://www.tup.com.cn　　　　　　邮　　　编：100084
　　　　　社　　总　　机：010-62770175　　邮　　购：010-62786544
　　　　　投稿与读者服务：010-62776969，c-service@tup.tsinghua.edu.cn
　　　　　质　量　反　馈：010-62772015，zhiliang@tup.tsinghua.edu.cn
印　刷　者：北京市世界知识印刷厂
装　订　者：三河市新茂装订有限公司
经　　销：全国新华书店
开　　本：185×260　印　张：24　字　数：554 千字
　　　　　（附 DVD 光盘 1 张）
版　　次：2009 年 7 月第 2 版　　印　　次：2009 年 7 月第 1 次印刷
印　　数：1～5000
定　　价：69.80 元

产品编号：032052-01

再致亲爱的读者

——一学就会魔法书（第2版）序

首先感谢您对"一学就会魔法书"的支持与厚爱！

"一学就会魔法书"（第1版）自2005年出版以来，曾在全国各大书店畅销一时，先后有近百万读者通过这套书学习了电脑相关技能，被全国各地400多家电脑培训机构、机关、社区、企业、学校选作培训教材，截至目前，这套书累计销售近100万册，其中5种荣获2006年度"全国优秀畅销书"奖。

许多热心读者反映，通过"一学就会魔法书"学会了电脑操作，为自己的工作与生活带来了乐趣。有的读者希望增加一些新的品种；有的读者反映一些知识落后了，希望能出新的版本。为了满足广大读者的需求，我们对"一学就会魔法书"进行了大幅度更新，包括内容、版式、封面和光盘运行环境的更新与优化，同时还增加了很多新的、流行的品种，使内容更加贴近读者，与时俱进。

"一学就会魔法书"（第2版）继承了第1版的优点："轻松活泼""起点低，入门快"和"情景式学习"等，力求让读者把一个个电脑技能当作"魔法"来学习，在惊叹电脑神奇的同时，轻松掌握操作电脑的技能。

一、丛书内容特点

本丛书内容有以下特点：

（一）情景式教学，让电脑学习轻松愉快

本丛书为读者设置了一个轻松、活泼的学习情境，书中以一个活泼可爱的"小魔女"的学习历程为线索，循着她学习的脚步，读者可以掌握一项项技能，解决一个个问题，同时还有一个"魔法师"循循善诱，深入浅出地讲解各个知识点，并不时提出学习建议。情景式学习，寓教于乐，让学习轻松、愉快、充满情趣。

（二）动态教学，操作流程一目了然

为了让读者更为直观地看到操作的动态过程，本丛书在讲解时尽量采用图示方式，并用醒目的序号标示操作顺序，且在关键处用简单的文字描述，在有联系的图与图之间用箭头连接起来，将电脑上的操作过程动态地体现在纸上，让读者在看书的同时感觉就像在电脑上操作一样直观。

（三）解疑释惑让学习畅通无阻，动手练习让学习由被动变主动

"魔力测试"让您可以随时动手，"常见问题解答"帮您清除学习路上的"拦路虎"，"过关练习"让您能强化操作技能，这些都是为了让读者主动学习而精心设计的。

本丛书中穿插的"小魔女"的各种疑问就是读者常见的问题，而"魔法师"的回答让读者豁然开朗。这种一问一答的互动模式让学习畅通无阻。

二、光盘内容及其特点

本丛书的光盘是一套专业级交互式多媒体光盘，采用全程语音讲解、情景式教学、详细的图文对照方式，通过全方位的结合引导读者由浅至深，一步一步地完成各个知识点的学习。

（一）多媒体教学演示，如同老师在身边手把手教您

多媒体演示中，通过3个虚拟人物再现了一个学习过程：一个活泼可爱的"小魔女"提出各式各样的问题，引出了各个知识点的学习任务；安排了一个知识渊博的"魔法师"耐心、详细地解答问题；另外还安排了一个调皮的"小精灵"，总是在不经意间让您了解一些学习的窍门。

（二）多媒体教学练习，边看边练是最快的学习方式

通过"新手练习"按钮，用户可以边学边练；通过"交互"按钮，用户可以进行模拟操作，巩固学到的知识。

（三）素材、源文件等学习辅助资料一应俱全

模仿是最快的学习方式，为了便于读者直接模仿书中内容进行操作，本书光盘提供所有实例的素材和源文件，读者可直接调用，非常方便。

（四）赠品：提供多款安装软件（试用版），不用额外去获取

为了方便读者，本光盘提供了"Office 2007"简体中文测试版软件、"卡巴斯基"杀毒软件（免费使用1个月）、微点主动防御软件——电脑病毒免疫专家（免费使用3个月），还附带了多种工具软件，如屏幕录制软件等。

（五）赠品：额外提供更加深入的多媒体演示和相关素材

为了便于读者深入学习，本光盘在"软件与赠品"目录下额外提供了更加深入的多媒体教学演示和相关素材，读者可根据该内容自行学习。

九州书源

2

前言

如果您是一个旅行家或是一个摄影爱好者，每到一个地方，恐怕都会使用数码相机记录下您的足迹，但是因为种种原因您拍摄的照片可能会存在一些瑕疵尚需美化和修饰，这时该怎么办呢？

《Photoshop数码照片处理200例》就可以帮您解决这些问题。本书通过编辑处理200个数码照片，详细介绍了修复照片、美化照片等操作，即使您对使用Photoshop处理数码照片一窍不通，只要与书中的"小魔女"一起学习，相信您会很快成为一名处理数码照片的高手。

↗ 本书内容

数码照片的处理是一项非常专业的技术工作，家庭用户怎样才能轻松掌握呢？本书针对家庭用户的特点在内容上作了精心的安排，使其在本书的引导下可以循序渐进地掌握数码照片处理的相关知识。本书共10章，可分为以下5个部分：

章　节	内　容	目　的
第1部分（第1、2章）	照片的基本处理	掌握照片的基本处理方法和光源的处理
第2部分（第3～5章）	人物及风景照的处理	掌握修复照片、美化人物和照片的处理技巧
第3部分（第6～7章）	为照片添加特效	认识照片处理中特效的应用
第4部分（第8～9章）	为照片添加文字及边框	了解在照片中添加文字和边框的方法
第5部分（第10章）	照片的商业应用	掌握使用照片制作纪念册、胸卡等实际应用

↗ 本书适合的读者对象

本书适合以下读者：

（1）对数码摄影感兴趣的家庭用户。

（2）从事数码摄影及后期处理工作的人员。

↗ 如何阅读本书

本书每章均按照"本章要点+内容导读+本章内容+过关练习"的结构进行讲述。

❖ **本章要点**：以简练的语言列出本章要点，使读者对本章将要讲解的内容一目了然。

❖ **内容导读**：通过"小魔女"和"魔法师"的对话引出本章内容，活泼生动的语言让人读来兴趣盎然，同时可以了解学习本章的原因和重要性。

❖ **本章内容**：分别讲解与本章相关的用Photoshop处理数码照片的实例，并且在讲解

过程中尽量配图，使讲解更加通俗易懂。

❖ **过关练习**：列举一些上机操作题，以提高读者的实际动手能力。

另外，了解以下几点更有利于学习本书。

（1）本书设计了调皮好学的"小魔女"和知识渊博的"魔法师"两个人物，分别扮演学生和老师的角色，本书内容就由他们贯穿始终。读者可以结合多媒体教学光盘，随着"小魔女"的学习步伐，听听"魔法师"的讲解，通过互动式学习掌握电脑的基本操作。

（2）本书在讲解每个实例时尽量采用图示方式，用 **1**、**2**、**3** 表示操作顺序，并在关键步骤用简单的文字描述，体现操作的动态变化过程，读者只要结合文字讲解就可以很容易地学会相应操作。

（3）本书将知识点贯穿于实例中，根据知识的难易程度安排每个实例的先后顺序，使读者在轻松的环境下快速完成Photoshop的学习，并能处理数码照片。

（4）本书中穿插了"小魔女"和"魔法师"的提示语言以及魔法档案和魔力测试两个小栏目。看到"小魔女"、"魔法师"和"魔法档案"可要提高警惕哟，它们都是需要重点注意的地方。"魔力测试"实际就是强化知识点的小练习，只要即时练习，趁热打铁，就能记忆深刻。

（5）过关练习是巩固所学知识点和提高动手能力的关键，必须综合运用前面所学的知识点才可能做出来。建议读者一定要正确做完所有题目后再进入下一章的学习。

➔ 创作队伍

本书由九州书源组织编著，参与编写的有向利、徐云江、明春梅、陆小平、袁松涛、杨明宇、段里、官小波、汪科、方坤、牟俊、陈良、范晶晶、唐青、张春梅、董娟娟、李伟、余洪、杨颖、张永雄、吴永恒、赵华君、李显进、赵云、林涛、朱鹏、蒲涛、徐倾鹏、程云飞、常开忠、孙兵、刘成林、李鹏、彭启良、张笑、骆源、张正荣。在此对大家的辛勤工作表示衷心的感谢！

对于本书，我们已经努力做到了"好"，您尽可以放心地阅读和学习，相信它会成为您的良师益友。若您在阅读过程中遇到困难或疑问，可以给我们写信，我们的E-mail是book@jzbooks.com。我们还专门为本书开通了一个网站，以解答您的疑难问题，网址是http://www.jzbooks.com。

编　者

目 录
MULU

第1章 照片的基本处理

第2章 处理照片中的光源问题

第3章 修复照片

目 录

魔法书

第4章 人物美容

第5章 合成照片与处理风景照

魔法书

第6章　为照片添加特效（一）

速写效果

版画效果

第7章 为照片添加特效（二）

第8章　在照片中添加文字效果

Photoshop CS3数码照片处理200例（全彩版）

第9章 为照片添加边框

魔法书

第10章 照片的商业应用

第1章

照片的基本处理

多媒体教学演示：24分钟

原来Photoshop可以处理照片，我那些照得不好的照片有救了！

魔法师：小魔女，旅游回来啦？

小魔女：嗯！我还照了许多照片呢！

魔法师：呵呵，那你想让这些照片更美观吗？

小魔女：当然想啊！

魔法师：你用Photoshop对这些照片进行必要的处理就可以了！

小魔女：可我不会使用Photoshop啊，您要教教我哦。

魔法师：好的，那先教你一些照片的基本处理技巧吧！

第1例　调整照片大小

　素　材：\素材\第1章\茶.jpg

知识要点
★ 启动Photoshop
★ 打开图像
★ "图像大小"命令

制作要领
★ 图像大小的调整
★ 图像显示大小的调整

　步　骤　讲　解

步骤1　选择【开始】/【所有程序】/【Adobe Design Premium CS3】/【Adobe Photoshop CS3】命令，启动Photoshop CS3，如图1-1所示。

步骤2　选择【文件】/【打开】命令，弹出"打开"对话框，在"查找范围"下拉列表框中选择图像保存的位置，在其下的列表框中选择"茶.jpg"图像，如图1-2所示。

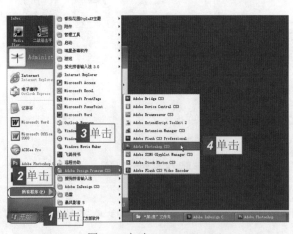

图1-1　启动Photoshop CS3

图1-2　选择图像

步骤3　单击 打开⑩ 按钮，所选图像将被打开，如图1-3所示。

步骤4　将鼠标光标移动到图像的标题栏中，单击鼠标右键，在弹出的快捷菜单中选

一学就会魔法书

择"图像大小"命令,如图1-4所示。

图1-3 打开图像

图1-4 选择"图像大小"命令

步骤5 弹出"图像大小"对话框,在"像素大小"栏的"宽度"文本框中输入图像的宽度,这里输入"600",这时图像的高度也会相应地呈等比例缩放,如图1-5所示。

步骤6 单击 **确定** 按钮,可使图像按设置缩小,但显示比例却没有变化。这时在工具箱中选择"缩放"工具 🔍,将鼠标光标移动到图像中,单击即可放大图像的显示效果,如图1-6所示。

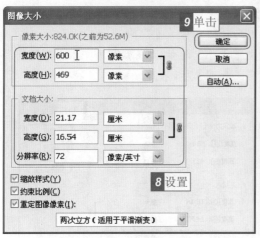

图1-5 调整图像大小

图1-6 放大图像的显示效果

 魔法档案

将输入法切换到英文状态下,按【Ctrl+ +】键可放大图像的显示效果,按【Ctrl+ -】键可缩小图像的显示效果。

第2例　调整照片分辨率

素　材：\素材\第1章\春.jpg
源文件：\源文件\第1章\春.psd

知识要点	制作要领
★ 打开图像	★ 分辨率的修改
★ 修改图像分辨率	★ 图像的放大
★ 放大图像	

 步骤讲解

步骤1　启动Photoshop CS3后，在工作界面的灰色部分双击，弹出"打开"对话框。

步骤2　在该对话框的"查找范围"下拉列表框中选择图像的保存位置，在其下的列表框中选择"春.jpg"图像，如图2-1所示。

步骤3　单击 **打开(O)** 按钮，打开选择的图像。将鼠标光标移动到图像的标题栏，单击鼠标右键，在弹出的快捷菜单中选择"图像大小"命令。

步骤4　弹出"图像大小"对话框，在"文档大小"栏的"分辨率"文本框中即可修改图像的分辨率，这里输入"72"，如图2-2所示。

图2-1　选择图像

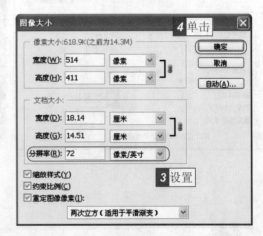

图2-2　修改图像分辨率

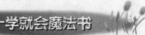

步骤5　单击 确定 按钮，完成设置图像分辨率的操作，如图2-3所示。

步骤6　多次按【Ctrl++】键将图像的显示调整为100%，然后将鼠标光标移动到图像的右边缘，按住鼠标左键不放并拖动以完全显示图像，如图2-4所示。

图2-3　修改分辨率后的效果

图2-4　放大图像

哦，那调节照片分辨率的大小有什么用呢？

分辨率的大小决定了照片文件的大小和显示效果，为了更方便、快速地将照片上传到网络中，修改照片的分辨率是非常必要的。

第3例　调整照片模式

素　材：\素材\第1章\合照.jpg
源文件：\源文件\第1章\合照.psd

　知识要点　　　　　　制作要领

★ "灰度"命令　　　★ 调整照片模式

★ "存储"或"存　　★ 保存照片
　储为"命令

 步骤讲解

步骤1 在Photoshop CS3工作界面的灰色部分双击，弹出"打开"对话框。

步骤2 在该对话框的"查找范围"下拉列表框中选择图像保存的位置，在其下的列表框中选择"合照.jpg"图像，然后单击 打开(O) 按钮，打开选择的图像，如图3-1所示。

步骤3 选择【图像】/【模式】命令，在弹出的子菜单中将显示出可调整的照片模式，这里选择"灰度"命令。

步骤4 这时将自动弹出"信息"提示对话框，询问用户是否执行该操作，单击 扔掉 按钮，将扔掉照片中的颜色使照片变为灰度模式，如图3-2所示。

图3-1　打开照片　　　　　　　　　　　图3-2　修改照片模式

步骤5 完成照片模式的调整后，选择【文件】/【存储】命令即可保存照片的设置。选择【文件】/【存储为】命令，将弹出"存储为"对话框。

步骤6 在"保存在"下拉列表框中选择保存照片的位置，在"文件名"文本框中输入保存照片的文件名，在"格式"下拉列表框中选择保存照片的格式为".psd"，如图3-3所示。

魔法档案

　　默认情况下数码照片的模式为RGB模式，即多色彩调和模式，该模式下的照片色彩丰富，更接近于现实效果（彩照效果）。但根据照片的不同用途经常修改和调整照片的模式，如设置为灰度模式和CMYK模式。其中，灰度模式即为扔掉照片颜色，只将照片以黑白显示（黑白照片的效果）；CMYK模式即打印模式，在该模式下打印照片，照片的色彩不易失真。

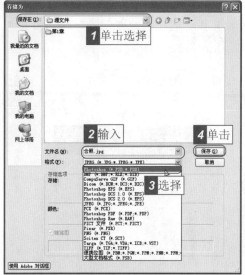

图3-3　"存储为"对话框

魔法档案

　　JPG格式为图像模式,一般情况下使用数码相机拍摄的照片将自动保存为该格式,在该格式下用户可以直接查看照片的效果;而PSD格式为Photoshop CS3的文档格式,主要用于保存对照片的修改,一般情况下不可视。

第4例　裁剪照片

素　材:\素材\第1章\裁剪.jpg
源文件:\源文件\第1章\裁剪.psd

知识要点
★切换显示模式
★复制图层
★"裁剪"命令

制作要领
★调整裁剪区域
★裁剪照片

 步 骤 讲 解

步骤1　启动Photoshop CS3后,在工作界面的灰色部分双击,弹出"打开"对话框。

步骤2　在该对话框的"查找范围"下拉列表框中选择图像的保存位置,在其下的列表框中选择"裁剪.jpg"图像,然后单击 打开① 按钮,打开选择的图像,如图4-1所示。

步骤3 按两次【F】键切换到带有菜单栏的全屏模式，在"图层"面板中选择"背景"图层，然后按住鼠标左键不放将其拖动到"创建新图层"按钮 上方，如图4-2所示。

图4-1 打开照片

图4-2 拖动图层

步骤4 释放鼠标左键即可复制拖动的图层。在工具箱中选择"裁剪"工具 ，将鼠标光标移动到照片的位置，然后按住鼠标左键不放绘制裁剪区域。

步骤5 释放鼠标完成裁剪区域的创建。这时在照片的四周将出现调节柄，通过拖动调节柄可调整裁剪区域的大小。这里将鼠标光标移动到照片上方的控制柄处，当其变为 形状时，按住鼠标左键不放向下拖动，直到拖动到满意的位置为止，如图4-3所示。

步骤6 将鼠标光标移动到编辑区中，单击鼠标右键，在弹出的快捷菜单中选择"裁剪"命令，裁剪照片，如图4-4所示。

图4-3 调整裁剪区域

图4-4 裁剪照片

第5例 调整照片角度

素　材：\素材\第1章\花.jpg
源文件：\源文件\第1章\花.psd

知识要点	制作要领
☆ "自由变换"命令	☆ 复制图层
	☆ 填充背景色
☆ 扩展编辑区	☆ 旋转照片
	☆ 裁剪照片

 步骤讲解

步骤1 选择【文件】/【打开】命令，打开光盘中提供的素材文件"花.jpg"，如图5-1所示。

步骤2 按两次【F】键切换到带有菜单栏的全屏模式，在"图层"面板中拖动"背景"图层到"创建新图层"按钮上方复制一个图层，如图5-2所示。

图5-1 打开照片

图5-2 复制图层

步骤3 选择"背景"图层，设置背景颜色为"白色"。按【Ctrl+Delete】键以背景颜色填充图层，"背景"图层将变为白色。

步骤4 选择复制的图层，选择【编辑】/【自由变换】命令，在照片四周将出现控制柄，将鼠标光标移动到照片的边角上，当其变为 形状时按住鼠标左键不放将照片逆时针旋转90°。将鼠标光标移动到编辑区中，当其变为 形状时，拖动照片的位置，使其顶部和编辑窗口对齐，如图5-3所示。

步骤5 按【Enter】键完成照片的自由变换，接着在工具箱中选择"裁剪"工具，

将鼠标光标移动到编辑窗口中，沿着图像绘制一个裁剪区域。

步骤6 将鼠标光标移动到照片下方的控制柄处，当其变为 ↕ 形状时按住鼠标左键不放向下拖动，直到裁剪区域能完全控制照片为止，如图5-4所示。

图5-3　移动照片位置　　　　　　　　　图5-4　调节裁剪区域

步骤7 将鼠标光标移动到裁剪区域中，单击鼠标右键，在弹出的快捷菜单中选择"裁剪"命令，完成照片的裁剪。如果发现裁剪后的照片仍有不满意的地方，可再次执行"裁剪"命令。

第6例　翻 转 照 片

素　材：\素材\第1章\翻转.jpg
源文件：\源文件\第1章\翻转.psd

知 识 要 点	制 作 要 领
★ "水平翻转"命令	★ 照片的翻转

步骤1 选择【文件】/【打开】命令，打开光盘中提供的素材文件"翻转.jpg"，如图6-1所示。

步骤2 按两次【F】键切换到带有菜单栏的全屏模式，在"图层"面板中拖动"背景"图层到"创建新图层"按钮 ⬚ 上方复制一个图层。

一学就会魔法书

步骤3 选择【编辑】/【变换】命令，在弹出的子菜单中选择一种翻转命令即可，这里选择"水平翻转"命令，效果如图6-2所示。

图6-1 打开照片　　　　　　　　　　图6-2 水平翻转照片

魔法档案

选择【编辑】/【自由变换】命令或按【Ctrl+T】键，使照片进入到自由编辑的状态，将鼠标光标移动到编辑区中，单击鼠标右键，在弹出的快捷菜单中选择相应命令也可翻转照片。

魔力测试

在Photoshop CS3中打开任意一张照片，对其进行调整大小、裁剪、翻转等操作。

第7例 拖移粘贴照片

素　材：\素材\第1章\秋.jpg
源文件：\源文件\第1章\新文档.psd

知识要点
★ "新建"命令
★ 设置文档属性

制作要领
★ 新建文档
★ 移动图像
★ 调节图像大小

步骤讲解

步骤1 选择【文件】/【打开】命令，打开光盘中提供的素材文件"秋.jpg"，如图7-1所示。

步骤2 选择【文件】/【新建】命令，弹出"新建"对话框，在"名称"文本框中输入"新文档"，在"宽度"文本框中输入"700"，在"高度"文本框中输入"500"，在"分辨率"文本框中输入"72"，在"颜色模式"下拉列表框中选择"RGB颜色"，如图7-2所示。

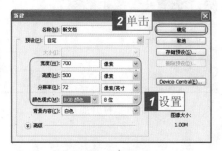

图7-1　打开照片　　　　　　　　　　　图7-2　新建空白文档

步骤3 单击 确定 按钮完成新文档的创建。将鼠标光标移动到"秋.jpg"中，按住鼠标左键不放，拖动鼠标光标到"新文档"中，释放鼠标即可发现"秋"文档中的图像被复制拖移到了"新文档"中，如图7-3所示。

步骤4 按两次【F】键切换到带有菜单栏的全屏模式，选择【编辑】/【自由变换】命令或按【Ctrl+T】键，在图像四周将出现控制柄。在属性栏中单击❸图标，并在W、H任一文本框中输入缩放比例，图像将进行正比例缩放，如图7-4所示。

图7-3　拖移图像　　　　　　　　　　图7-4　自由变换图像

步骤5 按两次【Enter】键完成图形的自由变换。

魔法档案

　　在自由变换图像时，如果所选图像相对于文档过大，在变换图像的过程中需要将图像的中心点移动到文档的中心，这样可以避免缩放图像后图像却不出现在文档中。

第8例 去除照片中的日期

素　材：\素材\第1章\删除日期.jpg
源文件：\源文件\第1章\删除日期.psd

知识要点	制作要领
★ "修补"工具	★ 填充区域的选取
★ 移动选区	
★ 取消选区	

步骤讲解

步骤1 选择【文件】/【打开】命令，打开光盘中提供的素材文件"删除日期.jpg"。

步骤2 在工具箱中按住"修复画笔"工具 不放，在弹出的工具选项中选择"修补"工具 ，此时鼠标光标变为 形状。

步骤3 将鼠标光标移动到照片中日期的上方，按住鼠标左键不放，绘制一个选区将日期框选，如图8-1所示。

步骤4 将鼠标光标移动到创建的选区内，按住鼠标左键不放拖动选区，这时拖动选区选取的图像将自动替换原选区中的图像，如图8-2所示。

图8-1 框选日期

图8-2 修复图像

第9例　制作玫瑰女孩

素　材：\素材\第1章\玫瑰.jpg、女孩.jpg
源文件：\源文件\第1章\玫瑰女孩.psd

知识要点
★ "仿制图章"工具
★ 设置工具属性
★ 取点

制作要领
★ 原点位置的选取
★ 涂抹位置

步骤讲解

步骤1 选择【文件】/【打开】命令，打开光盘中提供的素材文件"玫瑰.jpg"、"女孩.jpg"。

步骤2 在工具箱中选择"仿制图章"工具，单击"女孩"文档使其成为当前文档。

步骤3 在工作区上方的选项区域中设置"不透明度"为"70%"，"流量"为"60%"。将鼠标光标移动到女孩的鼻尖上方，按住【Alt】键的同时单击鼠标左键取样，如图9-1所示。

步骤4 单击"玫瑰"文档使其成为当前文档，按【[】键或【]】键调整"仿制图章"工具的大小，然后按住鼠标左键不放进行涂抹，"女孩"文档中的图像将沿着选取原点逐渐显示出来，如图9-2所示。

图9-1　取样

图9-2　复制图像

一学就会魔法书

第10例 调整照片构图

素　材：\素材\第1章\玫瑰.jpg、女孩.jpg
源文件：\源文件\第1章\玫瑰女孩.psd

知识要点	制作要领
★ "魔棒"工具	★ 颜色的选取
★ 设置工具属性	★ 反选图形
★ 移动图形	★ 填充图形

 步骤讲解

步骤1 选择【文件】/【打开】命令，打开光盘中提供的素材文件"女孩.jpg"（如图10-1所示）可以发现在该照片中女孩处于绝对居中位置，而将照片的主体对象绝对居中将影响到照片的构图，使其显得过于大众化。

步骤2 在工具箱中选择"快速选择"工具，按住它不放，在弹出的工具选项中选择"魔棒"工具，在工作区上方的选项区域中单击"添加到选区"按钮，在"容差"文本框中输入"20"，将鼠标光标移动到文档中单击选择绿色背景，如图10-2所示。

图10-1　查看照片布局

图10-2　选择背景颜色

步骤3 选择【选择】/【反向】命令或按【Shift+Ctrl+I】键反选图像。

步骤4 按【Ctrl+C】键复制选择的图像，按【Ctrl+V】键粘贴图像。按住【Ctrl】键的同时在自动新建的"图层1"中单击图像缩览图，将图像选中。

步骤5 单击"背景"图层，在工具箱中选择"吸管"工具 🖊，将鼠标光标移动到文档中，在人物图像的边缘单击选择颜色。

步骤6 按【Alt+Delete】键填充前景色，按【Ctrl+D】键取消选区。选择"图层1"，按方向键将图像向右移动直到人物图像处于文档的3/4处，如图10-3所示。

步骤7 选择"背景"图层，在工具箱中选择"仿制图章"工具 🖋，按住【Alt】键不放的同时单击鼠标左键选取原点，然后释放【Alt】键，按住鼠标左键复制所选图像来填充背景图像中不相称的色彩，如图10-4所示。

图10-3　移动图像位置　　　　　　　　图10-4　编辑图形

第11例　修整变形建筑物

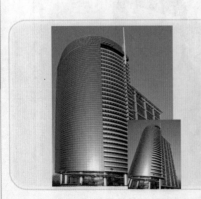

🧪 素　材：\素材\第1章\变形图形.jpg
源文件：\源文件\第1章\变形图形.psd

知识要点
★ "透视"命令
★ 调节透视角度

制作要领
★ 修改照片的透视
★ 修补照片

步骤1 选择【文件】/【打开】命令，打开光盘中提供的素材文件"变形图形.jpg"，可以发现该照片中的建筑物发生了透视效果，如图11-1所示。

步骤2 将"背景"图层拖动到"创建新图层"按钮上方复制一个图层，按两次【F】键切换到带有菜单栏的全屏模式。

步骤3 选择【编辑】/【自由变换】命令，在图像的四周将出现控制柄。将鼠标光标移动到编辑区中，单击鼠标右键，在弹出的快捷菜单中选择"透视"命令，如图11-2所示。

步骤4 将鼠标光标移动到照片左上角的控制柄上，按住鼠标左键不放向左拖动，这时照片上部将对称向左右拉伸。将鼠标光标移动到照片左下角的控制柄上，用相同的方法将控制柄向右拖动使照片下部向内收拢，如图11-3所示。

图11-1 打开照片　　图11-2 选择"透视"命令　　图11-3 修正照片的透视

步骤5 通过以上设置后可见照片有一些向右倾斜。这时将鼠标光标移动到照片上方中间的一个控制柄上，按住鼠标左键不放将其向左拖动，即可调节照片的角度，如图11-4所示。

步骤6 再次按【F】键调整视图模式，按【Ctrl++】键放大照片的显示，按住空格键不放，鼠标光标变为形状，按住鼠标左键不放进行拖动调节照片的整体位置。

步骤7 在工具箱中选择"仿制图章"工具，将鼠标光标移动到照片的左下角，按住【Alt】键不放的同时单击鼠标左键取点，然后释放【Alt】键，再将鼠标光标移动到需要修改的图像区域中，接着按住鼠标左键不放进行涂抹，如图11-5所示。

步骤8 用相同的方法修改照片底部的柱子等不满意的地方，最终效果如图11-6所示。

图11-4　调整照片角度　　　　　　　　　图11-5　修复照片　　　　图11-6　最终效果

第12例　调节照片的清晰度

素　材：\素材\第1章\插花.jpg
源文件：\源文件\第1章\插花.psd

知　识　要　点	制　作　要　领
★ "锐化"命令	★ 锐化值的设置
★ 设置锐化半径	

步骤1　选择【文件】/【打开】命令，打开光盘中提供的素材文件"插花.jpg"，可
　　　　见照片中的边缘有些模糊。

步骤2　选择【滤镜】/【锐化】/【USM锐化】命令，弹出"USM锐化"对话框，设
　　　　置"半径"为"5.0"，如图12-1所示。

步骤3　单击 确定 按钮返回到照片的编辑窗口，即可在其中查看照片的锐化效
　　　　果，如图12-2所示。

魔法档案
　　在工具箱中选择并按住"模糊"工具 ♦ 不放，然后在弹出的工具选项中选择"锐化"
工具 △，使用该工具也可对照片进行简单的锐化处理。

图12-1　设置锐化半径

图12-2　最终效果

第13例　突出照片中的人物

素　材：\素材\第1章\突出显示.jpg
源文件：\源文件\第1章\突出显示.psd

知识要点	制作要领
★ "多边形套索"工具 ★ "模糊"命令	★ 选择图形 ★ 设置模糊属性

 步骤讲解

步骤1　选择【文件】/【打开】命令，打开光盘中提供的素材文件"突出显示.jpg"。

步骤2　在工具箱中选择并按住"套索"工具 不放，在弹出的工具选项中选择"多边形套索"工具 ，在属性栏中设置"羽化"为"10 px"。

步骤3　将鼠标光标移动到照片的编辑窗口中，单击一点定位起点，然后沿着照片中的人物边缘多次单击创建选区，如图13-1所示。

步骤4　用相同的方法沿着照片中的人物轮廓将照片中的人物添加到选区，如图13-2所示。

图13-1　创建选区　　　　　　　　　图13-2　完成选区的创建

步骤5 按【Shift+Ctrl+I】键将选区反选，选择【滤镜】/【模糊】/【表面模糊】命令，在弹出的"表面模糊"对话框中按照图13-3所示进行设置。

步骤6 单击　确定　按钮完成模糊效果的添加，按【Ctrl+D】键取消选区，效果如图13-4所示。

图13-3　完成选区的创建　　　　　　图13-4　设置模糊效果

魔力测试

　　在Photoshop CS3中打开光盘中提供素材文件"插花.jpg"，突出显示该照片中的某一朵花。

魔法档案

　　如果用户只需要对照片中的某个部分进行模糊，可选择工具箱中的"模糊"工具，然后将鼠标光标移动到该位置进行涂抹即可。

第14例 恢复修改的照片

素　材：\素材\第1章\风景.jpg

知识要点	制作要领
★ 选择笔触样式	★ 使用快捷键恢复操作
★ 按快捷键恢复	★ 使用"历史记录"面板

 步骤讲解

步骤1 选择【文件】/【打开】命令，打开光盘中提供的素材文件"风景.jpg"，如图14-1所示。

步骤2 在工具箱中选择"画笔"工具 ，属性栏中单击"画笔"栏右侧的下拉按钮，在弹出的下拉列表中选择"散布枫叶"，如图14-2所示。

图14-1　打开照片

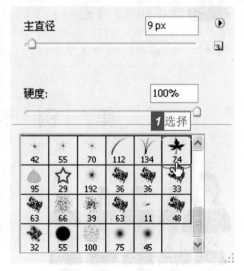

图14-2　选择笔触样式

步骤3 将鼠标光标移动到照片的左上角，单击鼠标左键即可在照片上添加枫叶，其中枫叶的填充颜色为前景色，如图14-3所示。

步骤4 使用相同的方法多次单击即可在照片中添加多个枫叶。按住鼠标左键不放在照片中拖动鼠标，可创建由枫叶图形组成的笔触，如图14-4所示。

图14-3 添加枫叶　　　　　　　　　　图14-4 创建由枫叶图形组成的笔触

步骤5 在照片中添加枫叶图形后，如果觉得某部分操作失误，需要返回到上一步操作，按【Ctrl+Z】键即可；如果需要返回到上几步的操作则需要连续按【Ctrl+Alt+Z】键。

步骤6 选择【窗口】/【历史记录】命令，在弹出的"历史记录"面板中详细列出了用户对照片所进行的操作，单击其中的某项操作即可返回到该操作时的状态。

魔法档案

　　选择【编辑】/【首选项】/【常规】命令，弹出"首选项"对话框。在该对话框左侧列表框中选择"性能"选项，在右侧的"历史记录与高速缓存"栏的"历史记录状态"数值框中可修改历史记录的数量，最大值为100。

第15例 移动与复制图像

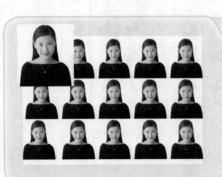

素　材：\素材\第1章\登记照.jpg
源文件：\源文件\第1章\登记照.psd

知识要点	制作要领
★ 新建文档	★ 标尺、辅助线的
★ 拖移照片	设置
★ 显示标尺	★ 移动照片
	★ 复制照片

步骤1 选择【文件】/【打开】命令，打开光盘中提供的素材文件"登记照.jpg"。

步骤2 选择【文件】/【新建】命令，在弹出的"新建"对话框中创建一个大小为"700×500"像素，颜色模式为"RGB颜色"的新文档。

步骤3 将鼠标光标移动到"登记照.jpg"文档中，按住鼠标左键不放将其拖入到新建文档中。

步骤4 按【Ctrl+T】键自由变换拖入的照片，在属性栏中单击⑧按钮，在W文本框中输入"30%"，这时拖入的照片将自动等比例缩放到30%大小。将鼠标光标移动到编辑区中，按住鼠标左键不放，将照片移动到文档的左上角，如图15-1所示。

步骤5 按【Enter】键确认变形，接着按【Ctrl+R】键在图像窗口中显示标尺和辅助线，将鼠标光标移动到文档上方的标尺上，当其变为形状时按住鼠标左键不放向下拖动到照片的底部，释放鼠标将添加一条辅助线。

步骤6 将鼠标光标移动到文档左边的标尺上，用相同的方法在照片的右边添加一条辅助线，如图15-2所示。

图15-1 调整照片大小和位置   图15-2 添加辅助线

步骤7 按住【Alt】键的同时用鼠标选中文档左上角的照片，然后将照片向右平移，移动到合适的位置后释放鼠标即可得到复制后的照片，如图15-3所示。

步骤8 将鼠标光标移动到文档左边的标尺上，用相同的方法在复制的照片右边添加一条辅助线，将再次复制一张照片，重复多次操作完成"登记照"的制作，如图15-4所示。

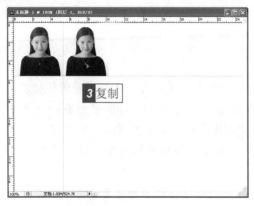

图15-3　复制照片

图15-4　复制多个照片

第16例　调整照片色相

素　材：\素材\第1章\家.jpg
源文件：\源文件\第1章\家.psd

知 识 要 点	制 作 要 领
★ 选择颜色	★ 选择填充颜色
★ 选择图层混合模式	★ 设置添加模式

步骤讲解

步骤1 选择【文件】/【打开】命令，打开光盘中的素材文件"家.jpg"，如图16-1所示。

步骤2 按【F7】键弹出"图层"面板，在其中单击"创建新图层"按钮，新建图层1。

步骤3 在工具箱中选择"矩形选框"工具，按【F】键将屏幕切换到最大化屏幕模式，将鼠标光标移动到文档编辑窗口中，按住鼠标左键不放拖动选区创建一个和文档相同大小的选区。

步骤4 在工具箱中单击"前景色"图标，在弹出的"拾色器（前景色）"对话框中选择"绿色（R:80,G:234,B:141）"，如图16-2所示。

图16-1 打开照片

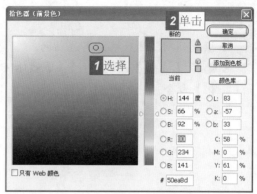

图16-2 选择前景色

步骤5 单击 确定 按钮关闭该对话框,按【Alt+Delete】键以刚才设置的前景色填充选区。

步骤6 在"图层"面板左上方的下拉列表框中选择"叠加"选项,使照片最终效果如图16-3所示。

图16-3 最终效果

 **过关练习**

(1)打开"花1.jpg"照片(光盘:\素材\第1章\花1.jpg),删除其中的日期,并锐化照片,如图"练习1"所示(光盘:\源文件\第1章\花1.psd)。

提示：

❖ 框选日期，然后填充周边颜色。

❖ 选择【滤镜】/【锐化】/【SUM锐
化】命令。

练习1

（2）打开"女性风情.jpg"照片（光盘:\素材\第1章\女性风情.jpg），修改照片的整体色调，如图"练习2"所示（光盘:\源文件\第1章\女性风情.psd）。

提示：

❖ 新建图层。

❖ 设置绿色（R:80,G:234,B:141）。

❖ 设置图层混合模式为"柔光"。

练习2

第2章

处理照片中的光源问题

多媒体教学演示：16分钟

嗯，经过处理后这些照片的确美观了很多！

魔法师：小魔女，你看这张照片怎么拍摄得黑漆漆的？

小魔女：当时光线太暗了，您仔细看，这张照片中的风景很美吧！

魔法师：嗯，这张是很美，不过你的照片中很多光源的处理效果都不是很好哦。

小魔女：哦，那该怎么办呢？

魔法师：我们可以用Photoshop CS3对这些不够好的照片进行一些处理，使其看上去更好啊！

小魔女：真的吗？那赶快教我啊！

魔法师：嗯，本章就将介绍如何处理照片中的光源问题。

第17例 修正逆光的照片

素　材：\素材\第2章\逆光.jpg
源文件：\源文件\第2章\逆光.psd

知识要点	制作要领
★ "复制"命令	★ 为图像去色
★ "灰度"命令	★ 模糊图像
★ "高斯模糊"命令	★ 填充选区
★ "填充"命令	

步骤讲解

步骤1　选择【文件】/【打开】命令，打开光盘中提供的素材文件"逆光.jpg"，如图17-1所示。

步骤2　选择【图像】/【复制】命令，弹出"复制图像"对话框，在"为"文本框中输入图像的名称，这里输入"新图像"，如图17-2所示。

图17-1　打开照片

图17-2　复制图像

步骤3　单击 确定 按钮，返回到工作界面中即可发现在其中新建了一个图像。

步骤4　选择【图像】/【模式】/【灰度】命令，在弹出的提示对话框中直接单击 扔掉 按钮，照片将变为灰度模式，如图17-3所示。

步骤5　选择【滤镜】/【模糊】/【高斯模糊】命令，弹出"高斯模糊"对话框，在

"半径"文本框中输入"1.8",如图17-4所示。

图17-3　灰度模式下的照片

图17-4　模糊照片

步骤6　单击 确定 按钮执行模糊设置,选择【图像】/【调整】/【反相】命令或按【Ctrl+I】键使照片中的色彩反相,如图17-5所示。

步骤7　单击"逆光.jpg"文档使其成为当前文档,然后选择【选择】/【载入选区】命令,弹出"载入选区"对话框,如图17-6所示。

图17-5　反相

图17-6　"载入选区"对话框

步骤8　单击 确定 按钮,返回到文档中即可发现照片中出现了一个选区,按【Ctrl+J】键新建一个图层并将选区复制到图层中。

步骤9　选择【编辑】/【填充】命令,然后在弹出对话框的"使用"下拉列表框中选择"50% 灰色"选项,接着在"模式"下拉列表框中选择"颜色减淡"选项,在"不透明度"文本框中输入"100",选中☑保留透明区域(P)复选框,如图17-7所示。

步骤10　单击 确定 按钮，返回到文档中即可发现逆光的照片得到了修正，如图17-8所示。

图17-7　填充选区　　　　　　　　　图17-8　最终效果

第18例　为照片添加光源

素　材：\素材\第2章\添加光源.jpg
源文件：\源文件\第2章\添加光源.psd

知 识 要 点　　　　制 作 要 领
★ "光照效果"　　　★ 调节光源
命令

 步骤讲解

步骤1　选择【文件】/【打开】命令，打开光盘中提供的素材文件"添加光源.jpg"，如图18-1所示。

步骤2　选择【滤镜】/【渲染】/【光照效果】命令，弹出"光照效果"对话框，保持对话框右侧的设置不变，将鼠标光标移动到"预览"窗口中，按住鼠标左键不放调节光源的方向和范围，如图18-2所示。

图18-1　打开照片

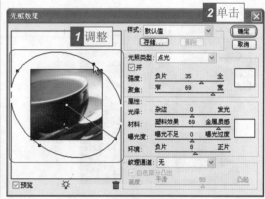

图18-2　设置光照效果

步骤3　单击 **确定** 按钮，返回到工作界面中即可发现照片中添加了新的光源，如图18-3所示。

图18-3　照片的最终效果

如果用户想为照片添加局部光源，可先将该区域框选，然后再使用"光照效果"命令实现操作。

魔法档案

当用户在"光照效果"对话框中设置好光照效果后，如果还需要为照片添加新的光源，可按住"预览"窗口下方的 💡 图标不放将其拖入到需要添加光源的位置后，释放鼠标即可添加新的光源。

第19例　增加聚光灯效果

素　材：\素材\第2章\聚光灯.jpg
源文件：\源文件\第2章\聚光灯.psd

知识要点	制作要领
★ "镜头光晕"命令	★ 移动光晕位置 ★ 设置镜头类型

 步骤讲解

步骤1　选择【文件】/【打开】命令，打开光盘中提供的素材文件"聚光灯.jpg"，如图19-1所示。

步骤2　选择【滤镜】/【渲染】/【镜头光晕】命令，弹出"镜头光晕"对话框，在"亮度"文本框中输入"70"，在"镜头类型"栏中选中 单选按钮，如图19-2所示。

图19-1　打开照片

图19-2　设置镜头光晕

步骤3　单击 ⬚确定 按钮，返回到工作界面中即可发现在照片中添加了镜头光晕，如图19-3所示。

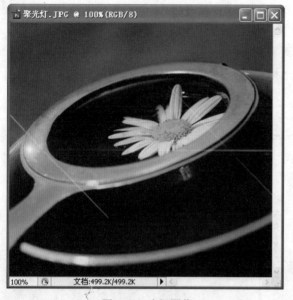

将鼠标光标移动到"镜头光晕"对话框的预览窗口中，按住光晕不放可拖动光晕位置。

图19-3 选择图像

第20例 去除眼镜上的反光

素 材：\素材\第2章\反光.jpg
源文件：\源文件\第2章\反光.psd

知 识 要 点	制 作 要 领
★ 按【F】键切换	★ 调节工具大小
★ 放大/缩小显示	★ 设置工具属性

 步骤讲解

步骤1 选择【文件】/【打开】命令，打开光盘中提供的素材文件"反光.jpg"，如图20-1所示。

步骤2 连续按两次【F】键将屏幕切换到带有菜单栏的全屏模式，按【Ctrl++】键放大照片的显示，按住空格键不放的同时拖动鼠标左键将照片中需要修改的部分移动到合适的位置。

步骤3 在工具箱中选择"仿制图章"工具，按【[】键或【]】键调节"仿制图章"工具的笔尖大小，将鼠标光标移动到照片中需要修改的位置，按住【Alt】键的同时，将鼠标光标移动到需要修改部分旁边的位置，单击鼠标取点。

步骤4 释放【Alt】键，将鼠标光标移动到需要修改的部位，按住鼠标左键进行涂抹，如图20-2所示。

图20-1 打开照片

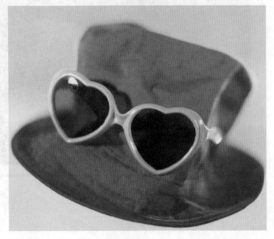

图20-2 使用"仿制图章"工具修改照片

步骤5 用相同的方法继续修改照片中不满意的位置，在使用"仿制图章"工具的过程中，可根据需要设置该工具的不透明度和流量，照片的最终效果如图20-3所示。

图20-3 最终效果

哦，原来"仿制图章"工具的使用这样广泛啊。

第21例　调整照片色调

素　材：\素材\第2章\色调.jpg
源文件：\源文件\第2章\色调.psd

知识要点	制作要领
★ "色彩平衡"命令	★ 调节色彩平衡

步骤讲解

步骤1　选择【文件】/【打开】命令，打开光盘中提供的素材文件"色调.jpg"，如图21-1所示。

步骤2　选择【图像】/【调整】/【色彩平衡】命令，弹出"色彩平衡"对话框，在"色阶"后的文本框中依次输入"+48"、"-63"和"-38"，如图21-2所示。

图21-1　打开照片

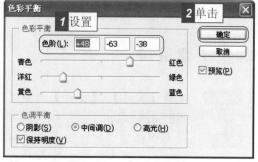

图21-2　设置色彩平衡

步骤3　单击 确定 按钮，完成对照片色调的调整，如图21-3所示。

在调整照片色调时，可采用上一章中讲到的方法，在图层上方新建一个图层，然后在图层中添加颜色，再调整图层的混合模式。

图21-3　最终效果

第22例　增强照片明度

 素　材：\素材\第2章\明度.jpg
源文件：\源文件\第2章\明度.psd

知识要点	制作要领
★ "亮度/对比度"命令	★ 调节照片的亮度
★ "曲线"命令	★ 调节照片的对比度

 步骤讲解

步骤1　选择【文件】/【打开】命令，打开光盘中提供的素材文件"明度.jpg"，如图22-1所示。

步骤2　单击"图层"面板下方的"创建新的填充或调整图层"按钮 ，在弹出的菜单中选择"亮度/对比度"命令，如图22-2所示。

图22-1 打开照片

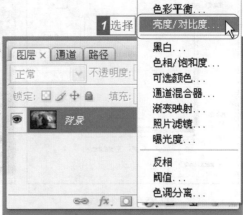

图22-2 选择命令

步骤3 在弹出的"亮度/对比度"对话框中设置"亮度"为"+86","对比度"为"+16",如图22-3所示。

步骤4 单击 确定 按钮返回到图像窗口中，可见照片的亮度得到了一定改善，如图22-4所示。

图22-3 设置亮度/对比度

图22-4 调整后的图像效果

步骤5 单击"图层"面板下方的"创建新的填充或调整图层"按钮 ，在弹出的菜单中选择"曲线"命令，弹出"曲线"对话框。

步骤6 将鼠标光标移动到预览窗口中，按住鼠标左键不放将曲线向左上方微微拖动一些，释放鼠标后再将鼠标光标移动到曲线的上部分，使用相同的方法将曲线向右下方微微拖动，如图22-5所示。

步骤7 单击 确定 按钮，完成照片明度的设置，如图22-6所示。

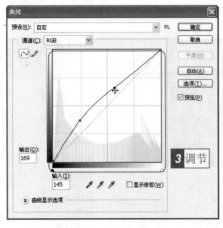

图22-5　调整曲线

图22-6　最终效果

在调节照片明度时，如何在"图层"面板中选择命令呢？

这叫做无损调节哦，因为使用这种方法对照片进行调节时并没有对照片本身进行设置，而是在照片上方新建了颜色调节板。

第 **23** 例　调节照片饱和度

素　材：\素材\第2章\饱和度.jpg
源文件：\源文件\第2章\饱和度.psd

知识要点	制作要领
★ CMYK命令	★ 修改照片的模式
★ "色相/饱和度"命令	★ 调整照片色相/饱和度

 步骤讲解

步骤1　选择【文件】/【打开】命令，打开光盘中提供的素材文件"饱和度.jpg"，

如图23-1所示。

步骤2 选择【图像】/【模式】/【CMYK】命令，修改照片的模式。

步骤3 选择【图层】/【新建调整图层】/【色相/饱和度】命令，弹出"新建图层"
对话框，保持该对话框的默认设置不变，直接单击 确定 按钮，如图23-2
所示。

图23-1　打开照片　　　　　　　　　图23-2　"新建图层"对话框

步骤4 弹出"色相/饱和度"对话框，在"编辑"下拉列表框中选择"全图"选
项，在"饱和度"数值框中输入"+36"，如图23-3所示。

步骤5 单击 确定 按钮，返回到照片文档中，即可发现照片色彩变得鲜艳了，
如图23-4所示。

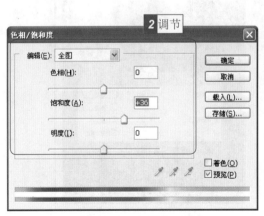

图23-3　调整色相/饱和度　　　　　　图23-4　最终效果

第24例　调整暗淡的照片

　素　材：\素材\第2章\色彩暗淡.jpg
源文件：\源文件\第2章\色彩暗淡.psd

知 识 要 点	制 作 要 领
★ "亮度/对比度"命令	★ 调节照片的对比度
★ "自动颜色"命令	★ 使用自动颜色

 步骤讲解

步骤1　选择【文件】/【打开】命令，打开光盘中提供的素材文件"色彩暗淡.jpg"，如图24-1所示。

步骤2　选择【图像】/【调整】/【亮度/对比度】命令，弹出"亮度/对比度"对话框，在"亮度"数值框中输入"+80"，在"对比度"数值框中输入"+20"，如图24-2所示。

图24-1　打开照片

图24-2　调整亮度/对比度

步骤3　选择【图像】/【调整】/【自动颜色】命令，系统将自动对照片中的色彩进行调整，如图24-3所示。

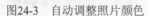

嗯，使用自动颜色后，照片中的色彩更有层次了。

图24-3　自动调整照片颜色

魔法档案

　　使用"亮度/对比度"命令可调整图像的亮度和对比度，从而实现对图像色调的调整。在"亮度/对比度"对话框中的"亮度"数值框用于增加或降低图像的亮度，"对比度"数值框用于设置像素间的对比关系。

第25例　调整曝光过度的照片

素　　材：\素材\第2章\曝光过度.jpg
源文件：\源文件\第2章\曝光过度.psd

知识要点	制作要领
★ "色相/饱和度"命令	★ 调整"色相/饱和度"
★ "色彩平衡"命令	★ 调整"色彩平衡"使颜色正常

 步骤讲解

步骤1　选择【文件】/【打开】命令，打开光盘中提供的素材文件"曝光过

度.jpg"，如图25-1所示。

步骤2 单击"图层"面板下方的"创建新的填充或调整图层"按钮，在弹出的菜单中选择"色相/饱和度"命令，如图25-2所示。

图25-1 打开照片   图25-2 选择

步骤3 在弹出的"色相/饱和度"对话框的"编辑"下拉列表框中选择"红色"，在弹出的功能项中设置"饱和度"为"-60"，如图25-3所示。

步骤4 在"编辑"下拉列表框中选择"黄色"，在弹出的功能项中设置"饱和度"为"-36"，单击 确定 按钮，如图25-4所示。

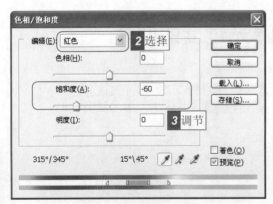

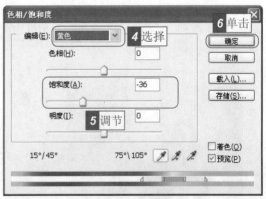

图25-3 选择红色和饱和度   图25-4 选择黄色和饱和度

步骤5 单击"图层"面板下方的"创建新的填充或调整图层"按钮，在弹出的菜单中选择"色彩平衡"命令，在弹出的对话框中设置其值分别为"-35"、"+21"和"+37"，如图25-5所示。

步骤6 单击 确定 按钮，返回到编辑窗口中，可以发现照片中的曝光得到了一定的调节，如图25-6所示。

一学就会魔法书

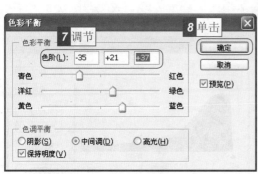

图25-5　色彩平衡　　　　　　　　　图25-6　最终效果

魔法档案

　　在"色相/饱和度"对话框设置色相和饱和度后，可将其保存起来，需再次使用设置的值时，再将其加载。

第26例　调整曝光不足的照片

素　材：\素材\第2章\曝光不足.jpg
源文件：\源文件\第2章\曝光不足.psd

知识要点	制作要领
★ "色阶"命令	★ 调整色阶
★ "亮度/对比度"命令	★ 调整亮度/对比度

步骤讲解

步骤1　选择【文件】/【打开】命令，打开光盘中提供的素材文件"曝光不足.jpg"，如图26-1所示。

步骤2 选择【图像】/【调整】/【色阶】命令，在弹出"色阶"对话框中调整图像的整体色调，向左拖动中间的三角形滑块，使照片整体变亮，如图26-2所示。

图26-1　打开照片

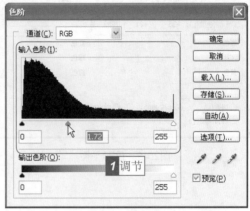

图26-2　调节色阶

步骤3 单击 确定 按钮完成对照片色阶的调整，如图26-3所示。

步骤4 选择【图像】/【调整】/【亮度/对比度】命令，在弹出的"亮度/对比度"对话框的"亮度"数值框中输入"+30"，在"对比度"数值框中输入"+20"，如图26-4所示。

图26-3　打开照片

图26-4　调整色阶

步骤5 单击 确定 按钮完成对照片的调整。

魔力测试
　　打开一张曝光不足的照片，使用本例中的方法对照片进行处理。

魔法档案
　　调整曝光不足的方法有很多种，比如使用第17例中的方法也可调整曝光不足的照片。

第27例 调节色彩失衡的照片

素　材：\素材\第2章\色彩失衡.jpg
源文件：\源文件\第2章\色彩失衡.psd

知识要点	制作要领
★ "色彩平衡"命令	★ 调节色彩平衡

　步骤讲解

步骤1　选择【文件】/【打开】命令，打开光盘中提供的素材文件"色彩失衡.jpg"，如图27-1所示。

步骤2　单击"图层"面板下方的"创建新的填充或调整图层"按钮 ，在弹出的菜单中选择"色彩平衡"命令，弹出"色彩平衡"对话框。

步骤3　在对话框中选中 中间调(D)单选按钮，拖动青色和红色之间的滑块向青色方向滑动，增加青色，使图像逐渐趋于正常，如图27-2所示。

图27-1　打开照片

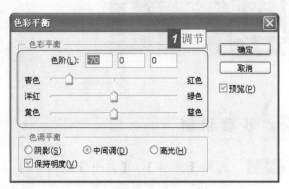

图27-2　调节色彩平衡

步骤4 继续调整图像颜色，拖动洋红和绿色中间的滑块向绿色方向拖动，增加图像中的绿色；拖动黄色和蓝色之间的滑块向蓝色方向滑动，增加图像中的蓝色，如图27-3所示。

步骤5 单击 确定 按钮，完成对照片的调整，如图27-4所示。

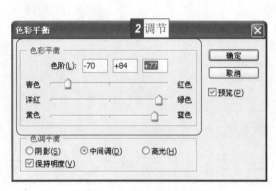

图27-3　继续调整色彩平衡　　　　　　图27-4　最终效果

第28例　调节色彩失真的照片

素　材：\素材\第2章\色彩失真.jpg
源文件：\源文件\第2章\色彩失真.psd

知识要点　　　　　制作要领
★ "变化"命令　　★ 调节照片颜色

 步骤讲解

步骤1 选择【文件】/【打开】命令，打开光盘中提供的素材文件"色彩失真.jpg"，即可发现该照片偏红，如图28-1所示。

步骤2 选择【图像】/【调整】/【变化】命令，在弹出的"变化"对话框中选中

◎ **中间色调(M)**单选按钮，由于照片颜色偏红，所以首先修复红色调，单击两次"加深绿色"，如图28-2所示。

图28-1 打开照片

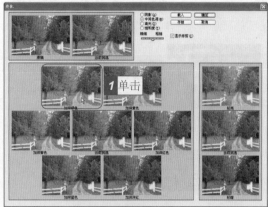

图28-2 加深绿色

步骤3 用相同的方法依次单击"加深黄色"和"加深青色"使照片的色彩更加自然，如图28-3所示。

步骤4 单击 确定 按钮，完成对照片的调整，如图28-4所示。

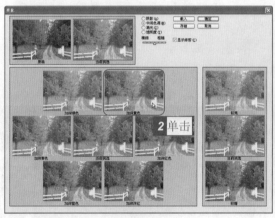

图28-3 继续调整照片颜色

图28-4 最终效果

魔法档案

使用"变化"命令调整颜色可让用户直观地调整图像或选区。此方法运用颜色的互补关系，利用增加或减少一种颜色值来快速调整颜色偏差。对于有严重偏色的照片，该方法非常实用快捷，并且可使图像中的色彩平衡、对比度和饱和度发生变化，非常适合初学者使用。

第29例　调整散乱光源的照片

素　材：\素材\第2章\光源散乱.jpg
源文件：\源文件\第2章\光源散乱.psd

知识要点	制作要领
★ "仿制图章"工具	★ 不透明度和流量的设定
★ 调节工具属性	★ 填充的范围

 步骤讲解

步骤1　选择【文件】/【打开】命令，打开光盘中提供的素材文件"光源散乱.jpg"，即可发现该照片中有非常多的光源点，如图29-1所示。

步骤2　在工具箱中选择"仿制图章"工具，在工作界面上方的选项区域中设置"不透明度"为"46"，"流量"为"39%"，如图29-2所示。

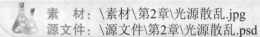

图29-1　打开照片　　　　　　　　　　图29-2　设置工具属性

步骤3　将鼠标光标移动到需要修改的光源点旁边，按住【Alt】键的同时单击鼠标左键取点。

步骤4　释放鼠标左键后，将鼠标光标移动到需要修改的光源点上方，多次单击鼠标左键填充边缘色，如图29-3所示。

步骤5 当用户完成对某个光源点的修复以后，将鼠标光标移动到另一个光源点的旁边，用相同的方法取点，然后单击鼠标对其进行修复，如图29-4所示。

图29-3　修复照片　　　　　　　　　　　　　图29-4　最终效果

第30例　调整面部局部亮光

素　材：\素材\第2章\局部亮光.jpg
源文件：\源文件\第2章\局部亮光.psd

知识要点	制作要领
★ "多边形套索"工具	★ 设置羽化值
★ 设置羽化	★ 调节亮度
★ "亮度/对比度"命令	

 步骤讲解

步骤1 选择【文件】/【打开】命令，打开光盘中提供的素材文件"局部亮光.jpg"，即可发现该照片中第1排中间的人物右侧脸过亮，如图30-1所示。

步骤2 在工具箱中选择"多边形套索"工具，在工作界面上方的选区中设置"羽化"值为"5"。

步骤3 将鼠标光标移动到照片中过亮脸部边缘，单击鼠标左键定位起点，然后沿着脸部过亮部分依次单击创建选区，如图30-2所示。

图30-1　打开照片　　　　　　　　　　　图30-2　创建选区

步骤4　选择【图像】/【调整】/【亮度/对比度】命令，弹出"亮度/对比度"对话框，在"亮度"数值框中输入"-45"，降低选择区域中图像的亮度，如图30-3所示。

步骤5　单击 确定 按钮完成对照片的调整，如图30-4所示。

图30-3　调节亮度/对比度　　　　　　　　图30-4　最终效果

在使用"多边形套索"工具时，为什么要设置羽化值呢？

如果不设置羽化值，则选择区域和未选择区域的效果将非常生硬，这里设置的羽化值就是两个区域的过度值。

一学就会魔法书

第31例 为照片去色

素　材：\素材\第2章\黑白.jpg
源文件：\源文件\第2章\去色.psd

知识要点	制作要领
★ "黑白"命令	★ 调节黑白值

步骤讲解

步骤1　选择【文件】/【打开】命令，打开光盘中提供的素材文件"黑白.jpg"，如图31-1所示。

步骤2　选择【图像】/【调整】/【黑白】命令或按【Shift+Ctrl+Alt+B】键，弹出"黑白"对话框，在"预设"下拉列表框中选择"自定"选项，将"红色"栏下方的三角形滑块向左拖动，直到数值为"-20%"，如图31-2所示。

图31-1　打开照片

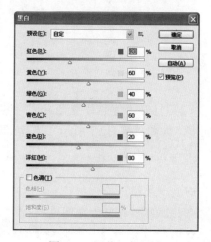

图31-2　调节红色区域

步骤3　用相同的方法依次调节"黑白"对话框中的其他色系，如图31-3所示。

步骤4　完成对话框中项目的设置以后，单击 确定 按钮，返回到工作界面中，即可发现彩色照片已经变为了黑白照片，如图31-4所示。

图31-3　调节其他色系　　　　　　　　图31-4　照片的最终效果

 过关练习

（1）打开"美化照片.jpg"照片（光盘:\素材\第2章\美化照片.jpg），将照片中的日期删除，并锐化照片，如图"练习1"所示（光盘:\源文件\第2章\美化照片.psd）。

提示：

❖ 选择【图像】/【调整】/【饱和度】
　命令，调节照片饱和度。
❖ 选择【图像】/【调整】/【色彩平
　衡】命令，调节照片的色相。

练习1

（2）打开"使照片变亮.jpg"照片（光盘:\素材\第2章\使照片变亮.jpg），调节照片的明度，如图"练习2"所示（光盘:\源文件\第2章\使照片变亮.psd）。

提示：

❖ 复制文档。
❖ 将照片模式变为灰度模式。
❖ 选择【滤镜】/【模糊】/【高斯模
　糊】命令，然后反相。
❖ 复制图层并填充选区。

练习2

第3章

修复照片

多媒体教学演示：58分钟

学习了这章修复照片的方法后，我就能轻松地处理照片了！

小魔女：魔法师，您看我的这张照片中人物的眼睛怎么是红色的呢？

魔法师：这叫"红眼"现象，这种情况是照片中常见的问题哦！

小魔女：哦，那遇到这类情况该如何处理呢？

魔法师：Photoshop CS3针对照片中的这些常见情况，专门添加了修复工具对其进行修复哦！

小魔女：呵呵，那我将这些照片修复一下，就能弥补照片的缺陷了！

第32例 修复红眼

素　材：\素材\第3章\红眼.jpg
源文件：\源文件\第3章\红眼.psd

知 识 要 点	制 作 要 领
★ "红眼"工具	★ 框选红眼的位置
★ 设置工具属性	

 步骤讲解

步骤1 选择【文件】/【打开】命令，打开光盘中提供的素材文件"突出显示.jpg"，这时可见照片中宝宝的眼睛颜色发红。

步骤2 按【Ctrl++】键放大需要调整的眼睛图像，在工具箱中按住"污点修复画笔"工具✐不放，在弹出的菜单中选择"红眼"工具+👁。

步骤3 使用"红眼"工具在左边红眼的周围拖曳鼠标绘制选框，使得瞳孔位置在整个选框的中间（如图32-1所示），释放鼠标即可发现照片中的红眼现象得到一定程度的缓和，使用相同的方法多次调节照片中的红眼现象，如图32-2所示。

图32-1　框选红眼

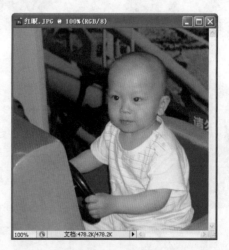

图32-2　最终效果

第33例 修复变形的照片

素　材：\素材\第3章\变形.jpg
源文件：\源文件\第3章\变形.psd

知识要点	制作要领
★ "液化"命令	★ 液化的拉伸范围
★ 调节工具大小	

 步骤讲解

步骤1 选择【文件】/【打开】命令，打开光盘中提供的素材文件"变形.jpg"，这时可见照片的左右边有一些变形，如图33-1所示。

步骤2 按【F】键将照片的模式切换到最大化屏幕模式，选择【滤镜】/【液化】命令，弹出"液化"对话框，选择"向前变形"工具，其参数保持默认设置不变，如图33-2所示。

图33-1　打开照片

图33-2　"液化"对话框

步骤3 按【]】键增加画笔大小，调整到合适的大小后，在画面的左边最凹处向外略微拖动，将图像适当修复，如图33-3所示。

步骤4 增加画笔大小，在画面四周分别向外作略微的拖动，直至得到合适的图

像，再将鼠标光标移动到照片的右方，使用相同的方法修复照片，如图33-4
所示。

图33-3　修复照片的左面　　　　　　　　　图33-4　完成照片的修复

步骤5　单击 确定 按钮，完成对照片的修复工作，返回到工作界面中。

步骤6　在工具箱中选择"裁剪"工具 ，沿图像边缘进行选取，将一些不规则的
边缘图像裁切掉，完成变形照片的修复。

第34例　修复有折痕的照片

　　素　材：\素材\第3章\折痕.jpg
　　源文件：\源文件\第3章\折痕.psd

知 识 要 点	制 作 要 领
☆ "修复画笔"工具	☆ 涂抹的次数
☆ 取样	☆ 涂抹的范围

步骤讲解

步骤1　选择【文件】/【打开】命令，打开光盘中提供的素材文件"折痕.jpg"，这
时可见照片的上部有两处明显的折痕。

步骤2　在工具箱中选择"修复画笔"工具 ，按住【Alt】键单击折痕附近的图像
取样，释放【Alt】键，将鼠标光标移动到需要修复的位置反复涂抹，直到

达到用户满意的效果为止，如图34-1所示。

步骤3 完成对照片右上部分的修复后，将鼠标光标移动到照片的左上部分，按住【Alt】键单击折痕附近的图像进行取样，然后对折痕处进行修复，如图34-2所示。

图34-1 完成图像右边的修复

图34-2 最终效果

第35例 修复有污渍的照片

素 材：\素材\第3章\污渍.jpg
源文件：\源文件\第3章\污渍.psd

知识要点	制作要领
★ "修补"工具	★ 修补照片
★ 创建选区	

步 骤 讲 解

步骤1 选择【文件】/【打开】命令，打开光盘中提供的素材文件"污渍.jpg"，这时可见照片中衣服上有明显的污渍。

步骤2 按【Ctrl+J】键复制背景图层得到"图层1"，按【Ctrl++】键放大照片的显示，在工具箱中选择"修补"工具，勾选照片中衣服最上边的污渍区

域，如图35-1所示。

步骤3 将鼠标光标移到选区中，按住鼠标左键将其拖动到附近相似图像的位置，对污渍的图像进行修复。

步骤4 使用同样的方法，用"修补"工具 将照片中的其他污渍修复，如图35-2所示。

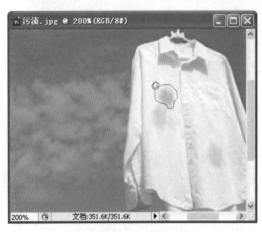
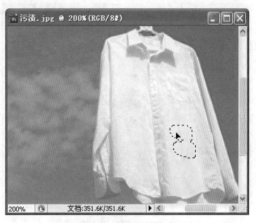

图35-1 勾选污渍　　　　　　　　　图35-2 继续修复照片

魔法档案
　　在修复有污渍的照片时，一定要仔细操作，因为操作不当可能会导致照片质量下降。

魔力测试
　　打开一张有污渍的照片，使用上述方法对照片进行修复。

第36例　修复人像中的闭眼

素　材：\素材\第3章\闭眼.jpg
源文件：\源文件\第3章\闭眼.psd

知识要点	制作要领
★ "套索"工具	★ 勾选眼睛
★ "橡皮擦"工具	★ 擦除图像

 步骤讲解

步骤1　选择【文件】/【打开】命令，打开光盘中提供的素材文件"闭眼.jpg"，这时可见照片中人物的右眼是闭着的，如图36-1所示。

步骤2　在工具箱中选择"套索"工具，在工作界面上方的选项区域中设置"羽化"值为"2"，按【Ctrl++】键将照片放大显示。

步骤3　将鼠标光标移动到照片中人物的右眼部位，按住鼠标左键不放将眼睛勾选，如图36-2所示。

图36-1　打开照片

图36-2　勾选眼睛

步骤4　按【Ctrl+J】键将选区复制到图层1中，按【Ctrl+T】键自由变形照片，将鼠标光标移动到选区中，单击鼠标右键，在弹出的快捷菜单中选择"水平翻转"命令，如图36-3所示。

步骤5　按【Enter】键确认变形，在工具箱中选择"移动"工具，将眼睛图像移动到人物的左眼上方。

步骤6　在工具箱中选择"橡皮擦"工具，在工作界面上方的选项区域中设置其"不透明度"为"48"，"流量"为"62"，将鼠标移动到眼睛图像的上方，使用【[】或【]】键调整笔触的大小。

步骤7　按住鼠标左键反复涂抹擦拭眼睛图像和周围图像不搭配的位置，直到满意为止，如图36-4所示。

图36-3　翻转照片

图36-4　擦拭图像

第37例　清除照片中的杂物

素　材：\素材\第3章\清除杂物.jpg
源文件：\素材\第3章\清除杂物.psd

知 识 要 点
☆ "修补"工具

制 作 要 领
☆ 勾选眼睛
☆ 擦除图像

 步 骤 讲 解

步骤1　选择【文件】/【打开】命令，打开光盘中提供的素材文件"清除杂物.jpg"，这时可见照片中草地上有一个塑料袋，草坪中青草有些杂点，而且在照片的左边缘伸出了一只手臂。

步骤2　在工具箱中选择"修补"工具 ，将鼠标光标移动到草坪中塑料袋的位置，按住鼠标左键将塑料袋框选。

步骤3　将鼠标光标移动到创建的选区中，按住鼠标左键不放对其进行拖动，这时系统将自动为选择区域填充图像，如图37-1所示。

步骤4　在工具箱中选择"污点修复画笔"工具 ，将鼠标光标移动到照片中草坪

上的杂点上，单击则自动清除照片中的杂物，如图37-2所示。

步骤5 在工具箱中选择"仿制图章"工具 ，在工作界面上方的选项区域中设置其"不透明度"为"55%"，"流量"为"60%"。

步骤6 按【[】或【]】键调节笔触大小，将鼠标光标移动到照片左面的手臂旁边，按住【Alt】键的同时单击鼠标左键取样，然后将鼠标光标移动到手臂中单击鼠标左键填充颜色，用相同的方法继续填充照片直到完成修改手臂的操作为止，如图37-3所示。

图37-1 修复图像　　　　图37-2 清除杂点　　　　图37-3 清除手臂

第38例　删除背景人物

素　材：\素材\第3章\删除背景.jpg
源文件：\源文件\第3章\删除背景.psd

知识要点	制作要领
★ "仿制图章"工具	★ 调节笔触大小
★ 设置工具属性	★ 取样

 步骤讲解

步骤1 选择【文件】/【打开】命令，打开光盘中提供的素材文件"删除背景.jpg"，这时可见照片整体色彩比较暗淡，且照片中主体人物后面出现了背景人物。

步骤2 选择【图像】/【调整】/【色相/饱和度】命令，弹出"色相/饱和度"对话框，调节该对话框中"饱和度"数值为"16"，如图38-1所示。

步骤3 单击 **确定** 按钮，完成照片饱和度的调整。连续按两次【F】键将屏幕切换到带有菜单栏的全屏模式，并按【Ctrl++】键将照片的显示窗口放大，按住空格键的同时，按住鼠标左键将编辑区拖动到窗口的中心。

步骤4 在工具箱中选择"仿制图章"工具 ，将鼠标光标移动到背景人物的旁边，按住【Alt】键的同时单击鼠标左键取样，在工作界面上方的选项区域中设置"不透明度"为"55"，"流量"为"60"。

步骤5 将鼠标光标移动到背景人物上方，多次单击以填充图像，如图38-2所示。

步骤6 在删除背景人物的过程中，当完成某个色彩区域的填充后，继续删除另一色彩区域中的背景人物时，需要重新取样。

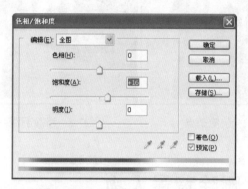

图38-1 调节饱和度

图38-2 涂抹图像

第39例 精确删除背景

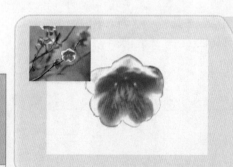

素　材：\素材\第3章\精确删除.jpg
源文件：\源文件\第3章\精确删除.psd

知识要点	制作要领
★ "钢笔"工具	★ 调节曲线
★ 选择路径	★ 调节路径

 **步骤讲解**

步骤1 选择【文件】/【打开】命令，打开光盘中提供的素材文件"精确删

除.jpg"，这里需要将照片中的一朵鲜花抠选出来。

步骤2 连续按两次【F】键将屏幕切换到带有菜单栏的全屏模式，并按【Ctrl++】键将照片的显示窗口放大，选择"钢笔"工具，在工作界面上方的选项区域中单击"路径"图标。

步骤3 单击花朵图像的上边缘作为起点，将鼠标光标移动到与花朵相邻的另一点，单击鼠标左键添加控制点，然后按住鼠标左键不放调节曲线，如图39-1所示。

步骤4 按住【Alt】键单击调整手柄的中间端点，删除右边的手柄，将鼠标光标移动到花朵的另一个相邻边，用相同的方法创建控制点。

步骤5 沿着花朵边缘进行勾选，适当的时候可以按住【Ctrl】键调整手柄，使路径依附在花朵图像边缘上。

步骤6 继续路径的绘制，到达起点处时，鼠标光标会变为图标，单击该点即可闭合路径，如图39-2所示。

步骤7 按【Ctrl+Enter】键转换路径为选区，选择【选择】/【反选】命令，得到背景图像的选区，按【Delete】键删除背景图像，再按【Ctrl+D】键取消选区，得到单一的鲜花图像，如图39-3所示。

图39-1　创建路径

图39-2　闭合路径

图39-3　删除背景

第40例　清除紫边现象

素　材：\素材\第3章\紫边.jpg
源文件：\源文件\第3章\紫边.psd

知识要点	制作要领
☆ "色相/饱和度"命令	☆ 放大显示
☆ 吸取颜色	☆ 调节色相

 步 骤 讲 解

步骤1 选择【文件】/【打开】命令，打开光盘中提供的素材文件"紫边.jpg"，将
照片放大以后可以发现照片中有一些紫边现象，如图40-1所示。

步骤2 单击"图层"面板下方的"创建新的填充或调整图层"按钮 ，在弹出的快
捷菜单中选择"色相/饱和度"命令。

步骤3 在弹出的"色相/饱和度"对话框的"编辑"下拉列表框中选择更接近紫色
的"洋红"选项，如图40-2所示。

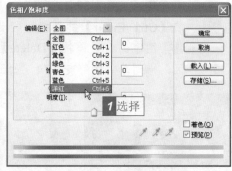

图40-1　打开照片　　　　　　　　　　图40-2　选择"洋红"选项

步骤4 按【Ctrl++】键放大照片的显示，将鼠标光标移动到照片中的紫边部分，单
击取样，如图40-3所示。

步骤5 将"色相"数值框中的数值调到"73"，单击 确定 按钮，完成"色相/
饱和度"的设置，如图40-4所示。

图40-3　吸取颜色　　　　　　　　　　图40-4　最终效果

紫边现象是由数码相机在拍摄高反差、强逆光的静物边缘时产生的光学衍射，加上CCD在色彩插值计算时的固有缺陷而造成的，紫边现象经常出现在使用单CCD的数码相机上。

第41例　修补残破的照片

素　材：\素材\第3章\残破.jpg
源文件：\源文件\第3章\残破.psd

知识要点	制作要领
★ 勾选选区	★ 固定填充
★ 调节工具属性	★ 模糊填充

步骤讲解

步骤1 选择【文件】/【打开】命令，打开光盘中提供的素材文件"残破.jpg"，可见远处的桥墩处有一片空白，破坏了画面，如图41-1所示。

步骤2 按两次【F】键将屏幕切换到带有菜单栏的全屏模式，按【Ctrl++】键放大照片的显示。将鼠标光标移动到照片中，按住空格键的同时按住鼠标左键不放，将照片的编辑区拖动到照片的中心。

步骤3 在工具箱中选择"仿制图章"工具，在工作界面上方的选项区域中设置其"不透明度"为"80%"，"流量"为"80%"，将鼠标光标移动到破损的桥墩处，使用【[】键或【]】键调节笔触大小。

步骤4 将笔触调节到合适的大小后，按住【Alt】键的同时，单击鼠标左键取样，如图41-2所示。

其实修补照片的过程就是灵活使用"仿制图章"工具等选项工具的过程。修补中要随时调节工具的笔触大小及工具的属性等。

步骤5 单击鼠标左键，对取样图像旁边的图像进行填充，用相同的方法对周边的图像进行填充。在填充图像的过程中，可根据需要调节工具的不透明度、流量和笔触大小，如图41-3所示。

图41-1　打开照片　　　　　图41-2　取样　　　　　图41-3　修补图像

步骤6 在工具箱中选择"多边形套索"工具，沿着桥墩与水面的位置创建一个框选水缺陷的选区，如图41-4所示。

步骤7 用相同的方法取样水色，然后对选区进行填充。在填充的过程中需要随时调节工具的笔触大小、流量等，如图41-5所示。

步骤8 将鼠标光标移动到桥墩和水的交汇处，取样图像，然后沿着桥墩的轨迹修复桥墩和水交汇处的图像，如图41-6所示。

图41-4　创建选区　　　　　图41-5　恢复水色　　　　　图41-6　恢复桥墩边缘

步骤9 在工具箱中选择"多边形套索"工具，沿着桥墩的正面将该面框选，然后使用"仿制图章"工具填充颜色，如图41-7所示。

步骤10 在头脑中模拟桥墩的整体结构，然后用相同的方法框选桥墩的上侧面，并填充图像，在填充图像的过程中，要根据光源效果加深背光处的颜色，如图41-8所示。

步骤11 用相同的方法修复桥墩正面的白色区域，然后参照照片中前一个桥墩的样式，对桥墩的左面进行修补。

步骤12 使用前面的方法逐步完成桥墩修复，当修复完成后，再对修复过程中填充的图像进一步调节，照片的最终效果如图41-9所示。

图41-7 填充桥墩正面

图41-8 填充桥墩上侧

图41-9 最终效果

第42例 修复网纹照片

素　材：\素材\第3章\网纹.jpg
源文件：\源文件\第3章\网纹.psd

知识要点	制作要领
★ "高斯模糊"命令	★ 设置模糊属性
★ "USM锐化"命令	★ 调节锐化属性

 步骤讲解

步骤1 选择【文件】/【打开】命令，打开光盘中提供的素材文件"网纹.jpg"。

步骤2 选择【滤镜】/【高斯模糊】命令，在弹出的对话框中按如图42-1所示进行设置。

步骤3 按【Ctrl+F】键重复模糊操作，网纹效果消失了，但照片显得有些模糊，如图42-2所示。

步骤4 按【Ctrl+J】键得到图层1，按【Ctrl+I】键对图像进行反相处理。选择【选择】/【色彩范围】命令，弹出"色彩范围"对话框，用吸管吸取图像中的白色部分，然后调整其容差值为168，如图42-3所示。

魔法档案

在【高斯模糊】对话框中设置半径的数值，注意不要大于1像素，否则最终效果看上去会很模糊。在大多数情况下0.7像素比较合适。

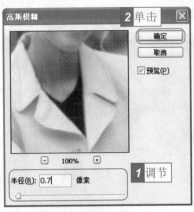
图42-1　设置模糊效果

图42-2　去除网纹

图42-3　选择色彩

步骤5　单击 确定 按钮返回到图像窗口中，得到白色图像的选区，然后单击"图层"面板中图层1前面的"眼睛"图标，隐藏反相处理的图层，如图42-4所示。

步骤6　选择图层1，选择【滤镜】/【锐化】/【USM锐化】命令，弹出"USM锐化"对话框，如图42-5所示调整各项数值，使图像边缘显得更加清楚。

步骤7　单击 确定 按钮返回到图像中，按【Ctrl+D】键取消选区，完成照片的处理，如图42-6所示。

图42-4　获取选区

图42-5　调节锐化

图42-6　最终效果

魔法档案

　　在编辑照片的过程中，合理使用锐化操作可以将模糊图像变得更加清晰，一般用于修复失焦的照片。

第43例 清除噪点

素　材：\素材\第3章\噪点.jpg
源文件：\源文件\第3章\噪点.psd

知识要点	制作要领
★ "减少杂色"命令	★ 调节通道

步骤讲解

步骤1　选择【文件】/【打开】命令，打开光盘中提供的素材文件"噪点.jpg"，可见照片中有很多噪点，如图43-1所示。

步骤2　选择【滤镜】/【杂色】/【减少杂色】命令，弹出"减少杂色"对话框，在其中选中⊙高级(D)单选按钮，然后选择"每通道"选项卡，设置"强度"数值为"10"，"保留细节"数值为"0"%，如图43-2所示。

图43-1　打开照片

图43-2　设置红色通道

步骤3　在"通道"下拉列表框中选择"绿"，然后设置"强度"数值框中的值为"7"，"保留细节"数值框中的值为"0"%，如图43-3所示。

步骤4 在"通道"下拉列表框中选择"蓝"，然后设置"强度"数值框中的值为
"7"，"保留细节"数值框中的值为"0"%，如图43-4所示。

图43-3 设置绿色通道

图43-4 设置蓝色通道

步骤5 选择"整体"选项卡，在"强度"数值框中输入"0"，在"减少杂色"数
值框中输入"59"，在"锐化细节"数值框中输入"0"，如图43-5所示。

步骤6 单击 确定 按钮，完成减少杂色的操作，如图43-6所示。

图43-5 整体调整

图43-6 最终效果

魔法师，使用减少杂色功能还有什么好处吗？

使用减少杂色滤镜还可以清除非图像本身或随机产生的外来杂色。

一学就会魔法书

第44例 修复老照片

素　材：\素材\第3章\老照片.jpg
源文件：\源文件\第3章\老照片.psd

知识要点	制作要领
★ "蒙尘与划痕" 命令	★ 去除大面积破损
★ 添加蒙版	★ 使用蒙版

 步骤讲解

步骤1 选择【文件】/【打开】命令，打开光盘中提供的素材文件"老照片.jpg"，可见该照片有一些破损，如图44-1所示。

步骤2 在工具箱中选择"仿制图章"工具🅰，将鼠标光标移动到照片中破损严重的位置，按住【Alt】键的同时在无破损处单击取样，然后拖动鼠标进行修复，如图44-2所示。

图44-1　打开照片

图44-2　修复破损

步骤3 用相同的方法修复照片中破损较严重的位置，如图44-3所示。

步骤4 按【Ctrl+J】键复制图层，选择【滤镜】/【杂色】/【蒙尘与划痕】命令，在弹出的对话框中按照如图44-4所示进行设置。

图44-3　修复严重破损的部分　　　　　　　　图44-4　使用滤镜

步骤5 单击 _____确定_____ 按钮，发现照片变得非常模糊，然后，按住【Alt】键的同时，在"图层"面板中单击"添加图层蒙版"按钮。

步骤6 在工具箱中选择"画笔"工具，将鼠标光标移动到照片背景中，沿着人物的外边缘进行涂抹，如图44-5所示。

步骤7 选择背景图层，选择【滤镜】/【杂色】/【减少杂色】命令，在弹出的对话框中设置"强度"为"8"，"保留细节"为"7"，如图44-6所示。

图44-5　去除背景　　　　　　　　　　　　图44-6　减少杂色

一学就会魔法书

步骤8 单击 `确定` 按钮完成减少杂色的操作，按【Ctrl+E】键合并图层，如图44-7所示。

步骤9 在"图层"面板中单击"创建新的填充或调整图层"按钮，在弹出的菜单中选择"亮度/对比度"命令，在弹出的对话框中设置"亮度"为"+3"，"对比度"为"+27"，如图44-8所示。

图44-7 合并图层　　　　　　　　图44-8 调节亮度对比度

（1）打开"桥.jpg"照片（光盘:\素材\第3章\桥.jpg），删除照片中桥前面的花草，使桥更加突出，如图"练习1"所示（光盘:\源文件\第3章\桥.psd）。

提示：

❖ 使用"仿制图章"工具对其进行修复处理，在使用该工具时，应主要调节其不透明度和流量。

练习1

（2）打开"水果.jpg"照片（光盘:\素材\第3章\水果.jpg），将照片中的一个水果勾选出来，如图"练习2"所示（光盘:\源文件\第3章\水果.psd）。

提示：

❖ 使用"钢笔"工具勾选水果。

❖ 执行"反选"命令，然后删除图像。

练习2

（3）打开"飞机.jpg"照片（光盘:\素材\第3章\飞机.jpg），对照片中破损的部分进行修复处理，效果如图"练习3"所示（光盘:\源文件\第3章\飞机.psd）。

提示：

❖ 使用"仿制图章"工具。

❖ 使用"污点修复"工具。

练习3

第**4**章

人物美容

多媒体教学演示：70分钟

呵呵，我也可以将我的照片处理得更漂亮了！

魔法师：小魔女你在藏什么呢？快交出来我看看！

小魔女：魔法师，这张照片你就不要看了嘛，照片上的人是我，只是照得太丑了。

魔法师：呵呵，告诉你一个小秘密，其实用Photoshop CS3可以为照片中的人物"美容"哦！

小魔女：真的吗？可以将我变得更漂亮？

魔法师：那当然，下面就将介绍使用Photoshop CS3为照片中人物"美容"的方法，你可要认真听哦！

第45例　修改人物发型

素　材：\素材\第4章\改变发型.jpg
源文件：\源文件\第4章\改变发型.psd

知识要点	制作要领
★ "多边形套索"工具	★ 勾选照片
★ "液化"命令	★ 扭曲头发

 步骤讲解

步骤1 选择【文件】/【打开】命令，打开光盘中提供的素材文件"改变发型.jpg"，可见照片人物的发型为直发，如图45-1所示。

步骤2 在工具箱中选择"多边形套索"工具 ，将鼠标光标移动到照片的编辑窗口中，沿着人物发型的边缘将其勾选出来，如图45-2所示。

图45-1　打开照片

图45-2　框选头发

步骤3 选择【滤镜】/【液化】命令，在弹出的对话框中单击"顺时针选择扭曲"工具 ，在对话框的右侧设置工具属性，如图45-3所示。

步骤4　将鼠标光标移动到对话框中间的预览窗口中，按住鼠标不放即可将所选头发扭曲，用相同的方法，将整个人物的发型进行扭曲，如图45-4所示。

图45-3　设置工具属性　　　　　　　　图45-4　扭曲头发

步骤5　单击 确定 按钮完成对头发的修改，返回到照片的编辑状态后，按【Ctrl+D】键取消选区，如图45-5所示。

图45-5　改变发型

呵呵，我也想尝试一下卷发的效果了。

魔法档案

当用户需要为照片中人物更换发型时，还可将某个发型选中，然后将其拖移到照片文档中，再对其进行编辑即可。

第46例　艺术染发

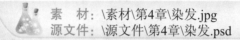
素　材：\素材\第4章\染发.jpg
源文件：\源文件\第4章\染发.psd

知识要点	制作要领
★ 进入快速蒙版模式	★ 涂抹头发范围
★ 使用渐变填充	★ 填充渐变色
	★ 设置图层混合模式

步骤讲解

步骤1　选择【文件】/【打开】命令，打开光盘中提供的素材文件"染发.jpg"，可见照片中女孩的头发为金黄色，如图46-1所示。

步骤2　单击工具栏下方的"以快速蒙版模式编辑"按钮，选择"画笔"工具，在工作界面上方的选项区域中设置工具的"不透明度"为"100"，将鼠标光标移动到照片中对头发进行涂抹，如图46-2所示。

图46-1　打开照片

图46-2　涂抹头发

步骤3 将头发的大体结构涂抹好以后，再使用【[】键或【]】键调整工具笔触大小，对细小的发丝进行涂抹，直到涂抹完为止，如图46-3所示。

步骤4 按【Q】键返回到标准编辑模式，然后选择【选择】/【反向】命令，得到头发选区，如图46-4所示。

图46-3　完成头发的涂抹

图46-4　切换选区

步骤5 在"图层"面板下方单击"创建新图层"按钮，新建图层1，选择"渐变"工具，在工具界面上方的选项区域中单击[　　　]按钮，弹出"渐变编辑器"对话框，在"预设"栏中选择第13种样式，如图46-5所示。

步骤6 单击[确定]按钮返回到图像窗口中，在选区以从上到下的方向拉出一条直线，填充渐变颜色，如图46-6所示。

图46-5　选择填充样式

图46-6　填充颜色

Photoshop CS3数码照片处理200例（全彩版）

步骤7 按【Ctrl+D】键取消选区，在"图层"面板中设置图层1的"图层混合模式"为"柔光"，如图46-7所示。

当用户为照片人物染发以后，还可以使用"橡皮擦"工具对图像进行必要的调整。

图46-7 选择图层混合模式

第47例 修饰眉毛和睫毛

素　材：\素材\第4章\眉毛.jpg、眉毛1.jpg
源文件：\源文件\第4章\眉毛.psd

知识要点	制作要领
★"仿制图章"工具	★涂抹的次数
★取样	★涂抹的范围

 步骤讲解

步骤1 选择【文件】/【打开】命令，打开光盘中提供的素材文件"眉毛.jpg"，如图47-1所示。

80 一学就会魔法书

步骤2 选择【文件】/【打开】命令，打开光盘中提供的素材文件"眉毛1.jpg"，如图47-2所示。

图47-1　打开"眉毛.jpg"

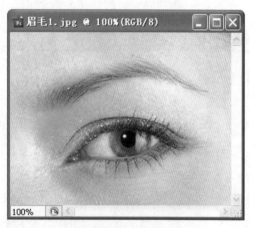

图47-2　打开"眉毛1.jpg"

步骤3 将"眉毛1.jpg"切换为当前文档，在工具箱中选择"仿制图章"工具，将鼠标光标移动到照片中的眉毛处，按住【Alt】键的同时单击取样，如图47-3所示。

步骤4 将"眉毛.jpg"切换为当前文档，将鼠标光标移动到照片中人物的左眉毛处，按住鼠标左键不放进行涂抹，如图47-4所示。

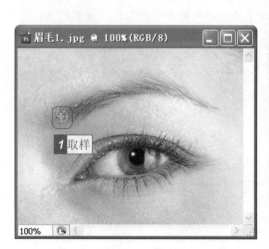

图47-3　取样

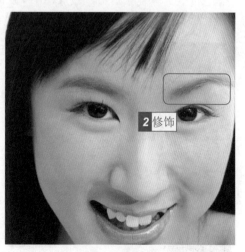

图47-4　修饰左眉毛

步骤5 将"眉毛1.jpg"切换为当前文档，在工具箱中选择"多边形套索"工具，将鼠标光标移动到人物的睫毛上方，沿着睫毛的边缘创建选区，如图47-5所示。

步骤6 选择【编辑】/【拷贝】命令将选区复制一个，将"眉毛.jpg"切换为当前文档，在"图层"面板中新建一个图层，选择【编辑】/【粘贴】命令，并将粘贴的图形移动到人物的左睫毛处。

步骤7 按【Ctrl+T】键自由变形粘贴的图形，这时在图形的四周将出现控制柄，拖动其中的控制柄使粘贴的图形和原图中的睫毛相吻合，如图47-6所示。

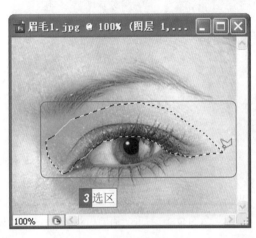

图47-5　创建选区

图47-6　变形图形

步骤8 在工具箱中选择"橡皮擦"工具，在工作界面上方的选项区域中设置"不透明度"为"70%"，"流量"为"66%"，将鼠标光标移动到粘贴图形的边缘，按住鼠标左键对图形的边缘进行擦除，如图47-7所示。

步骤9 选择背景图层，按【Ctrl++】键将照片的显示放大，并将人物的左眼置于文档的中点，使用"仿制图章"工具修复睫毛中多余的部分，如图47-8所示。

图47-7　擦除图形

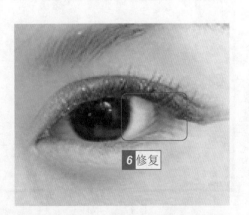

图47-8　修复细节部分

一学就会魔法书

步骤10　将"眉毛1.jpg"切换为当前文档，按【Ctrl+J】键复制图层，并将其水平翻转。使用"仿制图章"工具🖋在眉毛处取样，将"眉毛.jpg"切换为当前文档，新建图层2，将鼠标光标移动到人物的右眉毛处，按住鼠标左键进行复制，并对复制的眉毛进行必要的编辑修复，如图47-9所示。

步骤11　选择图层1，按【Ctrl+J】键复制图层，将图层中的睫毛移动到右眼下方，并将其水平翻转，然后再使用"橡皮擦"工具🖋对其进行编辑，如图47-10所示。

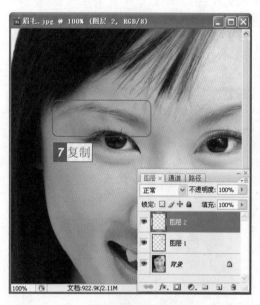

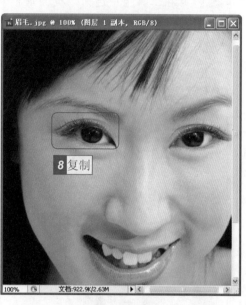

图47-9　调整右眉毛　　　　　　图47-10　最终效果

第48例　变换眼睛色彩

素　材：\素材\第4章\变换眼睛色彩.jpg
源文件：\源文件\第4章\变换眼睛色彩.psd

知识要点　　　　制作要领
★ "椭圆选框"工具　★ 创建正圆
★ "色彩平衡"命令　★ 调节色彩平衡

步骤讲解

步骤1 选择【文件】/【打开】命令，打开光盘中提供的素材文件"变换眼睛色彩.jpg"，如图48-1所示。

步骤2 在工具箱中选择"椭圆选框"工具，在工作界面上方的选项区域中单击"添加到选区"按钮，将鼠标光标移动到照片中人物的眼球中心，按住【Shift+Ctrl+Alt】键的同时绘制一个正圆选区将其框选，使用相同的方法框选另一个眼球，如图48-2所示。

图48-1　打开照片　　　　　图48-2　创建选区

步骤3 按【Ctrl+J】键复制图像并创建图层，选择【图像】/【调整】/【色彩平衡】命令，弹出"色彩平衡"对话框，将第1个滑块拖动至"+18"，如图48-3所示。

步骤4 使用相同的方法调节第2个滑块的值为"-100"，第3个滑块的值为"+100"，如图48-4所示。

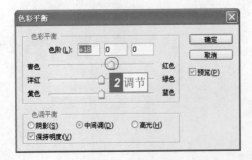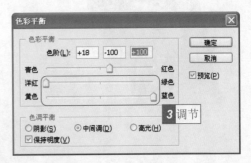

图48-3　调节滑块　　　　　图48-4　完成色彩的调节

步骤5 单击 [确定] 按钮，返回到工作界面中，即可发现照片中人物的眼睛变为了紫色，如图48-5所示。

步骤6 将照片放大显示，在工具箱中选择"橡皮擦"工具 ✐，将鼠标光标移动到眼睛处，将溢出的颜色擦掉，如图48-6所示。

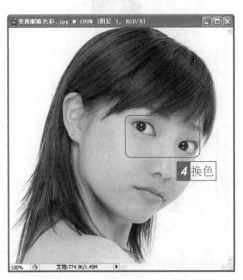

图48-5　查看眼睛颜色

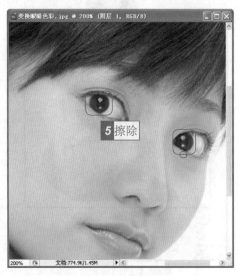

图48-6　擦除多余的颜色

第49例　去除眼袋

素　材：\素材\第4章\眼袋.jpg
源文件：\源文件\第4章\眼袋.psd

知识要点	制作要领
★ "减淡"工具	★ 减淡图像
★ "加深"工具	★ 加深图像

步骤讲解

步骤1 选择【文件】/【打开】命令，打开光盘中提供的素材文件"眼袋.jpg"，可见照片中老人的眼袋比较明显，如图49-1所示。

步骤2 在工具箱中选择"减淡"工具 🖌，按【Ctrl++】键放大显示，将鼠标光标移动到照片中老人的左眼袋上方，按住鼠标左键进行涂抹，如图49-2所示。

图49-1　打开照片

图49-2　减淡对象

步骤3 在工具箱中选择"修复画笔"工具 🖌，将鼠标光标移动到老人右眼下方，按住【Alt】键在眼袋下方的皮肤处单击取样。

步骤4 将鼠标光标移动到人物右眼眼袋处，拖动鼠标进行涂抹，消除人物右眼眼袋，如图49-3所示。

步骤5 按【Ctrl+-】键恢复到照片的正常显示，可以看到老人左眼下方的皮肤过于发白并与周围的颜色不搭配。

步骤6 在工具箱中选择"加深"工具 🖌，使用【Ctrl++】键放大工具的笔触，然后将鼠标光标移动到老人的左眼下方，单击鼠标加深颜色，如图49-4所示。

图49-3　修复左眼袋

图49-4　加深颜色

第50例 去除黑眼圈

素　材：\素材\第4章\黑眼圈.jpg
源文件：\源文件\第4章\黑眼圈.psd

知 识 要 点	制 作 要 领
★ "多边形套索"工具	★ 羽化选区
★ "羽化"命令	★ 移动选区位置

步骤讲解

步骤1　选择【文件】/【打开】命令，打开光盘中提供的素材文件"黑眼圈.jpg"，可见照片中人物有明显的黑眼圈，如图50-1所示。

步骤2　按【Ctrl++】键将照片放大显示，然后在工具箱中选择"多边形套索"工具，将鼠标光标移动到人物的右眼下方，沿着黑眼圈创建选区，如图50-2所示。

图50-1 打开照片

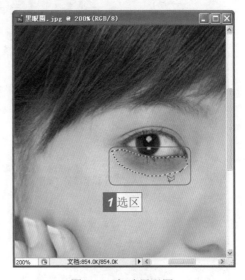

图50-2 勾选黑眼圈

步骤3　选择【选择】/【修改】/【羽化】命令，在弹出的对话框中输入"5"，然后

单击 确定 按钮，如图50-3所示。

步骤4 新建图层1，将鼠标光标移动到选区边缘，按住鼠标左键不放拖动选区到脸部光滑的位置，选择背景图层，然后按【Ctrl+J】键复制选区中的图像并新建一个图层。

步骤5 按住【Ctrl】键不放，使用鼠标左键单击复制图层的缩略图，为图层中的对象创建选区。按键盘中的方向键，使选区向上移动，如图50-4所示。

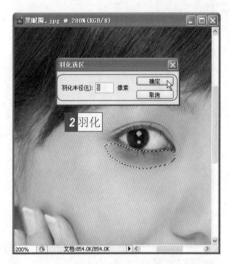

图50-3　羽化选区

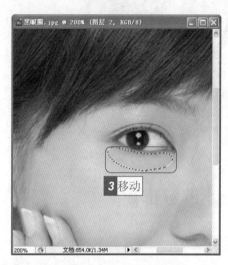

图50-4　移动选区

步骤6 在工具箱中选择"多边形套索"工具，然后将鼠标光标移动到人物的左眼下方，接着沿着黑眼圈创建选区，并使用相同的方法将选区羽化"5"像素，如图50-5所示。

步骤7 重复第4、5步的操作步骤，修复人物左眼的黑眼圈，如图50-6所示。

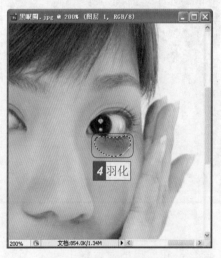

图50-5　创建并羽化选区

图50-6　修复黑眼圈

第51例　将模糊照片变得清晰

素　材：\素材\第4章\模糊.jpg
源文件：\源文件\第4章\模糊.psd

知识要点	制作要领
★ "照亮边缘"工具	★ 涂抹图像
★ "高斯模糊"命令	★ 设置图层模式
★ "色阶"命令	

步骤讲解

步骤1 选择【文件】/【打开】命令，打开光盘中提供的素材文件"模糊.jpg"，可见照片中人物有一些模糊，如图51-1所示。

步骤2 在"通道"面板中复制一个"红"通道，选择【滤镜】/【风格化】/【照亮边缘】命令，在弹出对话框中设置边缘宽度为"1"，边缘亮度为"20"，平滑度为"1"，如图51-2所示。

图51-1　打开照片

图51-2　照亮边缘

步骤3 选择【滤镜】/【模糊】/【高斯模糊】命令，在弹出的对话框的"半径"数值框中输入"2"，如图51-3所示。

步骤4 选择【图像】/【调整】/【色阶】命令，在弹出的"色阶"对话框中按如图51-4所示进行设置。

图51-3　模糊图像

图51-4　设置色阶

步骤5 在工具箱中选择"画笔"工具 ，设置前景色为黑色，将鼠标光标移动到窗口中，对图像中不需要锐化的部分进行涂抹（主要是背景部分），如图51-5所示。

步骤6 选择RGB通道，按住【Ctrl】键的同时单击复制的通道将其载入选区，选择背景图层将其复制出一个新图层，选择【滤镜】/【艺术效果】/【绘画涂抹】命令，在弹出的对话框中按如图51-6所示进行设置。

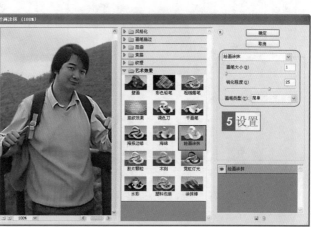

图51-5　涂抹图像

图51-6　添加绘画涂抹效果

步骤7 将图层再复制一个，设置其混合模式为"滤色"，将其下层图层的不透明度设置为"30%"，如图51-7所示。

这样处理后，照片中的人物不仅变得清晰了，而且整张照片的色彩也变得更加饱满了。

图51-7 最终效果

第52例 修整鼻子

素　　材：\素材\第4章\鼻子.jpg
源文件：\源文件\第4章\鼻子.psd

知识要点	制作要领
★ "多边形套索"工具	★ 勾选鼻子
	★ 设置球面化效果
★ "球面化"命令	★ 加深颜色

 步骤讲解

步骤1 选择【文件】/【打开】命令，打开光盘中提供的素材文件"鼻子.jpg"，准备修整照片中人物的鼻子，如图52-1所示。

步骤2 在工具箱中选择"多边形套索"工具 ，按【Ctrl++】键放大照片的显示，将鼠标光标移动到文档中，沿着鼻子的轮廓创建一个选区，如图52-2所示。

图52-1　打开照片

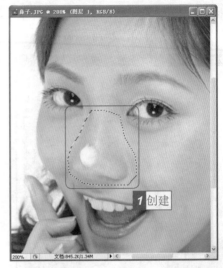

图52-2　勾选鼻子

步骤3　按【Ctrl+J】键为选区创建一个图层，选择【滤镜】/【扭曲】/【球面化】命令，在弹出的对话框的"数量"数值框中输入"-40"，如图52-3所示。

步骤4　单击 确定 按钮，返回到文档的编辑窗口中，按【Ctrl+D】键取消选区，可见鼻子明显变小了，如图52-4所示。

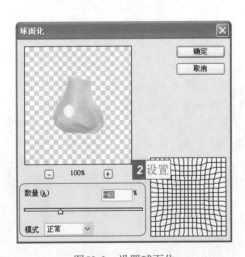

图52-3　设置球面化

图52-4　查看鼻子效果

步骤5　选择图层1，在工具箱中选择"加深"工具，将鼠标光标移动到鼻子的右边，单击鼠标为鼻子的右侧加深颜色以增加立体感，如图52-5所示。

步骤6　在工具箱中选择"橡皮擦"工具，在工作界面上方的选项区域中调节工具的不透明度和流量，将鼠标光标移动到鼻子的右侧，擦除多余的深色部分，最终效果如图52-6所示。

一学就会魔法书

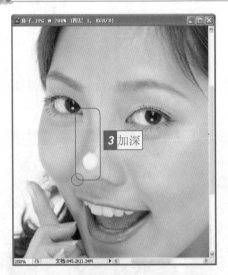

图52-5 加深鼻子侧面颜色

图52-6 最终效果

魔法档案

在使用"加深"工具加深鼻子侧面颜色时，注意不能按住鼠标左键不放涂抹添加，这样添加的颜色会过深。

第53例 美白牙齿

素 材：\素材\第4章\美白牙齿.jpg
源文件：\源文件\第4章\美白牙齿.psd

知识要点	制作要领
★ "多边形套索"工具	★ 勾选牙齿
	★ 去除黄色
★ "色相/饱和度"命令	★ 调节牙齿明度

步骤讲解

步骤1 选择【文件】/【打开】命令，打开光盘中提供的素材文件"美白牙

齿.jpg"，可见照片中人物的牙齿有一些发黄，如图53-1所示。

步骤2 在工具箱中选择"多边形套索"工具，在工作界面上方的选项区域中设置"羽化"值为"2"。

步骤3 将鼠标光标移动到文档编辑窗口中，沿着照片左边人物的上齿，创建一个选区，如图53-2所示。

图53-1 打开照片

图53-2 勾选牙齿

步骤4 选择【图像】/【调整】/【色相/饱和度】命令，弹出"色相/饱和度"对话框，在"编辑"下拉列表框中选择"黄色"，向左拖动"饱和度"数值框下方的滑块至"-95"，以降低牙齿图像的饱和度，如图53-3所示。

步骤5 单击 确定 按钮返回编辑窗口，可看到牙齿图像中的黄色已经基本被擦除，但却失去了光泽，如图53-4所示。

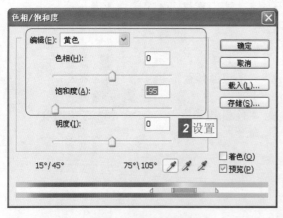

图53-3 降低饱和度

图53-4 查看效果

步骤6 选择【图像】/【调整】/【色相/饱和度】命令，弹出"色相/饱和度"对话框，在"编辑"下拉列表框中选择"全图"选项，拖动"明度"数值框下方的滑

块，直至数值框中的数值达到"+55"，以增加牙齿的亮度，如图53-5所示。

步骤7 单击 确定 按钮，返回到编辑窗口中，按【Ctrl+D】键取消选区即可发现人物的牙齿变白了，如图53-6所示。

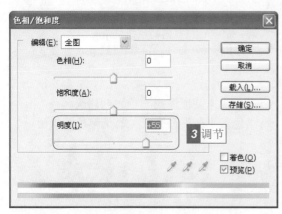

图53-5　闭合路径　　　　　　　　　　　　图53-6　删除背景

步骤8 使用"多边形套索"工具勾选出照片中左边人物的下面的牙齿，然后将其羽化"2"个像素，再使用相同的方法对其进行美白，如图53-7所示。

步骤9 使用相同的方法美白照片中右边人物的牙齿，如图53-8所示。

图53-7　美白下齿　　　　　　　　　　　　图53-8　最终效果

魔法档案
　　　选择"套索"工具后，设置选区
边缘羽化值是为了在调整颜色时不留痕迹，
即使牙齿变白之后也不会留下难看的边。

魔力测试
　　　打开素材文件中的"美白牙
齿1.jpg"照片，使用上述操作美白照片
中人物的牙齿。

第54例　改变口红颜色

素　材：\素材\第4章\口红.jpg
源文件：\源文件\第4章\口红.psd

知识要点	制作要领
★ 进入快速蒙板模式	★ 创建选区
★ "色彩平衡"命令	★ 调节色彩平衡

 步骤讲解

步骤1 选择【文件】/【打开】命令，打开光盘中提供的素材文件"口红.jpg"，这时可见照片中人物的口红色彩比较暗淡，如图54-1所示。

步骤2 按【Ctrl++】键放大照片的显示，按【Q】键进入快速蒙版编辑模式，选择"画笔"工具，将鼠标光标移动到人物的口部，按住鼠标左键进行涂抹使红色蒙版区域遮住整个嘴唇，如图54-2所示。

图54-1　打开照片

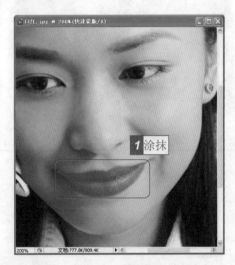

图54-2　涂抹嘴部

步骤3 按【Q】键退出快速蒙版编辑模式，选择【选择】/【反向】命令，得到嘴唇的图像选区。

魔法书

步骤4　选择【图像】/【调整】/【色彩平衡】命令，在弹出的"色彩平衡"对话框的"色阶"数值框中进行设置，使照片中的口红颜色更加鲜艳，如图54-3所示。

步骤5　单击 确定 按钮完成色彩的调整并返回到编辑窗口中，按【Ctrl+D】键取消选区，如图54-4所示。

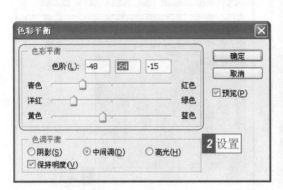

图54-3　调节色彩平衡

图54-4　最终效果

第55例　祛　斑

素　材：\素材\第4章\祛斑.jpg
源文件：\源文件\第4章\祛斑.psd

知 识 要 点	制 作 要 领
★ "高斯模糊"命令	★ 设置模糊值
★ "橡皮擦"工具	★ 调节擦除属性

步骤讲解

步骤1　选择【文件】/【打开】命令，打开光盘中提供的素材文件"祛斑.jpg"，可见照片中人物面部有许多雀斑，如图55-1所示。

步骤2 按【Ctrl+J】键为背景图层新建一个图层，单击新建图层前面的 👁 图标，将其隐藏，并选择背景图层。

步骤3 选择【滤镜】/【模糊】/【高斯模糊】命令，弹出"高斯模糊"对话框，拖动"半径"文本框下方的滑块使图像模糊，直到看不到雀斑为止，如图55-2所示。

图55-1　打开照片

图55-2　调节模糊值

步骤4 选择隐藏的图层，单击 👁 图标的位置，显示图层，在工具箱中选择"橡皮擦"工具 🖋，在工作界面上方的选项区域中设置"不透明度"为"54%"，"流量"为"50%"。

步骤5 将鼠标光标移动到编辑窗口中，按住鼠标左键不放涂抹人物面部的雀斑，如图55-3所示。

步骤6 用相同的方法继续对人物的面部进行涂抹，直到完全清除雀斑为止，如图55-4所示。

哇！使用这种方法处理后的照片效果太好了。

呵呵，使用该方法清除雀斑时，一定要注意调节照片的模糊度哦，如果模糊度过高，图像的最终效果可能也会变得模糊。

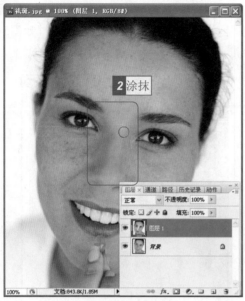

2 涂抹

图55-3 涂抹照片

图55-4 最终效果

第56例 去除油光

素 材：\素材\第4章\油光.jpg
源文件：\源文件\第4章\油光.psd

知识要点
★ "仿制图章"工具

制作要领
★ 设置工具属性
★ 取样

步骤讲解

步骤1 选择【文件】/【打开】命令，打开光盘中提供的素材文件"油光.jpg"，可见照片中有一层油光，如图56-1所示。

步骤2 选择"仿制图章"工具，在工作界面上方的选项区域中设置"模式"为"变暗"，"不透明度"为"51%"，"流量"为"48%"。

步骤3 按住【Alt】键的同时单击人物面部中没有油光的区域进行取样，然后将鼠标光标移动到人物的面部，在油光部分进行涂抹，去除油光，如图56-2所示。

图56-1 打开照片

图56-2 去除油光

步骤4 用相同的方法，继续在人物的面部进行涂抹，直到清除面部的所有油光为止，如图56-3所示。

步骤5 清除完面部油光以后，将鼠标光标移动到照片中人物的颈部，使用相同的方法清除人物颈部的油光，如图56-4所示。

图56-3 去除网纹

图56-4 选择色彩

一学就会魔法书

第57例 去除皱纹

 素　材：\素材\第4章\去皱.jpg
源文件：\源文件\第4章\去皱.psd

知识要点	制作要领
★ 复制通道	★ 设定高反差保留
★ "高反差保留"命令	★ 设定计算属性
★ "计算"命令	★ 调节曲线

 步骤讲解

步骤1 选择【文件】/【打开】命令，打开光盘中提供的素材文件"去皱.jpg"，可见照片中老人的皱纹比较明显，如图57-1所示。

步骤2 在"通道"面板中复制皱纹最明显的"蓝"通道，然后选择【滤镜】/【其他】/【高反差保留】命令，将"半径"数值框中的数值调节为"4.7"，如图57-2所示。

图57-1　打开照片

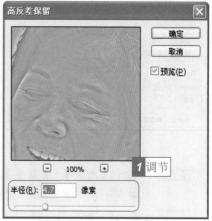

图57-2　设置高反差保留

步骤3 单击 确定 按钮，返回到编辑窗口中，在工具箱中选择"画笔"工具 🖌，用背景色填充不需要选择的区域，如图57-3所示。

步骤4 按【Ctrl++】键放大选区，使用相同的方法涂抹老人面部不需要选择的部分，如嘴、眉毛，如图57-4所示。

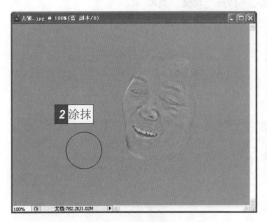

图57-3 涂抹图像

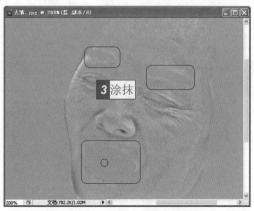

图57-4 涂抹人物面部

步骤5 选择【图像】/【计算】命令，在弹出的"计算"对话框的"混合"下拉列表框中选择"强光"选项，如图57-5所示。

步骤6 单击 确定 按钮，完成计算操作，并再次执行该命令。

步骤7 按【Ctrl】键的同时单击Alpha2通道调出选区，单击"图层"面板中的图层返回RGB模式，如图57-6所示。

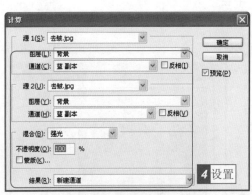

图57-5 调整计算

图57-6 建立选区

步骤8 选择【图像】/【调整】/【曲线】命令，弹出"曲线"对话框，按住曲线的中点不放，将其向下拖动，调节选区的色阶，如图57-7所示。

步骤9 单击 确定 按钮，返回到编辑窗口中，这时可见人物的皱纹得到一定程度的修复，重复执行"曲线"命令直到去除皱纹为止，最终效果如图57-8所示。

一学就会魔法书

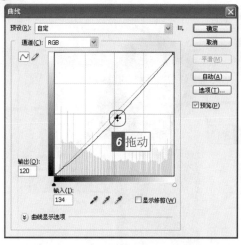

图57-7　调节曲线

图57-8　最终效果

第58例　美 白 肌 肤

素　材：\素材\第4章\美白.jpg
源文件：\源文件\第4章\美白.psd

知 识 要 点	制 作 要 领
★ "自动色阶"命令	★ 调节色彩平衡
★ "色彩平衡"命令	★ 调节色阶
★ "色阶"命令	★ 模糊照片
★ "可选颜色"命令	★ 锐化照片

 步骤讲解

步骤1　选择【文件】/【打开】命令，打开光盘中提供的素材文件"美白.jpg"，如图58-1所示。

步骤2　选择【图像】/【调整】/【自动色阶】命令，系统将自动对照片的色彩进行一些调整。

步骤3　按【Shift+Ctrl+Alt+~】键，将照片中的高光部分选择出来，新建一个空白图层，使用白色对选区进行填充，并调节图层的"不透明度"为"50%"，如图58-2所示。

图58-1　打开照片　　　　　　　　　　　图58-2　填充图层

步骤4　选择背景图层，按【Ctrl+B】键弹出"色彩平衡"对话框，选中⊙高光(H)单选按钮，调节"青色"为"-21"，"洋红"为"-24"，如图58-3所示。

步骤5　按【Ctrl+D】键取消选区，按【Ctrl+L】键弹出"色阶"对话框，在"通道"下拉列表框中选择"红"选项，在"输入色阶"栏的左边第一个文本框中输入"40"，以降低照片人物暗部色彩颜色，如图58-4所示。

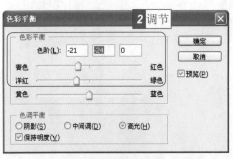

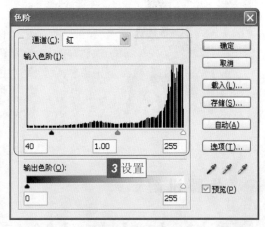

图58-3　调节色彩平衡　　　　　　　　　图58-4　调节色阶

步骤6　单击 确定 按钮，返回到编辑窗口中，选择【图像】/【调整】/【可选颜色】命令，弹出"可选颜色"对话框，在"颜色"下拉列表框中选择"黄色"选项，调节"洋红"值为"+40"，"黄色"值为"-51"，如图58-5所示。

步骤7　选择【滤镜】/【模糊】/【表面模糊】命令，弹出"表面模糊"对话框，调节"半径"值为"3"，"阈值"为"10"，如图58-6所示。

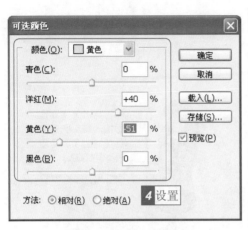

图58-5　调节可选颜色

图58-6　调节表面模糊

步骤8　单击 确定 按钮返回到编辑窗口中，在工具箱中选择"多边形套索"工具 ，将鼠标光标移动到人物的眼睛处，勾选眼睛和眉毛，如图58-7所示。

步骤9　选择【滤镜】/【锐化】/【USM锐化】命令，弹出"USM锐化"对话框，设置"数量"数值框中的值为"80"，"半径"为"1.1"，"阈值"为"4"，如图58-8所示。

图58-7　创建选区

图58-8　锐化照片

步骤10　单击 确定 按钮返回到编辑窗口中，即可发现照片中人物的眼睛变得非常有神了，如图58-9所示。

嗯，通过美白处理后的人物皮肤变得更加白皙了，而且眼睛更有神采。

图58-9　最终效果

第59例　人体瘦身

🧪 素　材：\素材\第4章\瘦身.jpg
源文件：\源文件\第4章\瘦身.psd

知 识 要 点	制 作 要 领
★ "液化"命令	★ 调节工具属性
★ "向前变形"工具	★ 调节瘦身尺度

 **步骤讲解**

步骤1 选择【文件】/【打开】命令，打开光盘中提供的素材文件"瘦身.jpg"，可见照片中的人物有一些发胖，如图59-1所示。

步骤2 选择【滤镜】/【液化】命令，在弹出的对话框中选择"向前变形"工具✍，将鼠标光标移动到预览窗口中人物的面部，使用【[】键放大工具的笔触，然后按住鼠标左键不放，向里拖动将人物面部变瘦，如图59-2所示。

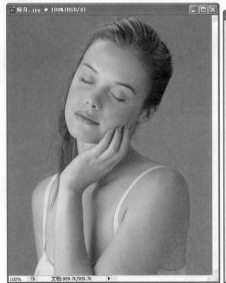

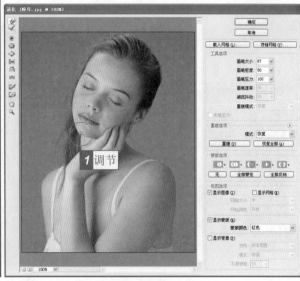

图59-1　打开照片　　　　　　　　　　　图59-2　使面部变瘦

步骤3 将鼠标光标移动到人物的背部，用相同的方法调节背部曲线，使人物的背部变瘦一些，然后将鼠标光标移动到人物的左手臂处，使用相同的方法为手臂瘦身，如图59-3所示。

步骤4 单击 确定 按钮完成人物图像的瘦身处理，最终效果如图59-4所示。

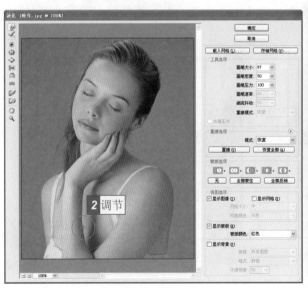

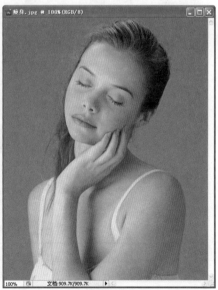

图59-3　调节手臂　　　　　　　　　　　图59-4　最终效果

第60例　变换衣服颜色

素　材：\素材\第4章\换色.jpg
源文件：\源文件\第4章\换色.psd

知 识 要 点	制 作 要 领
★ "钢笔"工具 ★ "色相/饱和度"命令	★ 创建钢笔路径 ★ 调节色相与饱和度

步骤讲解

步骤1　选择【文件】/【打开】命令打开光盘中的素材文件"换色.jpg"，如图60-1所示。

步骤2　选择"钢笔"工具，在工作界面上方的选项区域中单击"路径"按钮进入路径绘制状态，在衣服左上方边缘处单击，作为路径起点，并沿着起点创建路径，如图60-2所示。

图60-1　打开照片

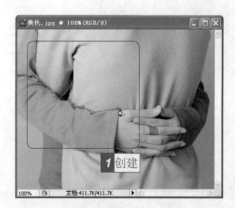

图60-2　勾选衣服

魔法档案
　　如需创建曲线路径，可单击路径控制点的同时按住鼠标左键不放进行调节，在创建另一点时要按住【Alt】键单击控制手柄中间的点减去一边，拖动另一边手柄调整路径弧度。

步骤3　使用相同的方法完成对衣服的勾选后，按【Ctrl+Enter】键将路径变为选区。

步骤4　选择【图像】/【调整】/【色相/饱和度】命令，弹出"色相/饱和度"对话框，将"色相"设置为"-81"，将"饱和度"设置为"+28"，如图60-3所示。

步骤5　单击 确定 按钮，返回到编辑窗口中即可发现勾选的衣服已经变成绿色，按【Ctrl+D】键取消选区，如图60-4所示。

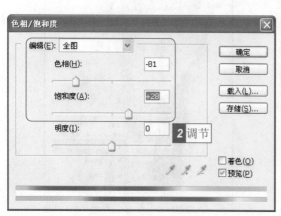

图60-3　调节色相/饱和度

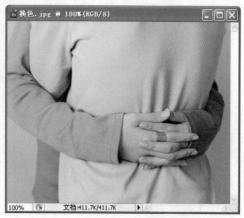

图60-4　变换衣服颜色

第61例　抠出整体人物

素　材：\素材\第4章\抠图.jpg
源文件：\源文件\第4章\抠图.psd

知识要点
★ "色阶"命令
★ 复制通道

制作要领
★ 调节图像色差
★ 涂抹图像
★ 擦除图像

　步骤讲解

步骤1　选择【文件】/【打开】命令，打开光盘中提供的素材文件"抠图.jpg"，如图61-1所示。

步骤2　新建图层1，将其填充为绿色，根据背景图层复制出两个副本图层，接着将图层1拖动到背景图层的上方，如图61-2所示。

图61-1　打开照片

图61-2　编辑图层

步骤3　选择最上层的"背景副本2"图层，按【Shift+Ctrl+U】键去色，选择【图像】/【调整】/【色阶】命令，在弹出的"色阶"对话框中，按如图61-3所示进行设置。

步骤4　单击 确定 按钮，返回到编辑窗口中，按【Ctrl+I】键执行反相操作，使人物突出显示，如图61-4所示。

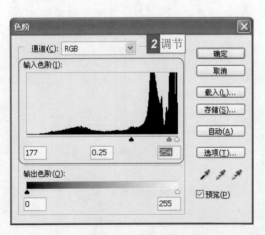

图61-3　调节色阶

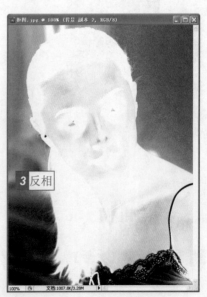

图61-4　突出人物

一学就会魔法书

步骤5 在"通道"面板中复制"蓝"通道，选择【图像】/【调整】/【色阶】命令，在弹出的"色阶"对话框中对照片进一步调整，单击 确定 按钮，如图61-5所示。

步骤6 在工具箱中选择"画笔"工具 ，设置前景色为白色，使用该工具对人物进行涂抹，如图61-6所示。

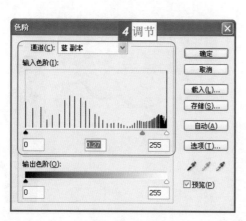

图61-5 调节色阶

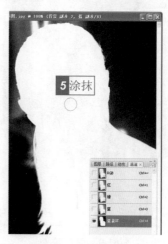

图61-6 涂抹颜色

步骤7 按住【Ctrl】键的同时单击复制的蓝通道显示选区，并选择RGB通道，返回到图层中，将背景副本移动到最上层，按【Shift+Ctrl+I】键反选图像，按【Delete】键将背景删除，如图61-7所示。

步骤8 隐藏取色后的图层，在工具箱中选择"橡皮擦"工具 ，将鼠标光标移动到人物的头部，擦除多余的边缘，并使用相同的方法擦除人物肩部多余的图像，如图61-8所示。

图61-7 删除背景

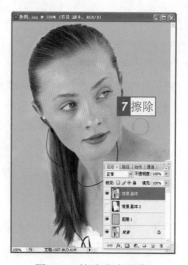

图61-8 擦除多余图像

步骤9 在工作界面上方的选项区域中设置"不透明度"为"20%"，"流量"为"30%"，将鼠标光标移动到头发的边缘，涂抹头发使其与背景更加融合，如图61-9所示。

抠图的技巧和方法非常多，使用滤镜中的"抽出"功能，也能使用简单的抠图效果。

图61-9　最终效果

过关练习

（1）打开"练习1.jpg"照片（光盘:\素材\第4章\练习1.jpg），美白照片中人物的牙齿，并对右边人物的头发进行染色处理，如图"练习1"所示（光盘:\源文件\第4章\练习1.psd）。

提示：

❖ 为牙齿创建并羽化选区。

❖ 使用"色相/饱和度"命令去掉牙齿的饱和度。

❖ 使用"色相/饱和度"命令调节牙齿的明度。

练习1

（2）打开"练习2.jpg"照片（光盘:\素材\第4章\练习2.jpg），对照片中的美女进行美白处理（光盘:\源文件\第4章\练习2.psd）。

第5章

合成照片与处理风景照

多媒体教学演示：65分钟

哇，Photoshop的功能太强大了，我一定要成为Photoshop高手！

小魔女：啊！魔法师您快来看，这人怎么长着牛头呢？

魔法师：呵呵，这张照片分别是用人的身体和牛的头合成处理的。

小魔女：合成处理？我没听说过，快给我讲讲吧。

魔法师：是的，你可要好好学习哦！简单来说，合成处理就是将几张照片中需要的部分整合在同一张照片中！

小魔女：哦，合成之后的照片看起来有一种奇幻的效果呢。

魔法师：当然，合成后还可对这些照片进行一些特效处理。

第62例　换　　脸

素　材：\素材\第5章\换脸.jpg、换脸1.jpg
源文件：\源文件\第5章\换脸.psd

知 识 要 点	制 作 要 领
★ "钢笔"工具	★ 移动选区
★ "仿制图章"工具	★ 自由变换图像
★ "橡皮擦"工具	★ 调节色彩
★ "曲线"命令	★ 修补图像

　步骤讲解

步骤1　选择【文件】/【打开】命令，打开素材文件"换脸.jpg"、"换脸1.jpg"。

步骤2　在工具箱中选择"钢笔"工具，将鼠标光标移动到"换脸1.jpg"中，单击一点定位起点，然后将鼠标光标定位到另一点上按住鼠标左键不放，调节曲线。

步骤3　用相同的方法勾选照片中人物的脸部，按【Ctrl+Enter】键将钢笔路径变为选区，如图62-1所示。

步骤4　在工具箱中选择"移动"工具，将脸部的选区拖动到"变脸.jpg"照片中，按【Ctrl+T】键自由变换选区，将鼠标光标移动到选区右上角的控制柄处，按住鼠标左键不放旋转选区，并调节选区的大小，如图62-2所示。

图62-1　创建选区

图62-2　变换选区

步骤5 按【Enter】键确认变换，这时可见背景人物中的下巴露出来了。将图层1隐藏起来，然后在工具箱中选择"仿制图章"工具，将鼠标光标移动到人物下巴位置，取样脖子的图像填充下巴，如图62-3所示。

步骤6 显示"图层1"，这时可见两个图层中的图像颜色相差比较大。按【Ctrl+M】键弹出"曲线"对话框，然后使用鼠标拖动对话框中的曲线调节"图层1"中图像的色彩，单击 确定 按钮，如图62-4所示。

图62-3 去除下巴

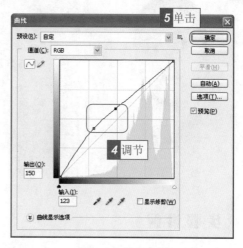

图62-4 调节色彩

步骤7 在工具箱中选择"橡皮擦"工具，在属性栏中设置其"不透明度"为"50"，然后将鼠标光标移动到"图层1"中图像的边缘，轻轻涂抹擦除结合处明显的差异，如图62-5所示。

步骤8 按【Ctrl+E】键合并图层，选择【滤镜】/【液化】命令，在弹出的对话框中选择"向前变形"工具，然后将鼠标光标移动到预览窗口中人物的脸部边缘，按住鼠标左键不放，调节脸部轮廓，如图62-6所示。

图62-5 擦除边缘

图62-6 调节轮廓

步骤9 使用"仿制图章"工具对人物面部不满意的位置再作一些细微调节。

第63例 制作纹身

素　材：\素材\第5章\纹身.jpg、纹身1.jpg
源文件：\源文件\第5章\纹身.psd

知识要点	制作要领
★ "魔棒"工具	★ 选择图像
★ "色相/饱和度"命令	★ 更改图像大小
	★ 调节图层模式
	★ 调节图像色相

 **步骤讲解**

步骤1 选择【文件】/【打开】命令，打开素材文件"纹身.jpg"、"纹身1.jpg"。

步骤2 在工具箱中选择"魔棒"工具✎，在属性栏中单击"添加到选区"按钮🔲并设置"容差"为"30"。将鼠标光标移动到"纹身1.jpg"中，单击鼠标左键选择照片中所有的白色区域，按【Shift+Ctrl+I】键反选选区。

步骤3 选择"移动"工具🔀将选区移动到"纹身.jpg"中，按【Ctrl+T】键自由变换图像，拖动控制柄使图像变小，如图63-1所示。

步骤4 按【Enter】键确认变形，按【F7】键弹出"图层"面板，修改"图层1"的混合模式为"叠加"，如图63-2所示。

图63-1　编辑图像

图63-2　调整图层混合模式

步骤5 按住【Ctrl】键的同时，单击"图层1"中的缩略图显示选区，按【Ctrl+E】键合并图层，选择【图像】/【调整】/【色相/饱和度】命令，在弹出的对话框中设置"色相"为"-73"，如图63-3所示。

步骤6 单击 确定 按钮，返回到编辑窗口中，即可发现人物的纹身颜色变为玫瑰红，如图63-4所示。

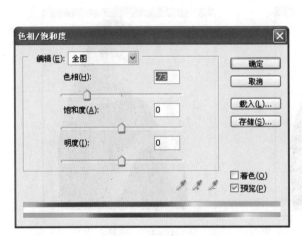

图63-3 调节色相

图63-4 最终效果

第64例 制作双胞胎

 素　材：\素材\第5章\双.jpg、双1.jpg
源文件：\源文件\第5章\双.psd

知识要点	制作要领
★ "魔棒"工具	★ 调整图像大小位置
★ 自由变换图像	★ 复制图像

 **步骤讲解**

步骤1 选择【文件】/【打开】命令，打开光盘中提供的素材文件"双.jpg"、"双

1.jpg"。

步骤2 在工具箱中选择"魔棒"工具 ，在属性栏中设置"容差"为"10"，将鼠标光标移动到"双.jpg"中，单击鼠标左键选择背景，如图64-1所示。

步骤3 按【Shift+Ctrl+I】键反选图像，在工具箱中选择"多边形套索"工具 ，在属性栏中单击"添加到选区"按钮 ，将鼠标光标移动到编辑窗口中，将茶具的残缺部分添加到选区中，如图64-2所示。

图64-1 选择背景   图64-2 选择人物

步骤4 在工具箱中选择"移动"工具 ，将创建的选区移动到"双1.jpg"照片中，按【Ctrl+T】键自由变换图像，拖动调节控制柄将图像缩小，并将其移动到窗口的右下角，如图64-3所示。

步骤5 按【Enter】键确认变换，将图像复制一个，再对其进行自由变换。将鼠标光标移动到编辑区中，单击鼠标右键并在弹出的快捷菜单中选择"水平翻转"命令，并将图像移动到窗口的左下角，如图64-4所示。

图64-3 编辑并移动图像（1）   图64-4 编辑并移动图像（2）

第65例　合成特效照片

素　材：\素材\第5章\姿势.jpg、水晶球.jpg
源文件：\源文件\第5章\水晶.psd

知识要点	制作要领
★ "新建"命令	★ 选择并移动图像
★ "分层云彩"命令	★ 擦除图像
★ "铜版雕刻"命令	★ 添加特效
★ "外发光"命令	★ 添加外发光效果

 步骤讲解

步骤1 选择【文件】/【新建】命令，弹出"新建"对话框，在其中设置文件的"宽度"为"500"，"高度"为"400"。

步骤2 单击 确定 按钮新建一个空白文件，在其中新建"图层1"，按【D】键使前景色和背景色恢复为默认设置，并按【Alt+Delete】键为其填充黑色。

步骤3 选择【滤镜】/【渲染】/【分层云彩】命令，选择【滤镜】/【像素化】/【铜版雕刻】命令，在弹出的对话框中设置"类型"为"短描边"，效果如图65-1所示。

步骤4 选择【滤镜】/【模糊】/【径向模糊】命令，弹出"径向模糊"对话框，设置"数量"为"100"，"模糊方法"为"缩放"，"品质"为"好"，并按【Ctrl+F】键重复使用该滤镜，效果如图65-2所示。

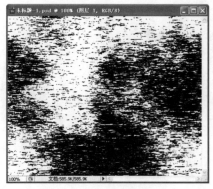

图65-1　设置铜版雕刻效果

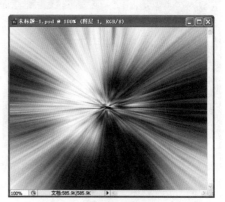

图65-2　设置径向模糊的效果

步骤5 选择【滤镜】/【扭曲】/【旋转扭曲】命令，弹出"旋转扭曲"对话框，在其中设置"角度"为"210"，如图65-3所示。

步骤6 单击 确定 按钮，返回到编辑窗口中，此时即可看到图像旋转扭曲后的效果。

步骤7 选择【图像】/【调整】/【色相/饱和度】命令，在弹出的对话框中按图65-4所示进行设置。

图65-3　设置扭曲角度　　　　　图65-4　设置色相/饱和度

步骤8 单击 确定 按钮，返回到编辑窗口中，即可发现图像已经变为浅蓝色。

步骤9 选择【文件】/【打开】命令，打开光盘中提供的素材文件"云彩.jpg"。在工具箱中选择"移动"工具 ，将图像移动到新建的文件中，将"图层1"移动到该图层的上方，并选择图层的混合模式为"叠加"。

步骤10 选择【文件】/【打开】命令，打开光盘中提供的素材文件"姿势.jpg"。在工具箱中选择"魔棒"工具 ，选择照片中的背景图像，按【Shift+Ctrl+I】键反选图像，并将其移动到新建的文件中。按【Ctrl+T】键自由变换图像，缩放图像并将其移动到窗口的左下角，如图65-5所示。

步骤11 在工具箱中选择"橡皮擦"工具 ，对人物的下部进行擦除，如图65-6所示。

图65-5　编辑图像　　　　　　　图65-6　擦除图像

一学就会魔法书

步骤12 打开光盘中的素材文件"水晶球.jpg",使用"钢笔"工具将水晶球勾选出来,然后将其移动到新建的文件中,并调节其大小和位置,如图65-7所示。

步骤13 按【Enter】键确认变形,单击"图层"面板下方的"添加图层样式"按钮 **fx.**,在弹出的菜单中选择"外发光"命令。

步骤14 弹出"图层样式"对话框,按图65-8所示进行设置,然后单击 确定 按钮完成设置。

步骤15 返回到编辑窗口中,即可发现在水晶球的外边缘添加了一个发光效果,至此完成照片的合成。

图65-7 创建渐变效果

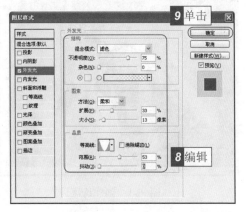

图65-8 设置图层样式

第66例 合成全家照

素　材:\素材\第5章\老人.jpg、女孩.jpg
源文件:\源文件\第5章\全家照.psd

知 识 要 点	制 作 要 领
★ "魔棒"工具	★ 选择并移动图像
★ 移动图像	★ 调节图像大小
★ "曲线"命令	★ 调节曲线

步骤1 选择【文件】/【打开】命令,打开光盘中提供的素材文件"老人.jpg"、

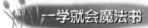

"女孩.jpg"，如图66-1所示。

步骤2 在工具箱中选择"魔棒"工具，在属性栏中设置"容差"为"10"，将鼠标光标移动到"女孩.jpg"照片中，单击鼠标左键将所有的背景选中，如图66-1所示。

步骤3 按【Shift+Ctrl+U】键反选图像，在工具箱中选择"移动"工具，将选区移动到"老人.jpg"照片中，如图66-2所示。

图66-1 创建选区

图66-2 移动选区

步骤4 按【Ctrl+T】键自由变换图像，将鼠标光标移动到图像右上角的控制柄上，按住鼠标左键不放缩小图像，如图66-3所示。

步骤5 按【Enter】键确认变形，选择【图像】/【调整】/【曲线】命令，弹出"曲线"对话框，按图66-4所示调节曲线。

图66-3 调整图像大小

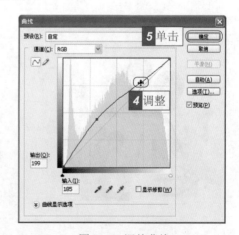

图66-4 调整曲线

步骤6 单击 确定 按钮完成曲线的调节，这时可见两个图层中图像的色彩已经统一。

第67例 合成写意照

素 材：\素材\第5章\乌龟.jpg、美人鱼.jpg
源文件：\源文件\第5章\写意照.psd

知识要点	制作要领
★ 变换图像	★ 选择图像
★ "橡皮擦"工具	★ 擦出对象
★ "自定形状"工具	★ 编辑自定义形状

步骤讲解

步骤1 选择【文件】/【打开】命令，打开光盘中提供的素材文件"乌龟.jpg"、"美人鱼.jpg"。

步骤2 在工具箱中选择"魔棒"工具，在属性栏中设置容差为"10"，使用单击的方法选择"美人鱼.jpg"照片中的背景图像，并按【Shift+Ctrl+I】键反选图像。

步骤3 在工具箱中选择"移动"工具，将选择的图像移动到"海龟.jpg"中，按【Ctrl+T】键自由变换图像，调节图像的大小使人物和海龟大小吻合，如图67-1所示。

步骤4 放大图像的显示，在工具箱中选择"橡皮擦"工具，将鼠标光标移动到窗口中，擦除图像中不满意的地方，如图67-2所示。

图67-1 调整图像大小

图67-2 修饰图像

步骤5 选择"自定形状"工具 ，在属性栏中单击"形状"旁边的 按钮，在弹出的下拉列表中选择"思考2"图形，如图67-3所示。

步骤6 新建图层2，在其中绘制形状，按【Ctrl+Enter】键将其转换为选区，并将选区填充为白色。

步骤7 将填充的选区复制一个，并将其移动到乌龟的头部。在工具箱中选择"横排文字"工具 T ，在属性栏中设置字体为"微软雅黑"，字号为"4"。将鼠标光标定位到左边的白色形状处，输入"海底的世界真美！"文本，如图67-4所示。

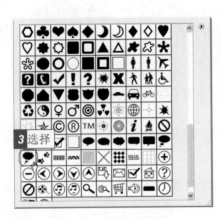

图67-3　调整画笔属性

图67-4　输入文本

步骤8 用相同的方法在另一个白色区域处输入"可我好辛苦啊！"文本，完成照片的处理。

第68例　拼合照片

素　材：\素材\第5章\拼合.jpg、拼合1.jpg
源文件：\源文件\第5章\拼合.psd

知 识 要 点	制 作 要 领
★ "画布大小"命令	★ 修改画布大小
★ 移动图像	★ 调节图层不透明度
★ "仿制图章"工具	★ 修复图像

步骤讲解

步骤1 选择【文件】/【打开】命令，打开光盘中提供的素材文件"拼合.jpg"。

步骤2 选择【图像】/【画布大小】命令，弹出"画布大小"对话框。在"新建大小"栏中将"宽度"设置为"885"，单位为"像素"，在"定位"网格中将当前图像定位在画布左侧。

步骤3 单击 确定 按钮完成对画布的修改。选择【文件】/【打开】命令，打开光盘中提供的素材文件"拼合1.jpg"。

步骤4 在工具箱中选择"移动"工具 ，将"拼合1.jpg"中的图像移动到"拼合.jpg"中。在"图层"面板中设置图层1的"不透明度"为"40%"，使用"移动"工具 调整图层1中图像的位置，使其与背景图层的左边缘完全吻合，如图68-1所示。

步骤5 使用"魔棒"工具 选择背景图层中的白色区域，按【Shift+Ctrl+I】键反选图像，按【Ctrl+J】键将选取的图像复制到新图层，将其移动到图像的右侧，如图68-2所示。

图68-1　移动图像

图68-2　复制并移动图像

步骤6 按【Ctrl+T】键自由变换图像，将鼠标光标移动到编辑区域中，单击鼠标右键并在弹出的快捷菜单中选择"水平翻转"命令，然后调节图像的位置，并恢复图层1的正常显示，如图68-3所示。

步骤7 按【Ctrl+E】键合并图层，在工具箱中选择"仿制图章"工具 ，将鼠标光标移动到编辑窗口中修复图像中不满意的地方，如图68-4所示。

魔法档案

画布大小是指图像完全可编辑的区域。使用"画布大小"命令可以增大或减小图像的画布大小。增大画布的大小会在现有图像周围添加空间，而减小画布的大小将裁剪部分图像。

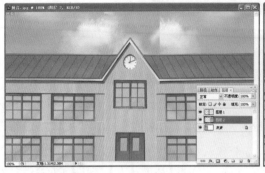

图68-3 编辑图像　　　　图68-4 最终效果

第69例 制作蜜蜂采蜜

素　材：\素材\第5章\采蜜.jpg、蜜蜂.jpg
源文件：\源文件\第5章\采蜜.psd

知识要点　　　制作要领
★ "魔棒"工具　　★ 变换图像大小方向
★ "画笔"工具　　★ 设置画笔属性
★ "自由变换"命令　★ 喷溅图像

 步骤讲解

步骤1　选择【文件】/【打开】命令，打开光盘中提供的素材文件"采蜜.jpg"、"蜜蜂.jpg"。

步骤2　将"蜜蜂.jpg"切换为当前文件，在工具箱中选择"魔棒"工具，在属性栏中设置"容差"为"10"，并单击"添加到选区"按钮。

步骤3　将鼠标光标移动到照片中，单击鼠标左键将照片中白色的背景选中，按【Shift+Ctrl+I】键反选将"蜜蜂"选中，如图69-1所示。

步骤4　在工具箱中选择"移动"工具，将蜜蜂图像移动到"采蜜.jpg"照片中，按【Ctrl+T】键自由变换图像大小，并将图像旋转一定角度，如图69-2所示。

步骤5　在工具箱中选择"画笔"工具，在属性栏中单击"画笔"栏后面的▼按钮，在弹出的下拉列表中选择"滴溅14像素"选项，并单击按钮，如图69-3所示。

图69-1 选择图像

图69-2 变换图像

步骤6 在工具箱中选择"吸管"工具 ，将鼠标光标移动到照片的花蕊中，单击鼠标左键吸取黄色。将鼠标光标移动到蜜蜂图像的上方，通过单击鼠标左键在蜜蜂的腿部和头部喷溅色彩，添加花蜜的效果，如图69-4所示。

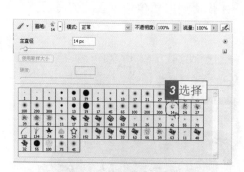

图69-3 设置画笔工具

图69-4 添加花蜜

第70例 制作马群

素　材：\素材\第5章\马.jpg
源文件：\源文件\第5章\马.psd

知 识 要 点	制 作 要 领
★ "魔棒"工具	★ 选择图像
★ "收缩"命令	★ 调整图像位置

 步骤讲解

步骤1 选择【文件】/【打开】命令，打开光盘中提供的素材文件"马.jpg"。

步骤2 在工具箱中选择"魔棒"工具 ✦，在属性栏中设置"容差"为"40"。将鼠标光标移动到照片中，单击鼠标左键选择背景图像，并按【Shift+Ctrl+I】键反选图像。

步骤3 按【Ctrl+J】键得到新建的图层，通过"移动"工具 ▶ 调节新图层中的图像位置，这时可见复制的图像边缘有一些蓝边。

步骤4 按住【Ctrl】键的同时单击图层1中的缩略图，在图层中显示选区。选择【选择】/【修改】/【收缩】命令，在弹出的对话框中设置收缩值为"1"，单击 ▢确定 按钮完成设置。

步骤5 按【Shift+Ctrl+I】键反选图像，按【Delete】键删除图像，按【Ctrl+D】键取消选区，完成对图像的修改，如图70-1所示。

步骤6 用相同的方法将马图像复制多个，并依次调节图像的位置，使马图像呈直线排列，如图70-2所示。

图70-1　编辑图像

图70-2　复制图像

步骤7 在工具箱中选择"橡皮擦"工具 ⬚，在属性栏中设置其"不透明度"为"40%"，然后将鼠标光标移动到窗口中，擦除图像中不满意的地方，完成图像的编辑。

魔法档案

在编辑马群的过程中，为了避免重复复制一个对象使图像过于单一，在复制图像后可按【Ctrl+T】键对图像进行编辑。

第71例　制作水墨瀑布

素　材：\素材\第5章\瀑布.jpg
源文件：\源文件\第5章\瀑布.psd

知识要点
★ "中间值"命令
★ "水彩"命令
★ "高斯模糊"命令
★ "液化"命令

制作要领
★ 设置水彩效果
★ 设置高斯模糊效果
★ 设置笔触效果

 步骤讲解

步骤1 选择【文件】/【打开】命令，打开光盘中提供的素材文件"瀑布.jpg"。

步骤2 将"背景"图层复制3个，单击"副本2"和"副本3"图层名称前的 👁 图标，先将这两个图层隐藏，确定此时的工作图层为"背景副本"图层，如图71-1所示。

步骤3 选择【图像】/【调整】/【去色】命令，将"背景副本"图层中图像的颜色去除。按【Ctrl+U】键弹出"色相/饱和度"对话框，将"明度"设置为"+40"，如图71-2所示。

图71-1　复制图层

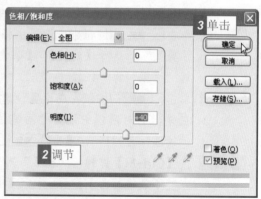

图71-2　设置明度

步骤4 单击 确定 按钮完成设置。选择【滤镜】/【杂色】/【中间值】命令，在弹出的"中间值"对话框中设置"半径"为"20"。

步骤5 单击 确定 按钮完成设置。选择【滤镜】/【模糊】/【高斯模糊】命令，

在弹出的"高斯模糊"对话框中设置"半径"为"15"。

步骤6 单击 确定 按钮完成设置。选择【滤镜】/【艺术效果】/【水彩】命令，在弹出的"水彩"对话框中设置"画笔细节"为"5"，"阴影强度"为"0"，"纹理"为"3"，如图71-3所示。

步骤7 单击 确定 按钮完成设置。按【Ctrl+M】键弹出"曲线"对话框，将鼠标光标移动到曲线中，按住鼠标左键不放将其向上拖动，将画面的颜色调亮，如图71-4所示。

图71-3 添加水彩　　　　　　　　　　图71-4 调节曲线

步骤8 单击 确定 按钮完成设置。选中"背景副本2"图层，按【Ctrl+U】键弹出"色相/饱和度"对话框，设置"明度"为"40"。

步骤9 单击 确定 按钮完成设置。选择【图像】/【调整】/【亮度/对比度】命令，设置"亮度"为"45"，"对比度"为"80"。

步骤10 单击 确定 按钮完成设置。将"背景副本2"图层的混合模式设置为"正片叠底"。选择【滤镜】/【杂色】/【中间值】命令，在弹出的对话框中设置"半径"为"4"。

步骤11 单击 确定 按钮完成设置。选择【滤镜】/【艺术效果】/【水彩】命令，在弹出的对话框中设置"画笔细节"为"14"，"阴影强度"为"0"，"纹理"为"1"，单击 确定 按钮，效果如图71-5所示。

步骤12 按【Ctrl+M】键弹出"曲线"对话框，将鼠标光标移动到曲线中，按住鼠标左键不放将其向下拖动，将画面的对比度调高，如图71-6所示。

步骤13 选择"背景副本3"图层，按【Ctrl+M】键弹出"曲线"对话框，将画面的颜色调亮，单击 确定 按钮完成设置。在"图层"面板中将该图层的混合模式设置为"叠加"。

一学就会魔法书

图71-5 添加水彩的效果

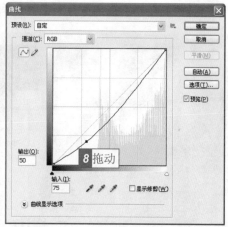

图71-6 调节对比度

步骤 14 在工具箱中选择"魔棒"工具，在属性栏中设置"容差"为"40"。将鼠标光标移动到窗口中，在图像绿色区域中任意一处单击，选择【选择】/【选取相似】命令，如图71-7所示。

步骤 15 选择【滤镜】/【液化】命令，在弹出的"液化"对话框中选择"向前变形"工具，将鼠标光标移动到预览窗口中涂抹可编辑区域，涂抹时在被选中的位置向下拖动鼠标创建笔墨流动的效果，如图71-8所示。

图71-7 调整容差

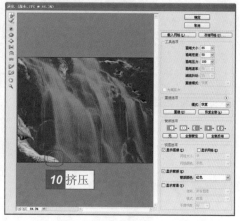

图71-8 涂抹区域

步骤 16 单击 确定 按钮完成设置。按【Ctrl+D】键取消选区，选择【图像】/【调整】/【去色】命令为图层去色。

步骤 17 选择【滤镜】/【杂色】/【中间值】命令，在弹出的对话框中设置"半径"为"2"，如图71-9所示。

步骤 18 单击 确定 按钮完成设置。将图层的"不透明度"设置为"70%"，完成

将风景照片变为水墨画的制作过程，效果如图71-10所示。

图71-9　创建笔触效果　　　　　　　　　　图71-10　添加杂色

第72例　合成蓝天白云效果

素　材：\素材\第5章\风景.jpg、云.jpg
源文件：\源文件\第5章\蓝天白云.psd

知识要点　　　　　　制作要领
★ "魔棒"工具　　　★创建选区
★ "反选"命令　　　★移动图像位置

　步骤讲解

步骤1　选择【文件】/【打开】命令，打开光盘中提供的素材文件"风景.jpg"、
"云.jpg"。

步骤2　在工具箱中选择"魔棒"工具，将鼠标光标移动到"风景.jpg"照片中
的蓝天位置，单击鼠标选择蓝天图像，按【Shift+Ctrl+I】键反选选区，如
图72-1所示。

步骤3　按【Ctrl+J】键得到图层1，将"云.jpg"切换为当前文件，在工具箱中选择
"移动"工具，将该照片中的图像移动到"风景.jpg"照片中。

步骤4 将"图层1"移动到顶层,选择"图层2",移动该层中的图像使云彩和山峰结合得更加完美,如图72-2所示。

图72-1 创建选区   图72-2 移动图像位置

第73例 添加阳光照射效果

素　材:\素材\第5章\阳光.jpg
源文件:\源文件\第5章\阳光.psd

知 识 要 点	制 作 要 领
★ "矩形选框"工具	★ 创建选区
★ "径向模糊"命令	★ 设置模糊效果

 步 骤 讲 解

步骤1 选择【文件】/【打开】命令,打开光盘中提供的素材文件"阳光.jpg"。

步骤2 选择【滤镜】/【渲染】/【镜头光晕】命令,弹出"镜头光晕"对话框,将鼠标光标移动到预览窗口中,将十字标记移动到图像的左上角,设置"亮度"值为"150",并选中 ◉ 50-300 毫米变焦(Z)单选按钮,如图73-1所示。

步骤3 单击 确定 按钮完成设置,即可发现在照片中添加了新的光源。在工具箱中选择"矩形选框"工具,在属性栏中单击"添加到选区"按钮,将鼠标光标移动到窗口中绘制几个矩形选框,如图73-2所示。

图73-1　添加镜头光晕

图73-2　创建选区

步骤4　新建"图层1"，在工具箱中设置前景色为"白色"，选择"渐变"工具，在属性栏中单击□□□□□▼按钮，在弹出的下拉列表中选择"前景到透明"选项。

步骤5　单击 确定 按钮返回到编辑窗口中，按住鼠标左键在选区中从上到下拉一条直线填充选区，如图73-3所示。

步骤6　选择【滤镜】/【模糊】/【径向模糊】命令，弹出"径向模糊"对话框，设置"数量"为"12"，如图73-4所示。

图73-3　填充选区

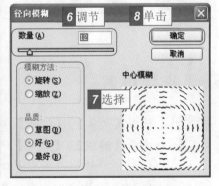

图73-4　设置径向模糊参数

步骤7　单击 确定 按钮返回到编辑窗口中，选择【编辑】/【变换】/【扭曲】命令，按照图73-5所示的方式调整光线的角度。

步骤8 按【Enter】键确认变换，单击"图层"面板下方的"创建新的填充或调整图层"按钮，在弹出的菜单中选择"渐变"命令，弹出"渐变填充"对话框，在"渐变"下拉列表框中选择"橙黄、黄色、橙黄"选项，如图73-6所示。

图73-5　扭曲图像

图73-6　选择渐变色

步骤9 单击 确定 按钮返回到编辑窗口中，这时可见添加的渐变色和照片的色彩非常冲突，如图73-7所示。

步骤10 修改图层的混合模式为"柔光"，这时可见添加的阳光照射效果已经变得和谐、美观了，如图73-8所示。

图73-7　添加渐变

图73-8　最终效果

步骤11 按【Shift+Ctrl+S】键，在弹出的对话框中将其保存为".psd"格式。

第74例　为风景照添加梦幻特效

素　材：\素材\第5章\梦幻.jpg
源文件：\源文件\第5章\梦幻.psd

知 识 要 点	制 作 要 领
★ 进入快速蒙版状态	★ 调节高斯模式
★ "高斯模糊"命令	★ 调节饱和度
★ "色相/饱和度"命令	★ 改变图层混合模式

 步骤讲解

步骤1　选择【文件】/【打开】命令，打开光盘中提供的素材文件"梦幻.jpg"。

步骤2　按【Q】键进入快速蒙版状态，在工具箱中选择"画笔"工具 ✐，将鼠标光标移动到编辑窗口中，在人物的主体上进行涂抹，如图74-1所示。

步骤3　按【Q】键退出蒙版状态，可见除涂抹的位置外照片中的其他位置已经被选中了，按【Ctrl+J】键得到图层1。

步骤4　选择【滤镜】/【模糊】/【高斯模糊】命令，在弹出的"高斯模糊"对话框中设置"半径"为"4.0"，如图74-2所示。

图74-1　涂抹人物

图74-2　添加模糊滤镜

步骤5　单击 确定 按钮返回到编辑窗口中，选择【图像】/【调整】/【色相/饱和

度】命令，在弹出的"色相/饱和度"对话框中设置"饱和度"为"+32"，
如图74-3所示。

步骤6 单击 ⬚确定⬚ 按钮返回到编辑窗口中，修改"图层1"的图层混合模式为
"变亮"，完成梦幻效果的添加，如图74-4所示。

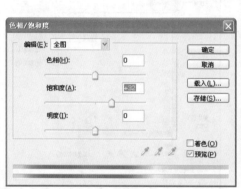

图74-3　添加饱和度　　　　　　图74-4　修改图层混合模式

第75例　为风景照添加晚霞效果

素　材：\素材\第5章\晚霞.jpg
源文件：\源文件\第5章\晚霞.psd

知 识 要 点	制 作 要 领
★ "去色"命令	★ 调节色彩对比度
★ "曲线"命令	★ 调节红通道
	★ 调节蓝通道

 步骤讲解

步骤1 选择【文件】/【打开】命令，打开光盘中提供的素材文件"晚霞.jpg"。

步骤2 选择【图像】/【调整】/【去色】命令，将照片中的色彩除去。选择【图
像】/【调整】/【曲线】命令，弹出"曲线"对话框，将曲线的上端点向左
拖动调节高光，将曲线的下端点向右拖动调节暗调，并将曲线的中点向下拖
动，如图75-1所示。

步骤3 单击 确定 按钮完成设置。选择【图像】/【调整】/【曲线】命令，在弹出对话框的"通道"下拉列表框中选择"红"选项，将曲线的上端点向左拖动以增加图像的红色，如图75-2所示。

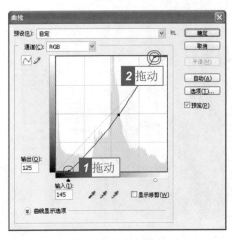

图75-1　调节曲线　　　　　　　　　　图75-2　调节红通道

步骤4 在"通道"下拉列表框中选择"蓝"选项，将曲线的上端点向下拖动减少蓝色的高光，如图75-3所示。

步骤5 单击 确定 按钮完成设置，返回到编辑窗口中即可发现在照片中添加了黄色的晚霞效果，如图75-4所示。

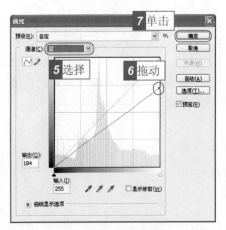

图75-3　调节蓝通道　　　　　　　　　图75-4　最终效果

魔法档案

　　在屏幕上显示的图像实际上都是由3个单独颜色（红、绿、蓝）的图像混合而成，所谓通道即是指这3个单独的红、绿、蓝（又称RGB）部分。如果单独加亮红色通道，则相当于增加整幅图像中红色的成分，结果整幅图像将偏红；如果单独减暗红色通道，结果图像将偏青。

第76例　制作水珠效果

素　材：\素材\第5章\水珠.jpg
源文件：\源文件\第5章\水珠.psd

知识要点	制作要领
★ "画笔"工具	★ 绘制图形
★ "色彩平衡"命令	★ 调节图形样式
★ "亮度/对比度"命令	

 步骤讲解

步骤1　选择【文件】/【打开】命令，打开光盘中提供的素材文件"水珠.jpg"。

步骤2　新建一个图层，创建一个圆形选区，在工具箱中选择"画笔"工具，将"不透明度"设为"10%"，设前景色为"黑色"，将鼠标光标移动到选区上涂抹绘制图像，再设置前景色为"浅蓝色（R:136,G:224,B:199）"，将鼠标光标移动到选区中间位置进行涂抹绘制，如图76-1所示。

步骤3　设置前景色为"浅灰色（R:182,G:188,B:185）"，将鼠标光标移动到选区中，对两种色彩的边缘进行涂抹。

步骤4　设置前景色为"白色"，将鼠标光标移动到选区的边缘，涂抹亮光，如图76-2所示。

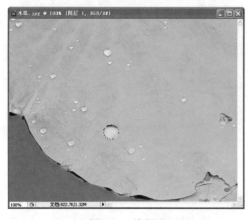

图76-1　编辑选区

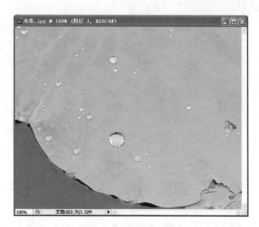

图76-2　涂抹白色

步骤5 双击图层1，在弹出的"图层样式"对话框的"样式"列表框中选中☑投影复
选框，在右侧弹出的"投影"栏中按图76-3所示进行设置。

步骤6 选择【图像】/【调整】/【色彩平衡】命令，在弹出的对话框中设置"青
色"为"-40"，"绿色"为"100"，"黄色"为"-54"。

步骤7 选择【图像】/【调整】/【亮度/对比度】命令，在弹出的对话框中设置"亮
度"为"+44"，"对比度"为"+28"，如图76-4所示。

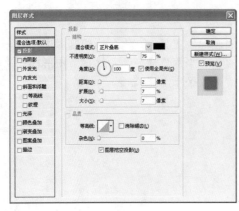
图76-3 设置投影效果

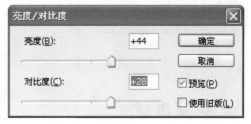
图76-4 设置亮度/对比度

步骤8 单击 确定 按钮返回到编辑窗口中，将水珠图形复制多个并放置在不同
的位置，最后调节水珠的大小，完成水珠效果的制作。

第77例 制作铅笔淡彩画

素　材：\素材\第5章\铅笔画.jpg
源文件：\源文件\第5章\铅笔画.psd

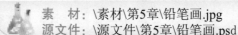

知 识 要 点	制 作 要 领
★ "阴影/高光"命令	★ 调节阴影效果
★ "查找边缘"命令	★ 设置渐隐

步骤讲解

步骤1 选择【文件】/【打开】命令，打开光盘中提供的素材文件"铅笔画.jpg"。

步骤2 选择【图像】/【调整】/【阴影/高光】命令，弹出"阴影/高光"对话框，设置"阴影"栏中的"数量"值为"50"。

步骤3 单击 确定 按钮返回到编辑窗口中，选择【滤镜】/【风格化】/【查找边缘】命令，将自动在照片中查找出图像的边缘，如图77-1所示。

步骤4 选择【编辑】/【渐隐查找边缘】命令，弹出"渐隐"对话框，在"模式"下拉列表框中选择"明度"选项，设置"不透明度"为"50%"，如图77-2所示。

图77-1　查找边缘　　　　　　　　　图77-2　设置渐隐效果

步骤5 单击 确定 按钮返回到编辑窗口中，完成对风景照的处理。

第78例　为风景照调色

素　材：\素材\第5章\调色.jpg
源文件：\源文件\第5章\调色.psd

知识要点	制作要领
★ "色调分离"命令	★ 调节图层混合模式
★ "曲线"命令	★ 设置色调分离值
★ "锐化"命令	★ 使用蒙版擦除选区

 步骤讲解

步骤1 选择【文件】/【打开】命令，打开光盘中提供的素材文件"调色.jpg"。

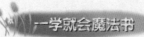

步骤2 按【Ctrl+J】键复制图层，按【F7】键弹出"图层"面板，单击面板下方的"创建新的填充或调整图层"按钮，在弹出的菜单中选择"色调分离"命令，弹出"色调分离"对话框，在"色阶"文本框中输入数值"6"，如图78-1所示。

步骤3 单击 确定 按钮返回到编辑窗口中，修改图层的混合模式为"排除"。

步骤4 新建一个图层，按【Shift+Ctrl+Alt+E】键盖印图层，将图层混合模式改为"色相"，单击"图层"面板下方的"添加图层蒙版"按钮，为图层添加蒙版效果。

步骤5 在工具箱中选择"画笔"工具，将前景色设置为黑色，将鼠标光标移动到照片中将水流部分用黑色画笔涂掉，并将"色调分离"层隐藏，如图78-2所示。

图78-1 打开照片

图78-2 编辑图层

步骤6 选择【图像】/【调整】/【曲线】命令，在弹出对话框的"通道"下拉列表框中选择"蓝"选项，并将曲线向上方拖动进行调节，如图78-3所示。

步骤7 单击 确定 按钮返回到编辑窗口中，新建一个图层，按【Shift+Ctrl+Alt+E】键盖印图层，将图层混合模式改为"滤色"，图层"不透明度"设置为"60%"，如图78-4所示。

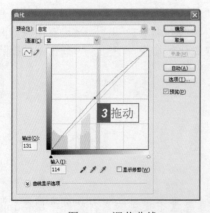
图78-3 调节曲线

图78-4 设置图层属性

步骤8 按【Ctrl + J】键复制一层，把复制后的图层混合模式改为"颜色加深"，图层"不透明度"改为"40%"。

步骤9 新建一个图层，按【Shift+Ctrl+Alt+E】键盖印图层，选择【滤镜】/【锐化】/【智能锐化】命令，在弹出的对话框中按图78-5所示进行设置。

步骤10 选择【图像】/【调整】/【曲线】命令，在弹出对话框的"通道"下拉列表框中选择"红"选项，并将曲线向上方拖动进行调节，单击 确定 按钮完成对照片的调节，如图78-6所示。

图78-5 锐化照片

图78-6 最终效果

第79例 制作飞溅效果

素　材：\素材\第5章\飞溅.jpg
源文件：\源文件\第5章\飞溅.psd

知识要点	制作要领
★ "椭圆选框"工具	★ 绘制水珠
★ "波浪"命令	★ 调节波浪效果
★ 合并图层	

步骤1 新建一个"300×300像素"大小的空白图像文件，为"背景"图层填充"蓝

色"，并新建"图层1"。

步骤2 在工具箱中选择"椭圆选框"工具 ⬭，在窗口中绘制一个椭圆图形。选择"画笔"工具 ✐，设置前景色为"白色"，绘制椭圆的边框，如图79-1所示。

步骤3 在属性栏中设置"不透明度"为"50%"，将鼠标光标移动到选区的内部，绘制一个图形，如图79-2所示。

步骤4 完成水珠的绘制后，将水珠复制多个，并调节其位置和大小，如图79-3所示。

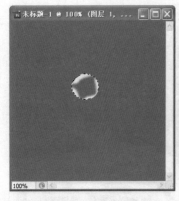 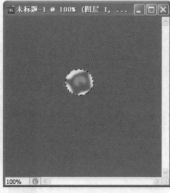

图79-1　绘制边框　　　　图79-2　绘制内部图形　　　图79-3　编辑复制的水珠

步骤5 选择"图层1"，选择【滤镜】/【扭曲】/【波浪】命令，在弹出的对话框中按图79-4所示进行设置。

步骤6 用相同的方法依次为其他图层添加波浪滤镜，使其生成随机的效果，并调节水珠的位置和大小，如图79-5所示。

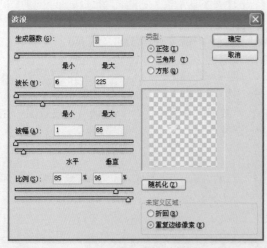 

图79-4　添加波浪滤镜　　　　　　图79-5　添加波浪滤镜后的效果

步骤7 选择水珠图像所在的所有图层，按【Ctrl+E】键将其合并。

步骤8 选择【文件】/【打开】命令，打开光盘中提供的素材文件"飞溅.jpg"，如图79-6所示。

步骤9 将新建文档中创建的水珠效果拖入到"飞溅.jpg"中，并调节图形的位置和大小，如图79-7所示。

图79-6 打开素材照片

图79-7 最终效果

第80例 为衬衫添加纹理

素　材：\素材\第5章\衬衫.jpg、纹理.jpg
源文件：\源文件\第5章\切换衬衫.psd

知 识 要 点
★ "多边形套索"工具
★ "置换"命令

制 作 要 领
★ 勾选图形
★ 调节图形

 步骤讲解

步骤1 选择【文件】/【打开】命令，打开光盘中提供的素材文件"衬衫.jpg"、

"纹理.jpg"。

步骤2 在工具箱中选择"多边形套索"L具，将"衬衫.jpg"中的衬衫勾选出来，按【Ctrl+J】键复制选区，并隐藏"背景"图层，如图80-1所示。

步骤3 按【Shift+Ctrl+S】键将图像保存为PSD格式，将"纹理.jpg"中的图像拖入到"衬衫.jpg"中，并调节其大小，使其完全遮盖住勾选的衬衫。

步骤4 选择【滤镜】/【扭曲】/【置换】命令，在弹出的对话框中设置水平比例和垂直比例均为"5"，单击 确定 按钮，在弹出的对话框中选择刚才保存的文档"衬衫.psd"，如图80-2所示。

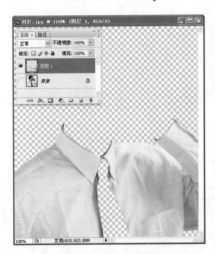

图80-1　勾选衬衫

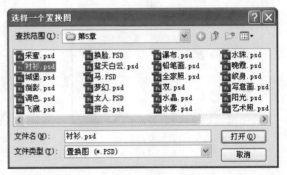

图80-2　打开文档"衬衫.psd"

步骤5 设置"图层2"的混合模式为"整片叠底"，按【Ctrl】键单击图层1载入选区，按【Shift+Ctrl+I】键反选，按【Delete】键删除多余部分，如图80-3所示。

图80-3　最终效果

在编辑衬衫的过程中，为了使纹理更加真实，可以适当对纹理进行旋转操作。

第81例　添加光束效果

素　材：\素材\第5章\光束.jpg
源文件：源文件\第5章\光束.psd

知识要点	制作要领
★ "钢笔"工具	★ 绘制路径
★ 添加外发光效果	★ 编辑图形
★ 添加内发光效果	

 步骤讲解

步骤1　选择【文件】/【打开】命令，打开光盘中提供的素材文件"光束.jpg"。

步骤2　在工具箱中选择"钢笔"工具，沿着人物的右手创建一个曲线路径，如图81-1所示。

步骤3　新建"图层1"，单击"路径"面板下方的"用画笔描边路径"按钮描边路径，使用"橡皮擦"工具擦除描边，如图81-2所示。

步骤4　单击"图层"面板下方的"添加图层样式"按钮 *fx.*，在弹出的对话框中按图81-3所示进行设置。

图81-1　绘制路径

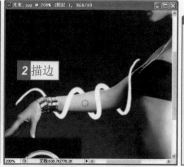

图81-2　擦除对象

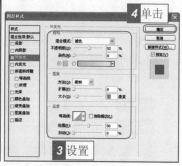

图81-3　外发光图层样式设置

步骤5　在"样式"栏中选中 内发光 复选框，在右侧弹出的"内发光"栏中按图81-4所示进行设置，最终效果如图81-5所示。

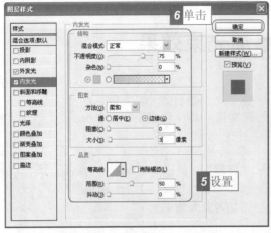

图81-4 内发光图层样式设置　　　　　　　　　　图81-5 最终效果

第82例 制作金属雕刻效果

素　材：\素材\第5章\雕塑.jpg
源文件：\源文件\第5章\雕塑.psd

知识要点　　　　　　　制作要领
★ 选择图像　　　　　★ 设置色彩平衡
★ "曲线"命令　　　　★ 调节锐化值
★ "色彩平衡"命令
★ "智能锐化"命令

 步骤讲解

步骤1 选择【文件】/【打开】命令，打开光盘中提供的素材文件"雕塑.jpg"。

步骤2 使用"选择"工具将老鹰图像勾选出来，按【Ctrl+J】键复制一层并去色，隐藏"背景"图层，单击"图层"面板下方的"创建新的填充或调整图层"按钮，在弹出的对话框中选择"曲线"命令，在接着弹出的对话框中按图82-1所示进行设置。

步骤3 再次单击"创建新的填充或调整图层"按钮，在弹出的对话框中选择"色彩平衡"命令，在接着弹出的对话框中按图82-2所示进行设置。

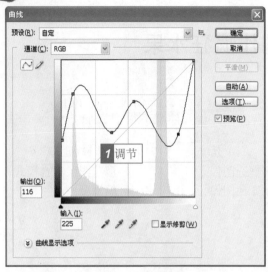

图82-1　调节曲线

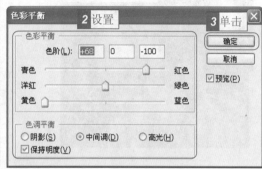

图82-2　调节色彩平衡

步骤4 再次执行"色彩平衡"命令，在弹出的对话框中设置色阶为"1、0、-100"，在"色彩平衡"栏中选中⊙阴影(S)单选按钮。

步骤5 接着执行"色彩平衡"命令，在弹出的对话框中设置色阶为"20、0、-30"，在"色彩平衡"栏中选中⊙高光(H)单选按钮。

步骤6 新建一个图层，按【Shift+Ctrl+Alt+E】键盖印图层，选择【滤镜】/【锐化】/【智能锐化】命令，在弹出的对话框中按如图82-3所示进行设置。

步骤7 新建图层并填充为黑色，然后将其移动到盖印图层的下方，如图82-4所示。

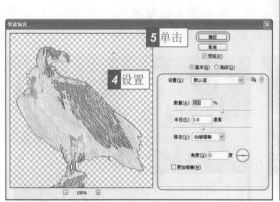

图82-3　锐化图像

图82-4　最终效果

第83例　制作疯狂水果

素　材：\素材\第5章\水果.jpg、球.jpg
源文件：\源文件\第5章\水果.psd

知 识 要 点　　　　制 作 要 领

★框选图像　　　★调节图层混合模式
★变换图像　　　★编辑魔棒

 步 骤 讲 解

步骤1 选择【文件】/【打开】命令，打开光盘中提供的素材文件"水果.jpg"、
"球.jpg"。

步骤2 将"球.jpg"切换为当前文档，使用"多边形套索"工具 将足球勾选出
来，并将其移动到"水果.jpg"中。

步骤3 按【Ctrl+T】键调节图像大小，并将其移动到水果的上方，修改图层的混合
模式为"叠加"，如图83-1所示。

步骤4 用相同的方法为其他的水果添加该效果，并用"橡皮擦"工具 删除图像
中的相交部分，为图层添加蒙版，设置前景色为黑色，用"画笔"工具
对遮盖的叶子进行涂抹，将其显示出来，如图83-2所示。

图83-1　编辑图像　　　　　　　　　　　图83-2　调整图像

第84例 制作折叠效果

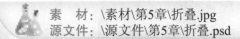
素 材：\素材\第5章\折叠.jpg
源文件：\源文件\第5章\折叠.psd

知识要点	制作要领
★ "扭曲"命令	★ 调节折叠效果
★ 显示标尺	★ 添加阴影

步骤讲解

步骤1 选择【文件】/【打开】命令，打开光盘中提供的素材文件"折叠.jpg"。

步骤2 按【Ctrl+R】键显示标尺，拖出两条辅助线将图像平分为3份，使用"矩形选框"工具▢分别对其进行框选，并按【Ctrl+J】键将其复制后隐藏"背景"图层，如图84-1所示。

步骤3 选择"图层3"，选择【编辑】/【变换】/【扭曲】命令，拖动控制点创建折叠效果，并使用该方法依次调节其他图层中的图像，如图84-2所示。

步骤4 在"图层3"的上方新建一层，按住【Ctrl】键单击"图层3"将其载入选区，设置前景色为"黑色"，选择"渐变"工具▭，设置渐变类型为"前景到透明"，将鼠标光标移动到窗口中创建渐变效果，如图84-3所示。

图84-1 复制图像

图84-2 创建折叠效果

图84-3 添加渐变效果

步骤5 用相同的方法为其他的折叠效果添加渐变，并将除"背景"图层外的所有图层合并，选择【编辑】/【变换】/【透视】命令，调节出近大远小的效果。

步骤6 在工具箱中选择"画笔"工具 ✐，选择一种比较模糊的笔尖，并设置其不透明度为"50%"，将鼠标光标移动到窗口中绘制阴影，如图84-4所示。

嗯，这个效果的制作比较简单，主要使用了自由变换和渐变。

图84-4 添加阴影效果

第85例 制作沙漠行船

素　材：\素材\第5章\船.jpg、沙漠.jpg
源文件：\源文件\第5章\沙漠行船.psd

知识要点
★ "匹配颜色"命令
★ "色阶"命令

制作要领
★ 匹配颜色
★ 擦除图像
★ 选择图像

步骤讲解

步骤1 选择【文件】/【打开】命令，打开光盘中提供的素材文件"沙漠.jpg"、"船.jpg"。

步骤2 将"船.jpg"中的图像移动到"沙漠.jpg"的左下角，并调节其大小，将该图层复制2个，并将复制图层隐藏。

步骤3 在"图层1"中图像旁边创建一个选区，选择【图像】/【调整】/【匹配颜色】命令，在弹出的对话框中按图85-1所示进行设置。

步骤4 单击 确定 按钮返回编辑窗口中，为图层添加蒙版，使用"橡皮擦"工具 ✐涂抹图像边缘，如图85-2所示。

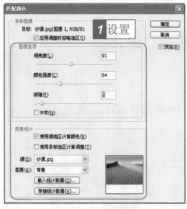

图85-1 匹配颜色

图85-2 擦除图像

步骤5 显示"图层1副本",用选择工具将图层中的船勾选出来,并为其添加图层蒙版,如图85-3所示。

步骤6 显示"图层1副本2",在"通道"面板中将"红"通道复制一个,按【Ctrl+L】键调节色阶,使得黑白分明(调整到只有水花是白色的为止),载入其选区,激活RBG通道,回到"图层"面板,新建一个图层,填充"白色"。

步骤7 隐藏"图层1副本2",为新建图层添加蒙版,使用"橡皮擦"工具擦除不需要的白色,最终效果如图85-4所示。

图85-3 显示船图像

图85-4 最终效果

哇!这个效果看上去真美啊!在制作该效果时要注意哪些问题呢?

在制作该效果时,要注意匹配颜色的设置、图形的勾选和对图形的擦除等几个问题。

第86例　制作逼真海浪

源文件：\源文件\第5章\海浪.psd

知 识 要 点	制 作 要 领
★ "云彩"命令	★ 设置云彩颜色
★ "波纹"命令	★ 调节波纹大小
★ "旋转扭曲"命令	★ 调节旋转扭曲大小

 步 骤 讲 解

步骤1 新建一个大小为"500×400"像素的文档，设置前景色为"蓝色（R:0，G:149,B:218）"，背景色为"白色"，选择【滤镜】/【渲染】/【云彩】命令添加云彩效果。

步骤2 新建一个图层，在工具箱中选择"矩形选框"工具 ，在窗口的下方绘制一个矩形选区；选择"渐变"工具 ，设置渐变样式为"前景到背景"（背景为白色），将鼠标光标移动到编辑区中添加渐变填充，如图86-1所示。

步骤3 取消选区，选择【滤镜】/【扭曲】/【波纹】命令，在弹出的对话框中设置数量为最大，在"大小"下拉列表框中选择"大"。

步骤4 选择【滤镜】/【扭曲】/【波纹】命令，在弹出的对话框中设置数量为最大，在"大小"下拉列表框中选择"中"，如图86-2所示。

图86-1　添加渐变填充　　　　图86-2　添加波纹滤镜效果

一学就会魔法书

步骤5 选择【滤镜】/【扭曲】/【旋转扭曲】命令，在弹出的对话框中设置角度为 "268"，如图86-3所示。

步骤6 单击 确定 按钮完成海浪的制作，效果如图86-4所示。

图86-3　设置旋转角度

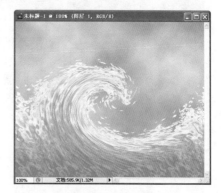

图86-4　最终效果

第87例　快速添加背景

素　材：\素材\第5章\宝贝.jpg、图案.jpg
源文件：\源文件\第5章\背景.psd

知 识 要 点	制 作 要 领
★ "定义图案"命令	★ 定义图案
★ "填充"命令	★ 擦除图像

 **步骤讲解**

步骤1 选择【文件】/【打开】命令，打开光盘中提供的素材文件"宝贝.jpg"、"图案.jpg"。

步骤2 将"图案.jpg"切换为当前文档，选择【编辑】/【定义图案】命令，在弹出的对话框中直接单击 确定 按钮。

步骤3 将"宝贝.jpg"切换为当前文档，新建一个图层，选择【编辑】/【填充】命令，在弹出对话框中的"使用"下拉列表框中选择"图案"，在"自定图案"下拉列表框中选择步骤2中添加的图案，效果如图87-1所示。

步骤4 修改图层的混合模式为"正片叠底"，在工具箱中选择"橡皮擦"工具 ，将人物中的图案擦除，效果如图87-2所示。

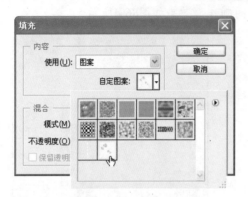

图87-1 选择图案　　　　　　　　　　　图87-2 最终效果

第88例　制作堆叠效果

素　材：\素材\第5章\堆叠.jpg
源文件：\源文件\第5章\堆叠.psd

知 识 要 点	制 作 要 领
★显示标尺	★为图层添加样式
★添加投影和描边	★调节图像位置

 步骤讲解

步骤1 选择【文件】/【打开】命令，打开光盘中提供的素材文件"堆叠.jpg"，按【Ctrl+R】键显示标尺。

步骤2 将鼠标光标移动到标尺中，按住鼠标左键不放，拖出3条辅助线将照片切分为6等份，效果如图88-1所示。

步骤3 使用"矩形选框"工具选择"背景"图层中的一个区域，按【Ctrl+J】键将其复制一层，并用相同的方法分别为不同的区域创建不同的图层。

步骤4 选择"图层1"，双击该图层，在弹出的对话框中为其添加投影样式，具体设置如图88-2所示。

图88-1 拖出辅助线

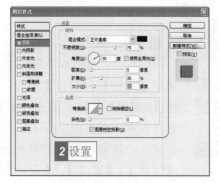

图88-2 添加投影样式

步骤5 完成投影样式的设置后，继续为其添加描边样式，具体设置如图88-3所示，并为其他各图层添加相同样式。

步骤6 分别调节各图层中图像的位置，并为"背景"层填充白色，最终效果如图88-4所示。

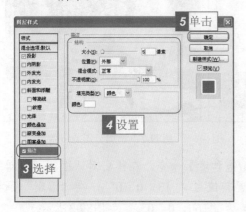

图88-3 添加描边样式

图88-4 最终效果

第89例 制作青苔效果

素　材：\素材\第5章\青苔.jpg
源文件：\源文件\第5章\青苔.psd

知 识 要 点	制 作 要 领
★ "胶片颗粒"命令	★ 添加滤镜效果
★ "云彩"命令	★ 调节图像
★ "色相/饱和度"命令	

 步骤讲解

步骤1 选择【文件】/【打开】命令，打开光盘中提供的素材文件"青苔.jpg"。

步骤2 按【Ctrl+J】复制一层，选择【滤镜】/【艺术效果】/【胶片颗粒】命令，在弹出的对话框中按图89-1所示进行设置。

步骤3 新建一个图层，设置前景色为"#F9F8BF"，背景色为"#154E04"，选择【滤镜】/【渲染】/【云彩】命令，并修改图层混合模式为"叠加"，如图89-2所示。

图89-1 添加胶片颗粒滤镜效果　　　　图89-2 添加云彩滤镜效果

步骤4 选择【图像】/【调整】/【色相/饱和度】命令，在弹出对话框的"编辑"下拉列表框中选择"黄色"，设置其值为"-13、0、0"；在"编辑"下拉列表框中选择"绿色"，设置其值为"+60、0、0"，如图89-3所示。

步骤5 按【Shift+Ctrl+Alt+E】键盖印图层，然后将图层混合模式改为"变暗"，并把它下面的图层除"背景"图层外都隐藏，如图89-4所示。

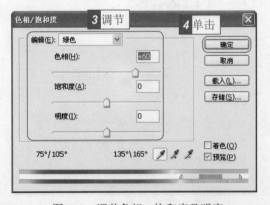

图89-3 调节色相、饱和度及明度　　　　图89-4 最终效果

第90例 制作照片中的照片

素　材：\素材\第5章\照片.jpg
源文件：\源文件\第5章\照片.psd

知识要点	制作要领
★ 创建选区	★ 设置投影样式
★ 旋转选区	★ 设置描边样式
★ 设置图层样式	

 步骤讲解

步骤1 选择【文件】/【打开】命令，打开光盘中提供的素材文件"照片.jpg"。

步骤2 选择工具箱中的"矩形选区"工具 []，将照片中的人物框选出来，按【Ctrl+J】键复制选区，按【Ctrl+T】键自由变换选区，将选区旋转一定角度，如图90-1所示。

步骤3 双击"图层1"，在弹出的对话框中设置描边图层样式，具体设置如图90-2所示。

图90-1 旋转选区

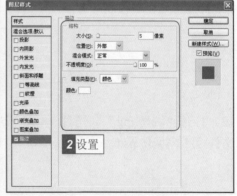

图90-2 设置描边图层样式

步骤4 完成描边样式的设置后，再为其添加投影样式，具体设置如图90-3所示。

步骤5 单击 确定 按钮完成设置，效果如图90-4所示。

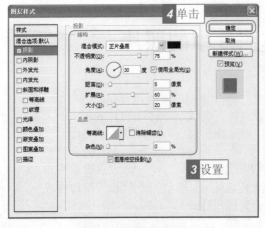

图90-3　设置投影图层样式

图90-4　最终效果

 过关练习

（1）打开"写意画.jpg"（光盘:\素材\第5章\写意画.jpg），将这张马的照片变为写意画的风格，如图"练习1"所示（光盘:\源文件\第5章\写意画.psd）。

提示：

❖ 复制图层。

❖ 高斯模糊图像。

❖ 修改图层的混合模式为变暗。

练习1

（2）打开"城堡.jpg"（光盘:\素材\第5章\城堡.jpg），将照片处理为晚霞效果（光盘:\源文件\第5章\城堡.psd）。

第**6**章

为照片添加特效（一）

多媒体教学演示：78分钟

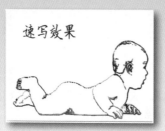

速写效果

撕裂照"片效果

为照片添加特殊效果
后，照片变得更生
动、更漂亮了。

小魔女：魔法师，您看，这张冰封的企鹅图片真好看！

魔法师：小魔女，那是用Photoshop制作出来的特殊效果！

小魔女：是吗？Photoshop还有这些功能啊！

魔法师：是的。通过Photoshop可以为各种照片制作出特殊
效果，比如素描效果、油画效果以及拼贴效果等！

小魔女：哇，那我一定要好好掌握为照片添加特殊效果的方
法，做出更多漂亮的效果。魔法师，您教我制作上
面的图像效果吧！

魔法师：行啊，我们就从素描效果开始学起吧！

第91例 素描效果

素　材：\素材\第6章\素描企鹅.jpg
源文件：\源文件\第6章\素描效果.psd

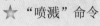

知识要点	制作要领
★ 图层混合模式	★ 最小值的大小
★ "去色"命令	★ 图层模式的处理
★ "反相"命令	
★ "喷溅"命令	

步骤讲解

步骤1 新建"素描效果"文件。文件大小为10厘米×13厘米，分辨率为100像素/英寸，颜色模式为RGB颜色。

步骤2 设置前景色为深蓝色（R:0,G:30,B:150），按【Alt+Delete】键填充前景色。打开"素描企鹅.jpg"素材文件，选择"移动"工具，将素材图片拖入"素描效果"文件窗口中，自动生成图层1，如图91-1所示。

步骤3 按【Ctrl+J】键复制生成"图层1副本"。选择【图像】/【调整】/【去色】命令，将"图层1副本"去色，如图91-2所示。

图91-1　拖动图形

图91-2　复制图层并去色

步骤4 按【Ctrl+J】键复制生成"图层1副本2"，选择【图像】/【调整】/【反相】命令，将"图层1副本2"反相，如图91-3所示。

步骤5 设置"图层1副本2"图层混合模式为"颜色减淡"，选择【滤镜】/【其他】/【最小值】命令，在弹出的"最小值"对话框中设置"半径"为"3像素"，单击 确定 按钮，如图91-4所示。

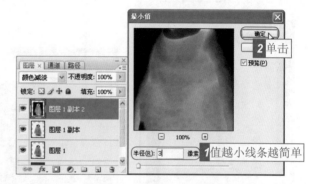

图91-3 反相图形　　　　　　　图91-4 设置图层混合模式和"最小值"对话框

步骤6 双击"图层1副本2"后面的空白处。在弹出的"图层样式"对话框中选中 投影复选框，设置"距离"为"5"，"大小"为"10"，单击 确定 按钮，如图91-5所示。

步骤7 按【Shift+Ctrl+Alt+E】键盖印图层，自动生成图层2，选择"矩形选框"工具，在属性栏中单击"添加到选区"按钮，框选窗口中的边框，载入选区，如图91-6所示。

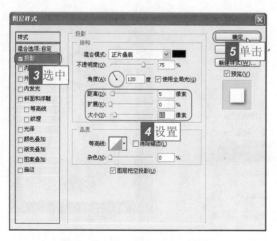

图91-5 为图层添加阴影效果　　　　　　图91-6 框选选区

步骤8 选择【选择】/【修改】/【扩展】命令，在弹出的"扩展选区"对话框中设置扩展量为"10"像素，单击 确定 按钮。

步骤9 选择【滤镜】/【画笔描边】/【喷溅】命令，在弹出的对话框中设置参数为"15"和"8"，单击 确定 按钮，按【Ctrl+D】键取消选区，如图91-7所示。

步骤10 按【Ctrl+J】键复制生成"图层2副本"，选择【滤镜】/【其他】/【高反差保留】命令，在弹出的对话框中设置"半径"为"5.0"像素，单击 确定 按钮，得到如图91-8所示的效果。

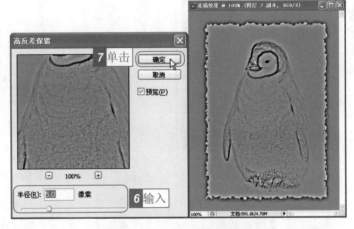

图91-7 添加喷溅后的效果 　　　图91-8 设置高反差保留效果

步骤11 设置"图层2副本"图层的图层混合模式为"叠加"，如图91-9所示。

步骤12 选择"文字"工具，设置前景色为黑色，在窗口下方输入竖排文本，设置字体为"方正硬笔楷书"，按【Ctrl+T】键打开自由调节框，调整文字图层的大小和位置，按【Enter】键确认变换得到如图91-10所示的效果。

图91-9 设置图层叠加效果 　　　图91-10 添加文本后的效果

第 92 例　油画艺术效果

素　材：\素材\第6章\石榴.jpg、油画纹理.tif
源文件：\源文件\第6章\油画效果.psd

知 识 要 点	制 作 要 领
★ "历史记录艺术画笔"工具	★ 使用历史记录画笔
★ "图层样式"命令	★ 图层模式的处理
★ "色彩平衡"命令	

步骤讲解

步骤1 打开"素材"文件夹中的"石榴.jpg"文件。单击"历史"面板中的"创建新快照"按钮 ，创建快照，如图92-1所示。

步骤2 选择"历史记录艺术画笔"工具 ，在属性栏中单击画笔右侧的 按钮，在弹出的下拉面板中选择"滴贱39像素"笔触，再设置"样式"为"绷紧中"，如图92-2所示。

图92-1　创建快照

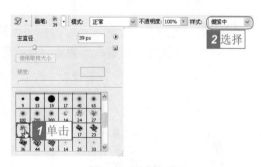

图92-2　选择画笔

步骤3 为了使笔刷效果更自然，单击属性栏中的"画笔"按钮 ，在弹出的"画笔"面板中选中 杂色 和 湿边 复选框，如图92-3所示。

步骤4 按【Ctrl+J】键复制图像得到图层1，在图像中进行粗略的涂抹，得到如图92-4所示的渐变效果。

图92-3　设置画笔　　　　　图92-4　使用历史记录艺术画笔涂抹

步骤5　大面积涂抹完后，选择较小的画笔，对图像细节部分进行涂抹，如一些叶杆图像，如图92-5所示。

在涂抹过程中，可以按【]】或【[】键适当放大或缩小画笔。

图92-5　完成细节的涂抹

步骤6　选择"橡皮擦"工具，在属性栏中设置"不透明度"为"50%"，然后对苹果和果叶的轮廓进行擦除，直至得到满意的图像。擦除后的效果如图92-6所示。

看不清轮廓时，还可以将图层1的透明度设置为50%，完成后还原为100%。

图92-6　擦除后的效果

步骤7　在"图层"面板中单击 按钮，在弹出的菜单中选择"亮度/对比度"命令，新建"亮度/对比度"图层，弹出"亮度/对比度"对话框，设置"亮度"为"30"，"对比度"为"10"，单击 确定 按钮，如图92-7所示。

步骤8　打开"油画纹理.tif"素材文件，选择"移动"工具 ，将素材图片拖入"石榴"文件窗口中，自动生成图层2，按【Ctrl+T】键，调整其大小与窗口大小相同，如图92-8所示。

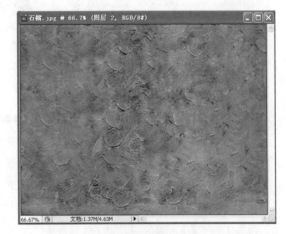

图92-7　设置亮度/对比度　　　　　图92-8　拖入并调整油画纹理素材

步骤9　设置图层2的图层混合模式为"柔光"，按【Ctrl+J】键复制生成"图层2副本"，如图92-9所示。

步骤10　按【Shift+Ctrl+Alt+E】键盖印可见图层，自动生成图层3，选择【图像】/【调整】/【色彩平衡】命令，在弹出的"色彩平衡"对话框中设置参数为"-60"、"40"和"45"，单击 确定 按钮，得到如图92-10所示的效果。

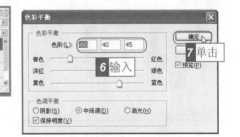

图92-9　设置图层混合模式　　　　　图92-10　设置色彩平衡

步骤11　选择【图像】/【画布大小】命令，在弹出的"画布大小"对话框中设置宽度为"30"，高度为"23"，单击 确定 按钮，如图92-11所示。

步骤12　选择"魔棒"工具 ，在边框部分单击鼠标左键，将其载入选区，然后新建

图层4。

步骤 13 按【D】键复位前景色和背景色。按【Alt+Delete】键填充前景色，按
【Ctrl+D】键取消选区，如图92-12所示。

图92-11　更改画布大小

图92-12　填充前景色

步骤 14 双击图层4后面的空白处，在弹出的"图层样式"对话框中选中"图案叠
加"复选框，设置缩放为"65"。单击"图案"拾色器，在弹出的下拉列表
中选择"牛皮格纸"图案，如图92-13所示。

步骤 15 选中☑斜面和浮雕复选框，设置"深度"为"900"，"大小"为"10"。选
中"纹理"复选框，设置"缩放"为"75"，"深度"为"60"，单击"图
案"拾色器，在弹出的下拉列表中选择"木质"图案。

步骤 16 选中☑投影复选框，设置"距离"为"6"，"大小"为"16"，单击
确定按钮，如图92-14所示。

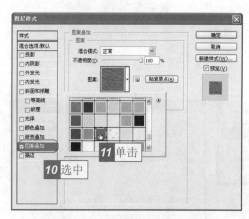

图92-13　设置图案叠加效果

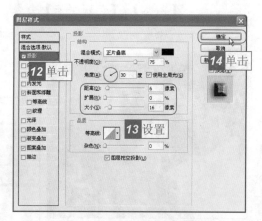

图92-14　设置投影效果

魔法档案

　　Photoshop预置的图案中没有牛皮格纸图形，需要单击▶按钮，在弹出的快捷菜单中
选择"彩色纸"命令来载入图形。

第93例 速 写 效 果

素　材：\素材\第6章\婴儿.jpg
源文件：\源文件\第6章\速写效果.psd

知识要点	制作要领
★ "色阶"命令	★ 模糊值的选取
★ "特殊模糊"命令	★ 速写效果的处理
★ "反相"命令	
★ "强化的边缘"命令	

步骤讲解

步骤1 打开"婴儿.jpg"素材文件，复制生成"背景副本"图层。

步骤2 选择【图像】/【调整】/【色阶】命令，在弹出的"色阶"对话框中设置参数为"30"、"1.2"和"230"，单击 确定 按钮，如图93-1所示。

步骤3 选择"图像-调整-亮度对比度"命令，在弹出的"亮度/对比度"对话框中设置参数为"5"和"15"，单击 确定 按钮，如图93-2所示。

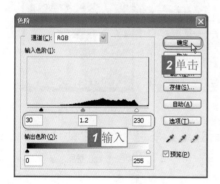

图93-1　调整色阶

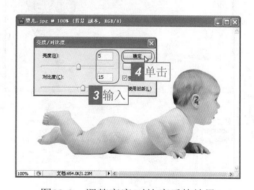

图93-2　调整亮度/对比度后的效果

步骤4 选择【滤镜】/【模糊】/【特殊模糊】命令，在弹出的"特殊模糊"对话框中设置参数为"50.0"和"60"，品质为"高"，模式为"仅限边缘"，单击 确定 按钮，如图93-3所示。

步骤5 选择【图像】/【调整】/【反相】命令，将图像反相，如图93-4所示。复制生成"背景副本2"图层，将"背景副本2"图层放置在"背景副本图层"之上。

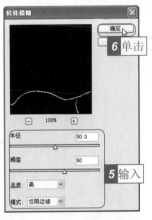

图93-3 "特殊模糊"对话框

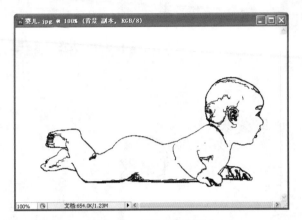

图93-4 反相后的效果

步骤6 选择【图像】/【调整】/【去色】命令，对图像进行去色处理。选择【滤镜】/【艺术效果】/【绘画涂抹】命令。在弹出的对话框中设置参数为"1"和"35"，"画笔类型"为"简单"，单击 确定 按钮，如图93-5所示。

步骤7 设置"背景副本2"图层的图层混合模式为"变亮"，"不透明度"为"75%"，如图93-6所示。按【Ctrl+E】键向下合并图层，生成新的"背景副本"图层。

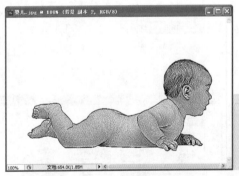

图93-5 绘画涂抹艺术效果

图93-6 设置图层模式

步骤8 选择【滤镜】/【画笔描边】/【强化的边缘】命令，在弹出的"强化的边缘"对话框中设置参数为"1"、"23"和"2"，单击 确定 按钮，如图93-7所示。

步骤9 新建图层1，选择"文字"工具 T.，在窗口左上方输入文本，字体为"方正硬笔楷书简体"，字号为"12"，按【Ctrl+T】键打开自由调节框，调整文字图层的位置，按【Enter】键确认变换，如图93-8所示。

步骤10 选择"背景副本"图层，选择"画笔"工具 ，选择"柔角3像素"画笔，完成图像细节线条的补充，按【D】键切换前景色和背景色，继续使用"画笔"工具将图中多余的线条涂抹掉。

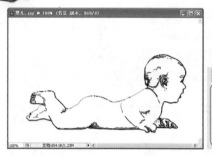

图93-7 强化图像边缘

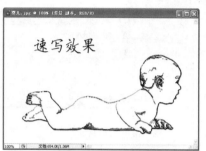

图93-8 添加文本

魔法档案

　　使用"特殊模糊"命令时通过指定半径、阈值和模糊品质可以精确地模糊图像。其中，半径值确定在其中搜索不同像素的区域大小，阈值确定像素具有多大差异后才会受到影响。也可以为整个选区设置模式（正常），或为颜色转变的边缘设置模式（"仅限边缘"和"叠加"）。在对比度显著的地方，"仅限边缘"应用黑白混合的边缘，而"叠加边缘"应用白色的边缘。

第94例 单色网点效果

素　　材：\素材\第6章\海豚.jpg
源文件：\源文件\第6章\单色网点效果.psd

知识要点	制作要领
★ "灰度"命令	★ 设置半调网屏值
★ "半调网屏"命令	

步骤讲解

步骤1　打开"素材"文件夹中的"海豚.jpg"文件，选择【图像】/【模式】/【灰度】命令，在弹出的"信息"对话框中单击按钮，将图像转换为灰度模式，如图94-1所示。

步骤2　选择【图像】/【模式】/【位图】命令，在弹出的"位图"对话框的"使用"下拉列表框中选择"半调网屏"选项，如图94-2所示。

图94-1　扔掉颜色

图94-2　"位图"对话框

步骤3　单击 确定 按钮，弹出"半调网屏"对话框，保持各项为默认设置，如图94-3所示。

步骤4　完成设置后，单击 确定 按钮，得到有网点的单色图像效果，如图94-4所示。

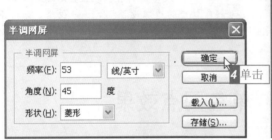

图94-3　设置"半调网屏"参数

图94-4　最终效果

魔力测试

　　在"位图"对话框中可以选择"使用"下拉列表框中的"图案仿色"选项，得到另一种单色照片效果。

第95例　撕裂的照片效果

素　材：\素材\第6章\跑车.jpg
源文件：\源文件\第6章\撕裂效果.psd

知 识 要 点

★Alpha通道
★"索套"工具
★图层样式

制 作 要 领

★通道的处理
★撕裂效果的处理

 步骤讲解

步骤1 新建"撕裂效果"文件。文件大小为12厘米×10厘米，分辨率为150像素/英寸，颜色模式为RGB颜色。设置"前景色"为"浅绿色（R:230,G:254,B:32）"，按【Alt+Delete】键填充前景色。

步骤2 打开"素材"文件夹中的"跑车.jpg"文件，选择"移动"工具，将素材图片拖入"撕裂效果"文件窗口中，自动生成图层1，如图95-1所示。

步骤3 按【Ctrl+T】键打开自由调节框，调整图层1的大小、角度和位置，按【Enter】键确认变换，如图95-2所示。

图95-1 拖入图片

图95-2 调整图片

步骤4 选择【图层】/【图层样式】/【投影】命令，在弹出的"图层样式"对话框中设置"距离"和"扩展"分别为"5"，"大小"为"10"，单击 确定 按钮，如图95-3所示。

步骤5 切换到"通道"面板中，单击面板下方的"创建新通道"按钮，得到Alpha1通道。选择"套索"工具，随意选择图像的一半区域为选区，设置前景色为"白色"，按【Alt+Delete】键将其填充为"白色"，如图95-4所示。

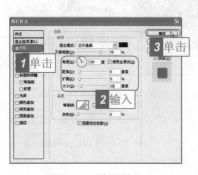

图95-3 设置阴影

图95-4 勾选选区并填色

步骤6 选择【滤镜】/【像素化】/【晶格化】命令，在弹出的"晶格化"对话框中设置"单元格大小"为"15"，单击 确定 按钮，产生边缘撕裂效果，如图95-5所示。

步骤7 显示RGB通道，选择【选择】/【载入选区】命令，在"通道"下拉列表框中选择"Alpha 1"选项，单击 确定 按钮，如图95-6所示。

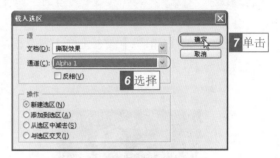

图95-5 "晶格化"对话框　　　　　　图95-6 "载入选区"对话框

步骤8 选择"移动"工具，移动选区，按【Ctrl+T】键调整图像位置，即可得到撕裂的图像效果，按【Ctrl+D】键取消选区，如图95-7所示。

步骤9 选择"文字"工具，设置前景色为黑色，在窗口右下方输入文本，自动生成文字图层，设置字体为黑体，字号为24，在文字图层上单击鼠标右键，在弹出的快捷菜单中选择"栅格化文字"命令，如图95-8所示。

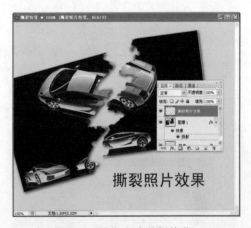

图95-7 撕裂效果　　　　　　　　　图95-8 输入文本并栅格化

步骤10 双击文字图层后面的空白处，在弹出的"图层样式"对话框中选中 投影复选框，设置"距离"为"5"，"大小"为"10"，单击 确定 按钮。

步骤11 选择"套索"工具，在窗口中文字位置拖动出随意的选区范围，如图95-9所示。

步骤12 选择"移动"工具➜移动选区，按【Ctrl+T】键调整移动选区的大小、角度和位置，按【Enter】键确认变换，按【Ctrl+D】键取消选区，如图95-10所示。

图95-9　选择部分文本

图95-10　调整文本位置和大小

第96例　黑白照片上色效果

素　材：\素材\第6章\黑白水果.jpg
源文件：\源文件\第6章\黑白上色效果.psd

知识要点	制作要领
★图层蒙版	★图层蒙版的使用
★选择颜色	★颜色的选择
★图层模式	

 步骤讲解

步骤1 打开"素材"文件夹中的"黑白水果.jpg"文件，单击工具箱下方的"以快速蒙版模式编辑"按钮，进入快速蒙版模式。

步骤2 选择"画笔"工具✐，设置画笔大小为"80"，对其中的浅色水果进行涂抹，所涂抹区域呈现透明的红色，如图96-1所示。

步骤3 按【[】键缩小画笔，对水果边缘部分作细致的涂抹，使蒙版遮住整个图片中的浅色水果图像，使用"橡皮擦"工具擦除多余的涂抹，如图96-2所示。

步骤4 按【Q】键返回到正常模式，然后再按【Shift+Ctrl+I】键反选选区，得到浅色水果的选区，如图96-3所示。

图96-1　开始涂抹

图96-2　完成涂抹

步骤5 在"图层"面板中新建图层1，然后单击工具箱下方的"前景色"图标，打开"拾色器（前景色）"对话框，设置颜色为（R:229,G:197,B:20），单击 确定 按钮，按【Alt＋Delete】键填充选区颜色，如图96-4所示。

图96-3　浅色水果选区

图96-4　填充颜色

步骤6 在"图层"面板中设置"图层混合模式"为"叠加"，按【Ctrl+D】键取消选区，如图96-5所示。

步骤7 新建图层2，进入快速蒙版，按住【Ctrl】键并单击图层1，按【Ctrl+I】键反相，避免与前种水果相接处重复涂抹，使用"画笔"工具对深色水果作细致的涂抹，按【Ctrl+D】键取消选区，如图96-6所示。

图96-5　调整图层模式

图96-6　涂抹深色水果蒙版区域

一学就会魔法书

步骤8 按【Q】键返回到正常模式，然后按【Shift＋Ctrl＋I】键反选选区，得到深色水果的选区，设置颜色为"R:106,G:146,B:50"，如图96-7所示。

步骤9 按【Ctrl＋D】键取消选区，设置图层2的"图层混合模式"为"颜色"，如图96-8所示。

图96-7 填充深色水果

图96-8 设置图层模式

步骤10 最后选择"橡皮擦"工具，分别选择各图层，对有溢出颜色的部分进行擦除，使上色范围显得更加精细。

第97例 反转负冲效果

素　材：\素材\第6章\花瓶.jpg
源文件：\源文件\第6章\反转负冲效果.psd

知识要点
★ 应用图像样式
★ "图层模式"命令
★ 通道的使用

制作要领
★ 应用图像设置
★ 通道的使用

步骤讲解

步骤1 打开"花瓶.jpg"素材文件，选择【图层】/【新建】/【通过拷贝的图层】命令，得到复制的图层1，如图97-1所示。

步骤2 切换到"通道"面板，选择蓝通道，选择【图像】/【应用图像】命令，在"应用图像"对话框中选中 ☑反相(I) 复选框，设置"混合"为"正片叠

底"，"不透明度"为"50%"，单击 ［确定］ 按钮，如图97-2所示。

图97-1　新建图层

图97-2　"应用图像"对话框

步骤3　返回到图像窗口中，在"通道"面板中选择RGB模式，调整蓝色通道后的图像效果如图97-3所示。

步骤4　在"通道"面板中选择绿色通道，选择【图像】/【应用图像】命令，打开"应用图像"对话框，选中☑反相(I)复选框，设置"混合"为"正片叠底"，"不透明度"为"30%"。

步骤5　单击 ［确定］ 按钮返回到图像窗口中，选择RGB模式，可以看到调整绿色通道后的图像效果，如图97-4所示。

图97-3　调整蓝色通道后的效果

图97-4　调整绿色通道后的效果

步骤6　选择红色通道，选择【图像】/【应用图像】命令，在"应用图像"对话框中设置"混合"为"颜色加深"，其余保持默认设置，单击 ［确定］ 按钮。

步骤7　在"通道"面板中选择RGB通道，可以看到调整红色通道后的图像效果。选择【图像】/【调整】/【色彩平衡】命令，打开"色彩平衡"对话框，设置色阶值为"30，0，-50"，为图像添加红色和黄色，如图97-5所示。

步骤8 单击 确定 按钮完成色彩平衡设置后，返回到图像窗口中，设置图层1的
"图层混合模式"为"强光"，效果如图97-6所示。

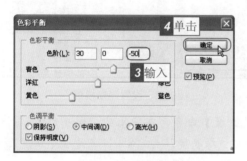

图97-5 设置色彩平衡　　　　　　　　图97-6 设置强光模式

第98例　冰封图像效果

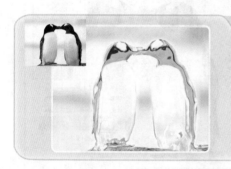

素　材：\素材\第6章\企鹅.jpg
源文件：\源文件\第6章\冰封图像效果.psd

知识要点
★ "套索"工具
★ "高斯模糊"命令
★ "照亮边缘"命令

制作要领
★ 水滴样式的制作
★ 图层样式的处理

步骤讲解

步骤1 打开素材文件"企鹅.jpg"，选择"套索"工具 ，然后在工具栏中单击
"添加到选区"按钮 ，在图像中将企鹅勾选出来。

步骤2 按【Ctrl+J】键通过选区新建图层1，取消显示背景图层，如图98-1所示。

步骤3 选择图层1，选择【图层】/【新建】/【通过拷贝的图层】命令，复制图层1。

步骤4 选择【滤镜】/【模糊】/【高斯模糊】命令，弹出"高斯模糊"对话框，设
置"半径"为"3"，单击 确定 按钮，如图98-2所示。

图98-1　通过选区新建图层　　　　　　图98-2　设置高斯模糊

步骤5　选择【滤镜】/【风格化】/【照亮边缘】命令，在弹出的"照亮边缘"对话框中设置"边缘宽度"为"4"，"边缘亮度"为"8"，"边缘平滑度"为"7"，如图98-3所示。

步骤6　单击　确定　按钮返回到图像窗口中，将"图层1副本"的"图层混合模式"设置为"滤色"，效果如图98-4所示。

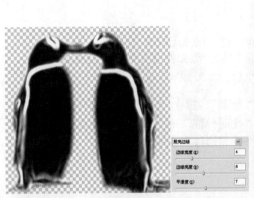

图98-3　设置照亮边缘参数　　　　　　图98-4　设置图层模式

步骤7　选择图层1，选择【图层】/【新建】/【通过拷贝的图层】命令，得到"图层1副本2"，并将其移动到图层的最上方。

步骤8　选择【滤镜】/【素描】/【铬黄】命令，弹出"铬黄渐变"对话框，设置"细节"为"4"，"平滑度"为"7"，单击　确定　按钮，如图98-5所示。

步骤9　返回到图像窗口中，设置"图层1副本2"的"图层混合模式"为"叠加"，效果如图98-6所示。

步骤10　选择图层1，按住【Ctrl】键单击它，载入图层1图形的选区，选择【图像】/【调整】/【色相/饱和度】命令，在弹出的"色相/饱和度"对话框中选中

一学就会魔法书

☑着色(O) 复选框，"色相"设置为"208"，"饱和度"设置为"66"，"明度"设置为"24"，单击 确定 按钮，效果如图98-7所示。

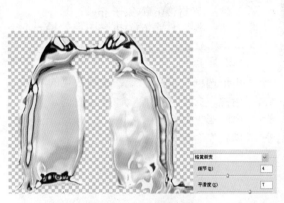

图98-5　设置铬黄渐变

图98-6　设置图层模式为叠加

步骤11 选择"图层1副本"，按住【Ctrl】键的同时单击它，载入"图层1副本"图形的选区，按【Ctrl+U】键对选区进行"色相/饱和度"的调整，用同样的方法为图像着色。

步骤12 选择图层1，按【Ctrl+J】键得到"图层1副本3"，将复制的图层移动到"图层"面板最上层，设置其"图层混合模式"为"强光"，"不透明度"为"5%"。

步骤13 使用"画笔"工具以白色对图层1进行描边处理，到此就完成了冰封效果的制作，得到企鹅的冰封图像。显示背景图层，如图98-8所示。

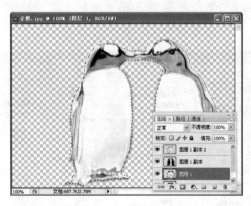

图98-7　调整图层1色相

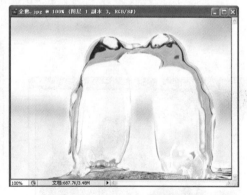

图98-8　调整图层1副本色相

魔力测试

在本例效果图中，合并背景图层以外的图层，将冰封企鹅效果拖入冰雪图片背景中。

第99例 错位拼贴图像效果

素　材：\素材\第6章\兔子.jpg
源文件：\源文件\第6章\拼贴图像效果.psd

知识要点	制作要领
★ "矩形选框"工具	★ 透视效果的制作
★ "透视"命令	★ 样式的创建
★ "内阴影"命令	
★ "样式"命令	

 步骤讲解

步骤1　打开"素材"文件夹中的"兔子.jpg"文件，选择"矩形选框"工具，在图像中创建一个矩形选区。

步骤2　选择【图层】/【新建】/【通过拷贝的图层】命令，得到图层1。

步骤3　选择【编辑】/【变换】/【透视】命令，将出现的变换控制框左下方的控制点向上拖动，如图99-1所示，按【Enter】键确认，得到画面错位感。

步骤4　选择【图层】/【图层样式】/【内阴影】命令，弹出"图层样式"对话框，设置内投影颜色为"R:40,G:30,B:2"，然后再设置"角度"为"130"，"距离"为"5"，"大小"为"3"，如图99-2所示。

图99-1　调整透视角度

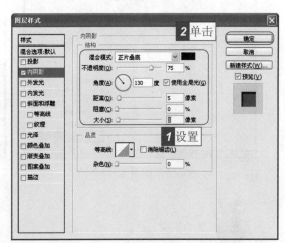

图99-2　设置内阴影

步骤5 在"图层样式"对话框中选中☑**内发光**复选框，设置"内发光颜色"为
"R:40,G:30,B:2"，再设置图层样式为"正片叠底"，"大小"为"10"，
单击 确定 按钮，如图99-3所示。

步骤6 返回到图像窗口中，查看设置内阴影和内发光后的效果，如图99-4所示。

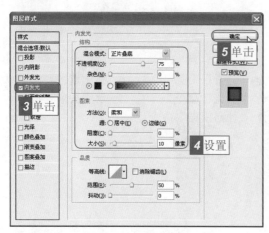

图99-3 设置内发光

图99-4 设置后的效果

步骤7 选择【窗口】/【样式】命令，在"样式"面板中单击"创建新样式"按
钮🔲，在弹出的对话框中将此样式保存。

步骤8 在"图层"面板中选择背景图层，在图像窗口中再创建一个矩形选区，按
【Ctrl＋J】键复制图像，再对其设置透视效果。

步骤9 切换到"样式"面板中，单击刚保存的样式，图像得到与之前一样的图层样
式，如图99-5所示。

步骤10 使用相同的方法，创建矩形，复制图像并设置透视效果，再对图像应用图层
样式，完成错位拼贴图像效果的制作，如图99-6所示。

图99-5 设置新拼贴块

图99-6 完成拼贴图像

第100例　动感背景效果

素　材：\素材\第6章\飞鹰.jpg
源文件：\源文件\第6章\动感背景效果.psd

知 识 要 点	制 作 要 领
★ "套索"工具	★ 羽化选区
★ "羽化"命令	★ 设置径向模糊
★ "径向模糊"命令	

 **步骤讲解**

步骤1　打开"素材"文件夹中的"飞鹰.jpg"文件，选择"套索"工具，按住鼠标左键，在鹰图像周围选择图像，创建鹰图像的选区。

步骤2　在选区中单击鼠标右键，在弹出的快捷菜单中选择"羽化"命令，弹出"羽化选区"对话框，设置"羽化半径"为"3"，如图100-1所示。

步骤3　单击 确定 按钮返回图像窗口，按【Shift+Ctrl＋I】键反选，选择【图层】/【新建】/【通过拷贝的图层】命令，将选区图像复制到图层1，如图100-2所示。

图100-1　羽化选区

图100-2　复制图层

步骤4　选择图层1，选择【滤镜】/【模糊】/【径向模糊】命令，弹出"径向模糊"对话框，选中◉缩放(Z)单选按钮，然后设置"数量"为"60"，完成径向模糊的参数设置后，单击 确定 按钮，如图100-3所示。

步骤5　返回到图像窗口中，得到背景图像的动感模糊效果，如图100-4所示。

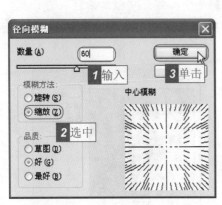

图100-3　"径向模糊"对话框

图100-4　最终效果

魔法档案

　　使用"径向模糊"滤镜可以使图像产生旋转或放射状模糊效果。在此对话框中的"中心模糊"栏中，模糊点可以在视窗中随意移动，通常将其设置在主体对象上，以便在图像中形成视觉重心。

第101例　磨砂玻璃效果

素　材：\素材\第6章\桶装水果.jpg
源文件：\源文件\第6章\磨砂玻璃效果.psd

知识要点	制作要领
★ "添加杂色"命令	★ 杂色的添加
★ "扩散"命令	★ 添加光照效果
★ "镜头光晕"命令	

步骤1　打开"素材"文件夹中的"桶装水果.jpg"文件，选择工具箱中的"矩形选框"工具，在图像左边创建一个选区，作为需要制作玻璃的部分。

步骤2 选择【图层】/【新建】/【通过拷贝的图层】命令，或按【Ctrl+J】键，复制选区内的图像为图层1，按住【Ctrl】键单击图层1，载入图像选区，如图101-1所示。

步骤3 选择【滤镜】/【杂色】/【添加杂色】命令，打开"添加杂色"对话框，设置"数量"为"18"，然后再选中□单色(M)复选框，完成后单击 确定 按钮，如图101-2所示。

图101-1 载入选区

图101-2 添加杂色

步骤4 完成各项设置后，返回到图像窗口中，得到添加杂色的效果。选择【滤镜】/【风格化】/【扩散】命令，在弹出的"扩散"对话框中选中"各向异性"单选按钮，单击 确定 按钮即可，如图101-3所示。

步骤5 返回到图像窗口中，按【Ctrl＋D】键取消选区，得到画面扩散滤镜效果，如图101-4所示。

图101-3 "扩散"对话框

图101-4 滤镜效果

步骤6 选择【滤镜】/【扭曲】/【玻璃】命令，在"玻璃"对话框中设置"扭曲度"为"3"，"平滑度"为"2"，"纹理"为"磨砂"，"缩放"为

"60"，单击 确定 按钮，如图101-5所示。

步骤7 选择【滤镜】/【渲染】/【光照效果】命令，在弹出的"光照效果"对话框中设置"光照类型"为"全光源"，其他保持默认设置，在右侧预览图中放大光源范围，单击 确定 按钮，如图101-6所示。

图101-5 "玻璃"对话框

图101-6 光照效果

步骤8 选择【滤镜】/【渲染】/【镜头光晕】命令，弹出"镜头光晕"对话框，设置"亮度"为"40"%，"镜头类型"为"50-300毫米变焦"，单击 确定 按钮，如图101-7所示。

步骤9 返回图像窗口中，在"图层"面板中将图层1的"不透明度"设置为"70%"。

步骤10 由于玻璃受环境色的影响，还需要为其添加一些适合画面的暖色调。选择【图像】/【调整】/【色彩平衡】命令，在弹出的"色彩平衡"对话框中设置"色阶"为"25,0,-20"，单击 确定 按钮，如图101-8所示。

图101-7 "镜头光晕"对话框

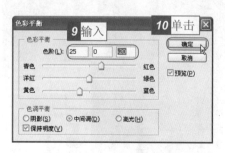

图101-8 设置色阶

步骤11 使用"矩形选框"工具 ，在玻璃的边界部分创建选区。按【Ctrl+J】键复制选区为图层2，然后再按【Ctrl+J】键复制为"图层2副本"。按住【Ctrl】

键在"图层"面板中单击"图层2副本"，载入"图层2副本"选区。

步骤12 选择"渐变"工具 ▨，单击属性栏中的 ▭▭▭▭▭ 按钮，在弹出的对话框中设置白色和灰色相交的渐变色，如图101-9所示。

步骤13 使用"渐变"工具从图像的左上角向右下角拖动鼠标填充选区，完成后按【Ctrl+D】键取消选区，如图101-10所示。

图101-9 设置渐变色   图101-10 填充选区

步骤14 使用"移动"工具将图像向右边稍微移动，然后按住【Ctrl】键单击图层2，载入选区，选择"图层2副本"，按【Delete】键删除"图层2副本"多余的部分。按【Ctrl+D】键取消选区。

步骤15 在"图层"面板中设置"图层混合模式"为"差值"，"不透明度"为"82%"，设置好"图层"面板中的各属性后，完成磨砂玻璃效果，如图101-11所示。

还可通过"色相/饱和度"对话框来调整玻璃的颜色，以达到满意的效果。

图101-11 "图层"面板

第102例 国画效果

素　材：\素材\第6章\鹰.jpg
源文件：\源文件\第6章\国画效果.psd

知识要点

★ "去色"命令
★ "高斯模糊"命令
★ 图层混合模式
★ "拼合图像"命令

制作要领

★ 拼合图像
★ 将图像纹理化

步骤讲解

步骤1 打开"素材"文件夹中的"鹰.jpg"文件，按【Ctrl+J】键复制背景图层得到图层1，选择【图层】/【调整】/【去色】命令为图像去色，如图102-1所示。

步骤2 选择【滤镜】/【模糊】/【高斯模糊】命令，弹出"高斯模糊"对话框，设置"半径"为"2"，单击 确定 按钮，如图102-2所示。

图102-1　去色后的效果　　　　　　　图102-2　"高斯模糊"对话框

步骤3 按【Ctrl+J】键复制图层1，得到"图层1副本"。设置"图层"面板中的"图层混合模式"为"亮光"，如图102-3所示。

步骤4 选择背景图层，按【Ctrl+J】键复制背景层为背景副本，再将背景副本置于图层最上方，在"图层"面板中设置"图层混合模式"为"颜色"，如图102-4所示。

图102-3 设置图层混合模式为"亮光"

图102-4 设置图层混合模式为"颜色"

步骤5 选择【图层】/【拼合图像】命令，新建一个图层1，单击工具箱下方的前景色图标，设置颜色为"R:236,G:226,B:175"，按【Alt+Delete】键对图层1进行填充。

步骤6 设置图层1的"图层混合模式"为"正片叠底"，"不透明度"为"60%"，得到偏黄色的图像效果，如图102-5所示。

步骤7 选择【滤镜】/【纹理】/【纹理化】命令，在弹出的对话框的"纹理"下拉列表中选择"画布"选项，设置"缩放"为"130"，"凸现"为"10"，单击 确定 按钮，效果如图102-6所示。

图102-5 设置图层混合模式

图102-6 为图像添加纹理后的效果

魔法档案

还可根据不同的版面要求，通过"裁剪"工具 将图像裁剪至适当的画面区域效果。国画多采用竖式。

第103例 版画效果

素　材：\素材\第6章\马.jpg
源文件：\源文件\第6章\版画效果.psd

知识要点	制作要领
★ "动感模糊"命令	★ 木刻效果
★ "木刻"命令	★ 调整图像
★ "色相/饱和度"命令	

 步骤讲解

步骤1 打开"素材"文件夹中的"马.jpg"文件，选择"套索"工具 ，在工具栏中设置"羽化"为"2"，勾选出马，然后按【Shift+Ctrl+I】键，执行反选命令。

步骤2 按【Ctrl+J】键复制背景选区至图层1，按住【Ctrl】键单击图层1，保持背景选区呈选中状态，选择【滤镜】/【模糊】/【动感模糊】命令，在弹出的"动感模糊"对话框中，设置"角度"值为"40"度，"距离"值为"32"像素，单击 确定 按钮，如图103-1所示。

步骤3 背景产生了变化，选择【滤镜】/【艺术效果】/【木刻】命令，在弹出的"木刻"对话框中，设置"色阶数"值为"4"，"边缘简化度"值为"4"，"边缘逼真度"值为"3"然后单击 确定 按钮，如图103-2所示，处理后的背景部分已被简化了。

图103-1 "动感模糊"对话框

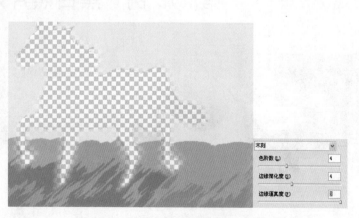

图103-2 设置木刻参数及设置后的效果

步骤4 按【Shift+Ctrl+I】键，执行反选命令，选择背景图层，再按【Ctrl+J】键新建图层2，将其移至图层最上面，按住【Ctrl】键单击图层2，保持马选区呈选中状态。

步骤5 选择【图像】/【调整】/【色相/饱和度】命令，在弹出的"色相/饱和度"对话框中，设置"色相"值为"0"，"饱和度"值为"16"，"明度"为"5"，单击 确定 按钮。

步骤6 选择【图像】/【调整】/【亮度/对比度】命令，在弹出的"亮度/对比度"对话框中，设置"亮度"值为"-20"，"对比度"值为"15"，单击 确定 按钮，如图103-3所示。

步骤7 选择【滤镜】/【艺术效果】/【木刻】命令，在弹出的"木刻"对话框中，设置"色阶数"值为"8"，"边缘简化度"值为"2"，"边缘逼真度"值为"2"，然后单击 确定 按钮，如图103-4所示。

图103-3 设置亮度/对比度　　　　　　图103-4 设置木刻参数及设置后的效果

步骤8 按【Ctrl+D】键取消选区，选择"文字"工具 **T**，在右上角输入"版画效果"，设置字体为"方正硬笔行书简体"，字号为"48点"，颜色为"黑色"。

第104例　黑白照片效果

 素　材：\素材\第6章\花.jpg
　　　　源文件：\源文件\第6章\黑白照片效果.psd

知识要点	制作要领
★ "渐变映射"命令	★ 设置渐变映射
★ "通道混和器"命令	★ 设置通道混合器参数
★ "色阶"命令	

 步骤讲解

步骤1 打开"素材"文件夹中的"花.jpg"文件，按【Ctrl+J】键新建图层1，如图104-1所示。按【Shift+Ctrl+U】键，将图层1中的图像去色。

步骤2 按【D】键将前景色和背景色设置为默认黑白色，单击"图层"面板中的"创建新的填充或调整图层"按钮，在弹出的菜单中选择"渐变映射"命令，弹出"渐变映射"对话框，在其中设置黑白渐变，单击 确定 按钮，效果如图104-2所示。

图104-1 复制图层

图104-2 设置渐变映射

步骤3 单击"图层"面板中的"创建新的填充或调整图层"按钮，在弹出的菜单中选择"通道混和器"命令，在弹出的对话框中选中☑单色(H)复选框，设置源通道数值为"+50,+30,+30"，获得更加细致的层次效果，然后单击 确定 按钮，如图104-3所示。

步骤4 单击图层面板中的"创建新的填充或调整图层"按钮，在弹出的菜单中选择"色阶"命令，在弹出的"色阶"对话框中设置色阶值为"20,1.4,255"，单击 确定 按钮完成操作，如图104-4所示。

图104-3 "通道混和器"对话框

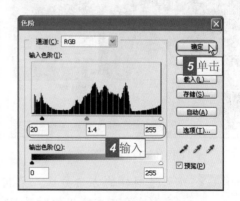
图104-4 "色阶"对话框

第105例 水粉效果

素 材：\素材\第6章\玫瑰.jpg
源文件：\源文件\第6章\水粉效果.psd

知 识 要 点　　　　　制 作 要 领

★ "多边形套索" 工具　　★ 调整色相
★ "色相/饱和度"　　　　★ 调整色阶
命令
★ "去色" 命令

 步骤讲解

步骤1　　打开素材文件 "玫瑰.jpg"，将背景图层拖动至 "新建图层" 按钮 ☑ 上，复制生成背景副本图层，如图105-1所示。

步骤2　　选择 "多边形套索" 工具 ♥，在属性栏中单击 "添加到选区" 按钮 ☑，将 "羽化" 设置为 "2"，在窗口中随意框选几朵花，将其载入选区。

步骤3　　选择【图像】/【调整】/【色相/饱和度】命令，在弹出的对话框中设置参数为 "50"、"35" 和 "0"，单击　确定　按钮，按【Ctrl+D】键取消选区，如图105-2所示。

图105-1　复制图层

图105-2　调整色相后的效果

步骤4　　通过同样的方法另选几朵花，然后选择【图像】/【调整】/【色相/饱和度】命令，在弹出的对话框中设置参数为 "0"、"100" 和 "-40"，单击

按钮，按【Ctrl+D】键取消选区，如图105-3所示。

步骤5 选择【图像】/【调整】/【亮度/对比度】命令，在弹出的"亮度/对比度"对话框中设置参数为"0"和"75"，单击 确定 按钮。

步骤6 按【Ctrl+J】键，复制生成"背景副本2"图层，选择【图像】/【调整】/【去色】命令，对"背景副本2"作去色处理，如图105-4所示。

图105-3 调整色相

图105-4 调整颜色后的效果

步骤7 选择【图像】/【调整】/【色调分离】命令，在弹出的"色调分离"对话框中设置色阶为"5"，单击 确定 按钮，效果如图105-5所示。

步骤8 选择【滤镜】/【杂色】/【中间值】命令，在弹出的"中间值"对话框中设置"半径"为"1"，单击 确定 按钮。

步骤9 选择【图像】/【调整】/【色阶】命令，在弹出的"色阶"对话框中设置参数为"0"、"1.00"和"220"，单击 确定 按钮，效果如图105-6所示。

图105-5 色调分离后的效果

图105-6 添加杂色后的效果

步骤10 复制生成"背景副本3"图层，并将其置于顶层，选择【图像】/【调整】/【去色】命令，对"背景副本3"作去色处理。

Photoshop CS3数码照片处理200例（全彩版）

步骤11 选择【图像】/【调整】/【阈值】命令，在弹出的"阈值"对话框中设置
"阈值"为"160"，单击 **确定** 按钮，效果如图105-7所示。

步骤12 选择【滤镜】/【杂色】/【中间值】命令，在弹出的"中间值"对话框中设
置"半径"为"1"，单击 **确定** 按钮。

步骤13 设置"背景副本3"图层的图层混合模式为"正片叠底"，"不透明度"为
"30%"。拖动背景副本图层到"图层"面板上方，将其置于顶层，设置背
景副本图层的图层混合模式为"颜色"，效果如图105-8所示。

图105-7　调整阈值后的效果

图105-8　最终效果

第106例　钢笔画效果

素　材：\素材\第6章\城堡.jpg
源文件：\源文件\第6章\钢笔画效果.psd

知识要点	制作要领
★"色阶"命令	★特殊模糊
★"特殊模糊"命令	★将图像反相
★"反相"命令	

　**步骤讲解**

步骤1 打开素材文件"城堡.jpg"，复制生成背景副本图层。

步骤2 选择【图像】/【调整】/【色阶】命令，在弹出的"色阶"对话框中设置参

数为"35"、"1.35"和"240"，单击 确定 按钮，如图106-1所示。

步骤3 选择【图像】/【调整】/【亮度/对比度】命令，在弹出的"亮度/对比度"对话框中设置参数为"5"和"50"，单击 确定 按钮。

步骤4 选择【滤镜】/【模糊】/【特殊模糊】命令，在弹出的"特殊模糊"对话框中设置参数为"30"和"90"，品质为"高"，模式为"仅限边缘"，单击 确定 按钮，效果如图106-2所示。

图106-1　调整亮度后的效果　　　　图106-2　特殊模糊后的效果

步骤5 选择【图像】/【调整】/【反相】命令，将图像反相，如图106-3所示，复制生成"背景副本2"图层，将"背景副本2"图层放置在"背景副本"图层之上。

步骤6 选择【图像】/【调整】/【去色】命令，对图像进行去色处理，选择【滤镜】/【艺术效果】/【绘画涂抹】命令，在弹出的对话框中设置参数为"1"和"35"，画笔类型为"简单"，单击 确定 按钮，如图106-4所示。

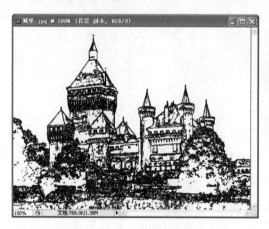

图106-3　反相后的效果　　　　图106-4　绘画涂抹后的效果

步骤7 设置"背景副本2"图层的图层混合模式为"变亮"，设置"背景副本2"图层的"不透明度"为"50%"，如图106-5所示。

步骤8 选择"文字"工具 **T.**，设置前景色为白色，在窗口右上方输入文本，按
【Ctrl+T】键打开自由调节框，调整文字图层的大小和位置，按【Enter】键
确认变换，如图106-6所示。

图106-5 设置图层混合模式后的效果

图106-6 输入文字后的效果

第107例　滚滚迷雾效果

素　材：\素材\第6章\风景.jpg
源文件：\源文件\第6章\滚滚迷雾效果.psd

知 识 要 点	制 作 要 领
★ "云彩"命令	★ 透视效果的制作
★ 滤色模式	★ 样式的创建
★ "删除"命令	

步骤讲解

步骤1 打开素材文件"风景.jpg"，新建图层1，如图107-1所示，按【D】键复位
前景色和背景色，选择【滤镜】/【渲染】/【云彩】命令，添加云彩效果。

步骤2 设置图层1的图层混合模式为"滤色"，单击"图层"面板下方的"添加图
层蒙版"按钮 ◘ ，为图层1添加图层蒙版。选择"画笔"工具 ✐ ，在属性栏
中设置"柔角65像素"画笔，"不透明度"为"30%"，在窗口下方涂抹，
如图107-2所示。

图107-1 打开素材

图107-2 涂抹烟雾

步骤3 在属性栏中设置画笔不透明度为"10%"，在窗口上方涂抹。

步骤4 复制生成"图层1副本"。选择【图层】/【图层蒙版】/【删除】命令，将图层蒙版删除。

步骤5 设置"图层1副本"图层的"不透明度"为"50%"，选择"橡皮擦"工具 ，在属性栏中设置"柔角100像素"画笔，"不透明度"为"50%"，擦除文件窗口下方"云雾"和上方的部分颜色，如图107-3所示。

步骤6 选择"移动"工具 ，将图像向下轻微移动。复制生成"图层1副本2"。设置"图层1副本2"的"不透明度"为"10%"。选择"移动"工具 ，将图像向上轻微移动。

步骤7 选择"套索"工具 ，在"云雾"处绘制出随意的选区范围。按【Ctrl+Alt+D】键，在弹出的"羽化"对话框中设置"羽化半径"为"10"像素，单击 确定 按钮，如图107-4所示。

图107-3 擦除部分颜色

图107-4 "羽化选区"对话框

步骤8 选择"移动"工具 ，按住【Alt】键的同时拖动选区到需要修补改变的区域，直至复制完毕松开【Alt】键。

步骤9 按【Ctrl+D】键取消选区，选择【图层】/【合并可见图层】命令，合并所

有图层，生成新的背景图层，选择【图像】/【调整】/【亮度/对比度】命令，在弹出的"亮度/对比度"对话框中设置参数为"-20"和"15"，单击 确定 按钮，如图107-5所示。

步骤10 按【Ctrl+U】键弹出"色相/饱和度"对话框，设置参数为"0"、"30"和"0"，单击 确定 按钮，如图107-6所示。

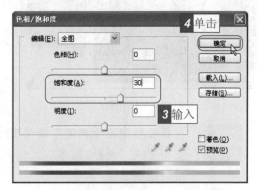

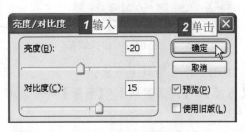

图107-5　设置亮度和对比度　　　　图107-6　设置色相与饱和度

第108例　卷页效果

素　材：\素材\第6章\青花瓷器.jpg
源文件：\源文件\第6章\卷页效果.psd

知识要点　　　　　　制作要领

★ "钢笔"工具　　★ 卷页的绘制
★ "渐变"工具　　★ 卷页阴影的绘制
★ "减淡"工具

 **步骤讲解**

步骤1 新建"卷页效果"图片文件，设置文件大小为"7厘米×9厘米"，分辨率为"150像素/英寸"，颜色模式为"RGB颜色"，前景色为"紫色（R:100,G:100,B:200）"，按【Alt+Delete】键填充前景色。

步骤2 打开素材文件"青花瓷器.jpg"，选择"移动"工具 ，将素材图片拖入"卷页效果"文件窗口中，自动生成图层1，如图108-1所示。

步骤3　选择"矩形"工具▭，单击属性栏中的"路径"按钮▨。在窗口中沿着图层1绘制矩形路径，选择"直接选择"工具▸，在矩形路径上任意处单击。

步骤4　选择"添加锚点"工具♦，在路径的右侧和下侧两条边上单击，添加两个新锚点。

步骤5　将路径右下角的锚点向左上方拖移，右侧锚点向左微微拖动，下侧新锚点向上微微拖动。在窗口中绘制卷页路径，拖动两个新锚点的控制柄，使路径曲线部分圆滑且过渡自然，如图108-2所示。

图108-1　拖入素材图片

图108-2　绘制卷页

步骤6　按【Ctrl+Enter】键将路径转换为选区，选择【选择】/【反向】命令，按【Delete】键删除，按【Ctrl+D】键取消选区，如图108-3所示。

步骤7　选择背景图层，新建图层2，选择"钢笔"工具♦，在窗口右下方绘制路径，并使路径右下方的曲线路径与纸张开始卷页位置的形状相切。按【Ctrl+Enter】键将路径转换为选区，如图108-4所示。

图108-3　删除后的效果

图108-4　绘制阴影

步骤8 设置前景色为"浅紫色（R:160,G:160,B:230）"，背景色为"深紫色（R:60,G:60,B:120）"，选择"渐变"工具，单击属性栏中的"线性渐变"按钮，自左上向右下拖动为选区内填充渐变色，如图108-5所示。

步骤9 并按【Ctrl+D】键取消选区，选择"减淡"工具，在属性栏中设置"柔角65像素"画笔，"范围"为"中间调"，"曝光度"为"25%"。在图层2颜色较浅的部位涂抹，如图108-6所示。

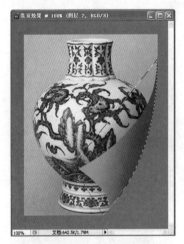

图108-5 填充颜色　　　　　　　图108-6 减淡颜色

步骤10 设置前景色为"灰色（R:83,G:83,B:95）"，选择"钢笔"工具，在窗口右下方绘制纸张阴影的路径。按【Ctrl+Enter】键将路径转换为选区，如图108-7所示。

步骤11 新建图层3并移动至图层2下方，按【Ctrl+Alt+D】键，在弹出的"羽化选区"对话框中设置"半径"为"10"，单击 **确定** 按钮，如图108-8所示。

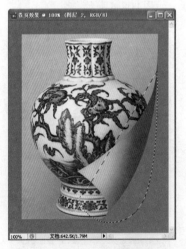
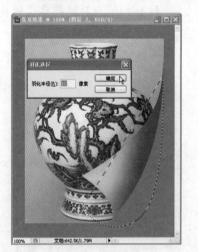

图108-7 转换为选区　　　　　　图108-8 羽化选区

步骤12 按【Alt+Delete】键为选区内填充灰色，并按【Ctrl+D】键取消选区，选择"橡皮擦"工具，在属性栏中设置"柔角45像素"画笔，降低不透明度和流量，擦除灰色部位的颜色。

步骤13 新建图层4，按住【Ctrl】键的同时，单击图层1前面的缩览图，载入选区。

步骤14 选择【编辑】/【描边】命令，在弹出的对话框中设置"宽度"为"2"，"颜色"为"浅紫色（R:160,G:160,B:220）"，"位置"为"居中"，单击 确定 按钮，如图108-9所示。

步骤15 选择"橡皮擦"工具，擦除没有卷页效果的其他描边部位，双击图层1后的空白处，在弹出的对话框中选中投影复选框，设置不透明度为"75%"，"角度"为"-25"，"距离"为"5"，"大小"为"5"，如图108-10所示。

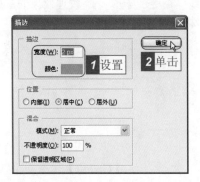

图108-9　"描边"对话框

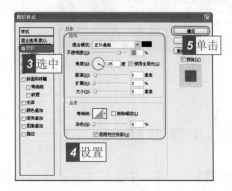

图108-10　设置投影

步骤16 选中内阴影复选框，设置"角度"为"-25"，"距离"为"5"，"阻塞"为"20"，"大小"为"100"，单击 确定 按钮，如图108-11所示。

步骤17 选择【图层】/【图层样式】/【创建图层】命令，在弹出的对话框中单击 确定 按钮，选择内阴影图层，选择"橡皮擦"工具，擦除没有卷页效果的其他阴影部位，如图108-12所示。

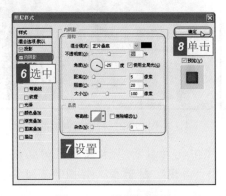

图108-11　设置内阴影

图108-12　擦除多余的阴影

NBOx

Photoshop CS3数码照片处理200例（全彩版）

步骤18 选择背景图层，按【Ctrl+U】键弹出"色相/饱和度"对话框，设置参数为"5"、"20"和"0"，单击 确定 按钮完成操作。

第109例 水彩画效果

素 材：\素材\第6章\美景.jpg
源文件：\源文件\第6章\水彩画效果.psd

知识要点
★ "去色"命令
★ "曲线"命令
★ "特殊模糊"命令

制作要领
★ 画笔的使用
★ 纹理效果的制作

 步骤讲解

步骤1 打开"素材"文件夹中的"美景.jpg"文件，按【Ctrl+J】键复制图层，如图109-1所示。

步骤2 按【Shift+Ctrl+U】键将图像去色，选择【滤镜】/【模糊】/【特殊模糊】命令，在弹出的"特殊模糊"对话框中设置"半径"为"8"，"阈值"为"55"，单击 确定 按钮，效果如图109-2所示。

图109-1 复制图层

图109-2 特殊模糊后的效果

步骤3 选择"模糊"工具，在图片中拖动鼠标将水波明显的区域涂抹至合适，然后按【Ctrl+M】键弹出"曲线"对话框，将图片亮度调高，单击 确定 按钮，参数设置如图109-3所示。

步骤4 复制背景图层得到"背景副本"，并将新图层移至最顶层，设置其图层模式为"颜色"，"不透明度"设置为"50%"，如图109-4所示。

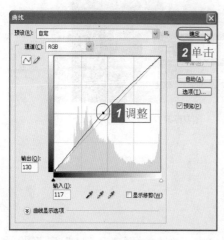

图109-3　"曲线"对话框

图109-4　设置图层效果

步骤5 新建图层并将图层模式设置为"柔光"，"不透明度"为"80%"，使用画笔分别进行上色，也可分层上色，效果如图109-5所示。

步骤6 按【Ctrl+E】键合并图层。选择【滤镜】/【模糊】/【高斯模糊】命令，在弹出的"高斯模糊"对话框中设置"半径"为"4"，单击 确定 按钮，效果如图109-6所示。

图109-5　上色

图109-6　高斯模糊后的效果

步骤7 选择【图像】/【调整】/【色相/饱和度】命令，弹出"色相/饱和度"对话框，在其中设置"色相"为"30"，"饱和度"为"50"，"明度"为"-5"，单击 确定 按钮，效果如图109-7所示。

步骤8 按【Ctrl+E】键向下合并图层，再次生成新的背景图层。

步骤9 选择【滤镜】/【纹理】/【纹理化】命令，在弹出的对话框中设置参数为"55"和"3"，"光照"为"左上"，单击 确定 按钮，如图109-8所示。

图109-7　调整色相和饱和度

图109-8　纹理化图形

 过关练习

（1）使用素材（光盘:\素材\第6章\黑白人物.jpg）制作如图"练习1"所示的效果（光盘:\源文件\第6章\练习1.psd）。

提示：

❖ 在蒙版模式下使用画笔对相同部分进
　行涂抹。

❖ 进入正常模式中建立填充颜色选区，
　填充颜色。

❖ 设置图层混合模式为"叠加"。

练习1

（2）使用素材（光盘:\素材\第6章\水果.jpg）制作如图"练习2"所示的效果（光盘:\源文件\第6章\练习2.psd）。

提示：

❖ 对图片进行去色，再进行色调分离。

❖ 为图片添加杂色。

❖ 调整阈值，设置图层模式。

练习2

第7章

为照片添加特效（二）

多媒体教学演示：41分钟

使用Photoshop可以制作出各种照片特效哦。

小魔女：魔法师，这就是用Photoshop制作的拼图效果吗？

魔法师：是的，小魔女，用Photoshop不仅可以制作拼图效果，还可以实现将照片变成国画、白天变黑夜、夏日飞雪等效果呢！

小魔女：是吗？没想到Photoshop还可以制作出这么多特殊效果来呀！

魔法师：是的。综合运用Photoshop自带的各种工具、滤镜及命令，就可以将各种照片素材制作出想要的特殊效果来，就像马良的神笔一样神奇！

第110例 拼图效果

素　材：\素材\第7章\狗.jpg
源文件：\源文件\第7章\拼图效果.psd

知识要点	制作要领
★ "自定形状"工具	★ 绘制并调整图形
★ "合并"命令	★ 添加图层效果
★ "反选"命令	

 步骤讲解

步骤1 打开素材文件"狗.jpg"，选择"背景"图层，单击鼠标右键，在弹出的快捷菜单中选择"背景图层"命令，在弹出的对话框中单击 确定 按钮，将其转换为"图层0"。

步骤2 新建"图层1"，选择"自定形状"工具，单击属性栏中"形状"右侧的下拉按钮，在打开的下拉列表中选择♣形状，单击"创建新的形状图层"按钮。将前景色设置为黑色，在"图层1"中绘制♣图形，如图110-1所示。

步骤3 按住【Alt】键，选择"移动"工具移动并复制"图层1"中的图像。复制完后，选择该排形状图层，一排排地复制，部分不符合要求的形状需要通过按【Ctrl+T】键进行调整，效果如图110-2所示。

图110-1　绘制♣图形

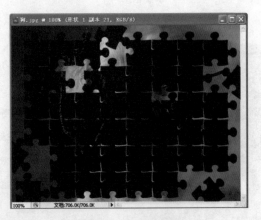

图110-2　复制图层

步骤4 选择"图层1"和"图层1"的所有复制图层，按【Ctrl+E】键合并。

步骤5 选择"图层0"，按住【Ctrl】键的同时单击"图层"面板中的"形状"图层，载入"形状"图层选区，如图110-3所示。

步骤6 按【Shift+Ctrl+I】键反向选择，按【Delete】键删除选区中的内容，如图110-4所示。

图110-3 载入图层

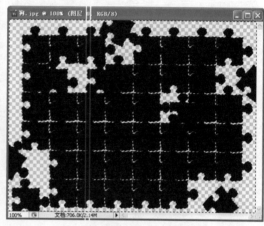

图110-4 删除选区

步骤7 选择【编辑】/【描边】命令，弹出"描边"对话框，将"宽度"设置为"1px"，"颜色"设置为"黑色"，单击 确定 按钮。

步骤8 再按【Shift+Ctrl+I】键反向选择，隐藏"形状"图层，按【Ctrl+D】键取消选区，如图110-5所示。

步骤9 选择【图层】/【图层样式】/【斜面和浮雕】命令，弹出"图层样式"对话框，在其中设置"样式"为"浮雕效果"，"大小"为"10"，"角度"为"120"，单击 确定 按钮，如图110-6所示。

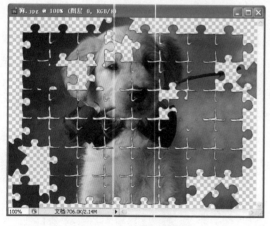

图110-5 隐藏图层

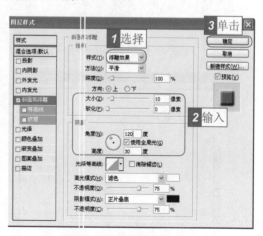

图110-6 设置图层样式

第111例 扇面效果

素　材：\素材\第7章\国画.jpg
源文件：\源文件\第7章\扇面效果.psd

知识要点	制作要领
★ "椭圆选框"工具	★ 绘制扇面
★ "多边形套索"工具	★ 图层模式的处理
★ 图层混合模式	

 步骤讲解

步骤1 新建名为"扇面效果"的文件，设置"宽度"为"600像素"，"高度"为"400像素"。

步骤2 按【Ctrl+R】键在图像窗口中显示出标尺，在水平和垂直标尺中单击并拖动拉出参考线，使两条参考线在图像中心处相交。

步骤3 选择"椭圆选框"工具[○]，以参考线的交点为圆心，在参考线交点处按住【Shift】键绘制出一个圆，再按住【Alt】键对绘制的圆减去选区，效果如图111-1所示。

步骤4 选择"多边形套索"工具[☑]，在属性栏中单击"从选区减去"按钮[□]，然后以参考线的交点为起点，左右对称，减去多余的选区，剩下扇面的最初形状如图111-2所示。

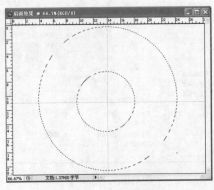

图111-1　绘制选区

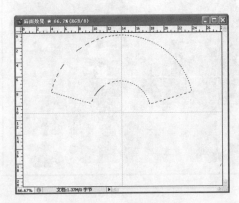

图111-2　保留扇面选区

一学就会魔法书

步骤5 打开素材文件"国画.jpg"，使用"椭圆选框"工具◯将扇面选区移动到"国画.jpg"窗口中，移动选区并选择画面中适合扇面的区域，如图111-3所示。

步骤6 选择"移动"工具▸▸，将"国画.jpg"窗口中的选区移动到"扇子"窗口中并自动新生成一个"图层1"图层。选择【图层】/【图层样式】/【描边】命令，对"图层1"进行黑色、1像素的描边处理，效果如图111-4所示。

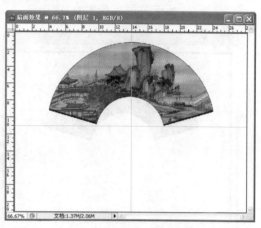

图111-3　移动扇形选区

图111-4　描边处理

步骤7 选择"矩形选区"工具▢，绘制一个长条选区，使用"渐变"工具▭对选区进行黑白渐变。选择【编辑】/【定义图案】命令，定义一个名为"条状渐变"的图案，单击 确定 按钮完成图案的定义，如图111-5所示。

步骤8 按【Delete】键删除选区，新建"图层2"。选择"矩形选区"工具▢，在"图层2"上绘制一块完全覆盖扇面的矩形选区，并选择【编辑】/【填充】命令，在弹出的"填充"对话框中使用刚刚定义的图案进行图案填充。

步骤9 设置图层混合模式为"线性加深"，"不透明度"为"15%"。选择【编辑】/【变换】/【透视】命令，将矩形选区变换成如图111-6所示效果。

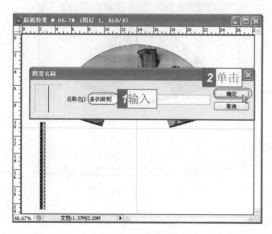

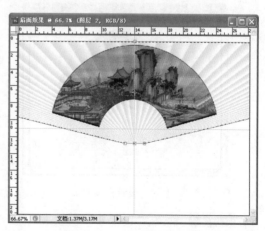

图111-5　编辑图案

图111-6　填充并变换图案

步骤10 按【Ctrl+D】键取消选区，确认当前图层为"图层2"。按住【Ctrl】键单击"图层1"，载入"图层1"选区。按【Shift+Ctrl+I】键反向选择，再按【Delete】键删除多余的图形，按【Ctrl+D】键取消选区，效果如图111-7所示。

步骤11 新建"图层3"，使用"多边形套索"工具绘制出扇柄的形状。设置前景色为"浅黄色（R:216,G:187,B:138）"，按【Alt+Delete】键为选区填充前景色，效果如图111-8所示。

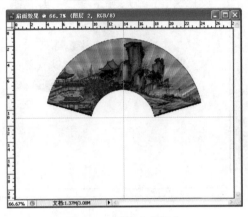

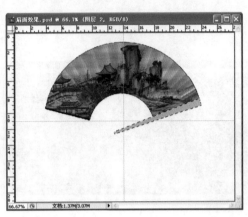

图111-7 删除多余部分　　　　　　　图111-8 绘制扇柄并填充前景色

步骤12 选择【图层】/【图层样式】/【斜面和浮雕】命令，设置"深度"为"85"，"大小"为"4"。在"图层样式"对话框中选中 ☑颜色叠加 复选框，在其中设置"颜色"为"黑色"，进行颜色叠加，单击 确定 按钮完成操作，效果如图111-9所示。

步骤13 按【Ctrl+D】键取消选区，再按【Ctrl+J】键复制并生成"图层3副本"，选择【编辑】/【变换】/【水平翻转】命令，将"图层3副本"拖放到"图层1"下方，按【Ctrl+T】键调整其位置和大小，效果如图111-10所示。

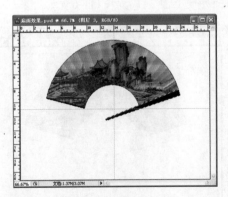

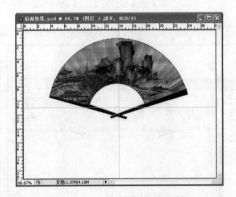

图111-9 设置图层样式　　　　　　　图111-10 复制扇柄并调整

步骤14 新建"图层4"，使用"多边形套索"工具绘制出扇柄的形状，按【Alt+Delete】键为选区填充前景色，按【Ctrl+D】键取消选区。

步骤15 按【Ctrl+J】键复制多个扇页并按【Ctrl+T】键调整其位置，然后选择所有扇页图层，按【Ctrl+E】键合并，效果如图111-11所示。

步骤16 将其移动至"背景"图层上方，按住【Ctrl】键单击"图层1"，按【Shift+Ctrl+I】键反向选择，再按【Delete】键删除多余的图形，最后按【Ctrl+D】键取消选区，效果如图111-12所示。

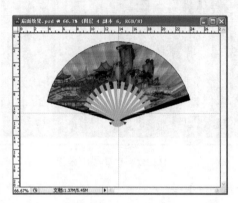

图111-11 合并图层

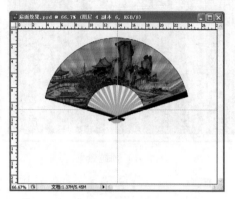

图111-12 最终效果

第112例 水雾玻璃效果

素　材：\素材\第7章\猫.jpg
源文件：\源文件\第7章\水雾玻璃效果.psd

知识要点	制作要领
★ "涂抹棒"命令	★ Alpha通道的制作
★ "木刻"命令	
★ "波浪"命令	★ 水雾玻璃效果的制作
★ "阈值"命令	

 步骤讲解

步骤1 打开素材文件"猫.jpg"，切换到"通道"面板，单击"新建"按钮，创建通道Alpha 1。

步骤2 选择【滤镜】/【纹理】/【颗粒】命令，在弹出的对话框中设置"强度"为"100"，"对比度"为"50"，"颗粒类型"为"垂直"，单击 确定 按钮，效果如图112-1所示。

步骤3 选择【滤镜】/【模糊】/【动感模糊】命令，在弹出的对话框中设置"角度"为"90°"，"距离"为"100"像素，单击 确定 按钮，效果如图112-2所示。

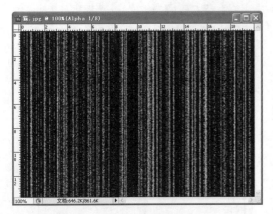

图112-1　颗粒效果　　　　　　　　　　　　图112-2　动感模糊效果

步骤4 选择【滤镜】/【艺术效果】/【涂抹棒】命令，在弹出的对话框中设置"描边长度"为"0"，"高光区域"为"10"，"强度"为"10"，单击 确定 按钮，效果如图112-3所示。

步骤5 选择【滤镜】/【模糊】/【高斯模糊】命令，在弹出的对话框中设置"半径"为"3"，单击 确定 按钮，效果如图112-4所示。

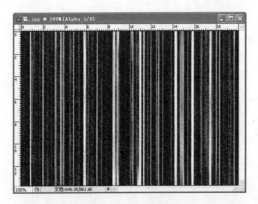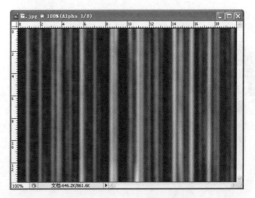

图112-3　涂抹棒效果　　　　　　　　　　　图112-4　高斯模糊效果

步骤6 选择【图像】/【调整】/【亮度/对比度】命令，设置"亮度"为"+100"，"对比度"为"+33"，单击 确定 按钮。

步骤7 选择【滤镜】/【艺术效果】/【木刻】命令，设置"色阶数"为"8"，"边缘简化度"为"1"，"边缘逼真度"为"1"，单击 确定 按钮。

步骤8 选择【滤镜】/【扭曲】/【玻璃】命令，在弹出的对话框中设置"扭曲度"为"10"，"平滑度"为"10"，"纹理"选择"画布"，"缩放"为"100%"，单击 确定 按钮，如图112-5所示。

步骤9 选择【滤镜】/【扭曲】/【波浪】命令，设置"波长"为"1~323"，"波

幅"为"6~6"，单击 [确定] 按钮。选择【图像】/【调整】/【阈值】命令，在弹出的对话框中设置"阈值色阶"为"76"，单击 [确定] 按钮，效果如图112-6所示。

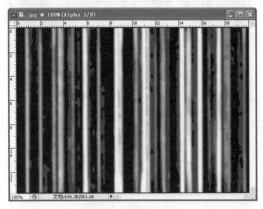

图112-5 玻璃效果

图112-6 波浪效果

步骤10 按住【Ctrl】键，然后单击Alpha 1通道，将其作为选区载入，显示RGB通道，效果如图112-7所示。

步骤11 选择【选择】/【修改】/【平滑】命令，在弹出的对话框中设置"取样半径"为"5"像素，单击 [确定] 按钮。

步骤12 选择【图像】/【调整】/【亮度/对比度】命令，在弹出的对话框中设置"亮度"为"10"，"对比度"为"7"，单击 [确定] 按钮，效果如图112-8所示。

图112-7 载入选区

图112-8 设置亮度/对比度

步骤13 按【Shift+Ctrl+I】键反选选区，再选择【图像】/【调整】/【亮度/对比度】命令，在弹出的对话框中设置"亮度"为"30"，"对比度"为"20"，单击 [确定] 按钮，效果如图112-9所示。

步骤14 选择【滤镜】/【模糊】/【高斯模糊】命令，在弹出的对话框中设置"半径"为"5"，按【Ctrl+D】键取消选区，如图112-10所示。

图112-9　调整选区亮度/对比度

图112-10　最终效果

魔力测试

　　本例的重点在于应用多种滤镜来制作一种效果，水雾的大小可通过设置阈值调整。读者在制作Alpha通道过程中，可以自行设置与本例中不同的参数，得到另一种水雾玻璃效果。

第113例　怀旧效果

　　素　　材：\素材\第7章\孩子.jpg
　　源文件：\源文件\第7章\怀旧效果.psd

知 识 要 点	制 作 要 领
★ "去色"命令	★ 新建调整图层
★ 新建调整图层	★ 设置包相/饱和
★ "色相/饱和度"命令	度参数

步骤1　打开素材文件"孩子.jpg"，复制图层，如图113-1所示。

步骤2　按【Shift+Ctrl+U】键去色。选择【图层】/【新建调整图层】/【色相/饱和度】命令，在弹出的对话框中选中 ☑使用前一图层创建剪贴蒙版(P) 复选框，单击 确定 按钮。

步骤3 弹出"色相/饱和度"对话框，在其中选中 ☑着色(O) 复选框，设置"色相"为 "25"，"饱和度"为"20"，"明度"为"5"，单击 确定 按钮，效果如图113-2所示。

图113-1 复制图层　　　　　　　　　　　　图113-2 最终效果

第114例 水墨画效果

素　材：\素材\第7章\山景.jpg
源文件：\源文件\第7章\水墨画效果.psd

知识要点	制作要领
★ "去色"命令	★ 图层处理
★ "特殊模糊"命令	★ 添加文本内容
★ "高斯模糊"命令	
★ "查找边缘"命令	

 步骤讲解

步骤1 打开素材文件"山景.jpg"，根据"背景"图层复制出3个图层，然后隐藏"背景副本3"和"背景副本2"，将"背景副本"作为当前工作图层，如图114-1所示。

步骤2 选择【图像】/【调整】/【去色】命令，将图像去色。选择【图像】/【调整】/【亮度/对比度】命令，在弹出的"亮度/对比度"对话框中将"对比度"调整为"40"。

步骤3 选择【滤镜】/【模糊】/【特殊模糊】命令，在弹出的对话框中设置"半径"为"23"，"阈值"为"42"，"品质"为"高"，单击 确定 按钮，效果如图114-2所示。

步骤4 选择【滤镜】/【模糊】/【高斯模糊】命令，在弹出的对话框中设置"半

径"为"3"像素，如图114-3所示。

图114-1 复制图层

图114-2 特殊模糊效果

步骤5 选择【滤镜】/【杂色】/【中间值】命令，在弹出的对话框中设置"半径"为"6"像素。

步骤6 隐藏"背景副本"图层，显示"背景副本2"图层，选择该图层，按【Shift+Ctrl+U】键去色，并将其对比度调整为"55"，选择【滤镜】/【风格化】/【查找边缘】命令，效果如图114-4所示。

图114-3 高斯模糊效果

图114-4 查找边缘效果

步骤7 按【Ctrl+M】键，调整对话框中的曲线，设置曲线值为"240,130"，单击 确定 按钮，效果如图114-5所示。

步骤8 选择【滤镜】/【模糊】/【高斯模糊】命令，在弹出的对话框中设置"半径"为"1"像素。

步骤9 隐藏"背景副本2"图层，显示"背景副本3"，选择该图层，按【Shift+Ctrl+U】键去色，并将其对比度调整至45，按【Ctrl+M】键，在弹出对话框中的曲线上单击，设置曲线值为"142,73"，单击 确定 按钮。

步骤10 选择【滤镜】/【模糊】/【特殊模糊】命令，在弹出的对话框中设置"半径"为"35"，"阈值"为"62"，单击 确定 按钮。选择【滤镜】/【模糊】/【高斯模糊】命令，在弹出的对话框中设置"半径"为"3"像素，效果如图114-6所示。

魔法档案

制作水墨效果时，选择合适的照片很关键，照片应有一定意境，符合传统审美情趣。

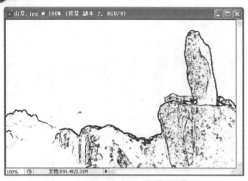

图114-5 调整曲线后的效果

图114-6 特殊模糊+高斯模糊效果

步骤11 将"背景副本2"图层的混合模式设置为"正片叠底"，将"背景副本3"图层的混合模式设置为"叠加"，如图114-7所示。

步骤12 显示所有图层，在"图层"面板中图层顺序依次为"背景副本2"、"背景副本3"、"背景副本"。选择"文字"工具**T.**，在其中输入竖排诗词，设置字体为"方正黄草简体"，字号为"20"点，效果如图114-8所示。

图114-7 设置图层混合模式

图114-8 输入文本后的效果

第115例 木刻画效果

素 材：\素材\第7章\粉荷.jpg、木纹.jpg
源文件：\源文件\第7章\粉荷.psd

知识要点	制作要领
★ "查找边缘"命令	★ 调整色阶
★ "复制通道"命令	★ 纹理化
★ "色调分离"命令	
★ "纹理化"命令	

 步骤讲解

步骤**1** 打开素材文件"粉荷.jpg"，如图115-1所示。

步骤**2** 选择【滤镜】/【风格化】/【查找边缘】命令，效果如图115-2所示。

图115-1　打开素材文件

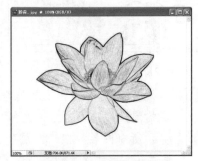

图115-2　查找边缘后的效果

步骤**3** 在"通道"面板中依次查看各通道，选择一个线条最清晰、图像细节较少的通道，这里选择"绿"通道。按【Ctrl+A】键选择通道中所有的内容，按【Ctrl+C】键对其进行复制。

步骤**4** 新建"图层1"，按【Ctrl+V】键粘贴。选择【图像】/【调整】/【色调分离】命令，在弹出的"色调分离"对话框中将"色阶"调整为"8"，效果如图115-3所示。

步骤**5** 选择"矩形选框"工具 ，在图像的边缘绘制一个矩形选区，选择【编辑】/【描边】命令，在弹出的对话框中将"宽度"设置为"10"，"颜色"设置为"黑色"。按【Ctrl+D】键取消选区，效果如图115-4所示。

图115-3　复制通道并进行色调分离

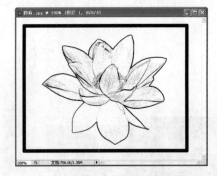

图115-4　描边矩形

步骤**6** 保存文件名为"粉荷.psd"，打开素材文件"木纹.jpg"，选择【滤镜】/【纹理】/【纹理化】命令，弹出"纹理化"对话框，单击"纹理"右侧的 按钮。

步骤**7** 在弹出的菜单中选择"载入纹理"命令，再在弹出的对话框中选择刚才保存的"粉荷.psd"，单击 打开(O) 按钮。

步骤8 设置"缩放"为"110%"，"凸现"为"8"，"光照"为"左下"，单击 确定 按钮，效果如图115-5所示。

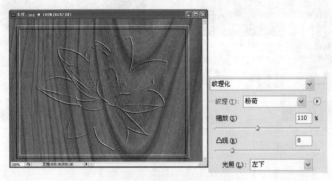

图115-5 设置参数及最终效果

第116例 下雪效果

素　材：\素材\第7章\乡村.jpg
源文件：\源文件\第7章\下雪效果.psd

知 识 要 点	制 作 要 领
★ "胶片颗粒"命令	★ 积雪的制作
★ "绘画涂抹"命令	★ 绘制飘扬的雪花
★ "点状化"命令	
★ "阈值"命令	

 步骤讲解

步骤1 打开素材文件"乡村.jpg"，复制生成"背景副本"图层，如图116-1所示。

步骤2 打开"通道"面板，使用鼠标将"绿"通道拖动到"通道"面板下方的"创建新通道"按钮，复制生成"绿副本"通道，如图116-2所示。

步骤3 选择【图像】/【调整】/【色阶】命令，在弹出的对话框中将"输入色阶"设置为"40"、"1.00"和"200"，单击 确定 按钮。

步骤4 选择【滤镜】/【艺术效果】/【胶片颗粒】命令，在弹出的"胶片颗粒"对话框中设置"颗粒"为"0"，"高光区域"为"9"，"强度"为"5"，单击 确定 按钮，效果如图116-3所示。

图116-1　新建副本图层

图116-2　复制绿通道

步骤5　选择【滤镜】/【艺术效果】/【绘画涂抹】命令，在弹出的"绘画涂抹"对
话框中设置"画笔大小"为"2"，"锐化程度"为"4"，"画笔类型"为
"简单"，单击　确定　按钮，如图116-4所示。

图116-3　胶片颗粒效果

图116-4　绘画涂抹效果

步骤6　按住【Ctrl】键的同时单击"绿副本"通道，载入选区，新建"图层1"，如
图116-5所示。

步骤7　设置前景色为白色，按【Alt+Delete】键填充前景色，按【Ctrl+D】键取消
选区，如图116-6所示。

图116-5　根据选区新建"图层1"

图116-6　填充白色

步骤8 双击"图层1"后面的空白处，在弹出的"图层样式"对话框中选中
☑斜面和浮雕 复选框，设置"深度"为"100%"，"大小"为"1"像素，单
击 确定 按钮，效果如图116-7所示。

步骤9 选择"橡皮擦"工具 ，在属性栏中设置"不透明度"为"45%"，擦除
房屋墙壁上的部分积雪，如图116-8所示。

图116-7　添加"斜面和浮雕"图层样式　　　　　图116-8　擦除积雪

步骤10 新建"图层2"，按【Alt+Delete】键填充前景色，选择【滤镜】/【像素
化】/【点状化】命令，在弹出的对话框中设置"单元格大小"为"4"，单
击 确定 按钮，效果如图116-9所示。

步骤11 选择【图像】/【调整】/【阈值】命令，在弹出的对话框中设置"阈值色
阶"为"255"，单击 确定 按钮，如图116-10所示。

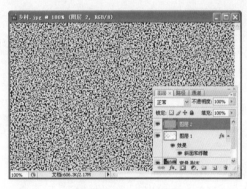 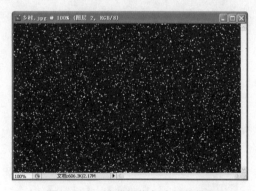

图116-9　点状化效果　　　　　　图116-10　设置阈值色阶后的效果

步骤12 设置"图层2"的混合模式为"滤色"，选择【滤镜】/【模糊】/【动感模
糊】命令，在弹出的"动感模糊"对话框中设置"角度"为"-56"度，
"距离"为"2"像素，单击 确定 按钮，效果如图116-11所示。

魔力测试

自行找一张风景图片来制作下雪效果图，如果其中无建筑则跳过上述第9步。

选择图片制作下雪效果时，还可先根据图片效果调整亮度/对比度来控制后面的雪层厚度。

图116-11　设置图层混合模式

第117例　漫　画　效　果

素　材：\素材\第7章\男孩.jpg
源文件：\源文件\第7章\漫画效果.psd

知 识 要 点	制 作 要 领
★ "液化"命令	★ 变形脸部
★ "钢笔"工具	★ 上色
★ "特殊模糊"命令	
★ "画笔"工具	

步骤讲解

步骤1　打开素材文件"男孩.jpg"，复制"背景"图层，如图117-1所示。

步骤2　选择【滤镜】/【液化】命令，在弹出的对话框中选择"膨胀"工具，设置大过眼睛的笔刷，在眼睛上单击，稍放大眼睛。

步骤3　选择"向前变形"工具改变耳朵、鼻子、嘴和下巴的形态，让整个五官特征更加卡通化。对于变形不满意的地方可以用还原笔刷修复，根据变形位置适当更改笔触的大小和压力。

步骤4　单击"创建新的填充或调整图层"按钮，在弹出的菜单中选择"纯色"命令，添加"纯色"调整图层。将填充色设置为白色，设置图层的"不透明度"为"50%"，形成一层半透明描图纸的效果，如图117-2所示。

一学就会魔法书

图117-1 复制"背景"图层

图117-2 去色

步骤5 新建"图层1"，选择"钢笔"工具 ✒️ 画出新的眉毛路径形状，设置前景色为"浅黄色（R:253,G:254,B:183）"。

步骤6 切换到"路径"面板中，单击"用前景色填充路径"按钮 ◉，给路径填充前景色。用同样的办法画出右边的眉毛，如图117-3所示。

步骤7 继续用"钢笔"工具勾出脸的轮廓。完成后在其中单击鼠标右键，在弹出的快捷菜单中选择"描边子路径"命令，在弹出的对话框中选择"画笔"选项，并选中 ☑ **模拟压力** 复选框，单击 **确定** 按钮。

步骤8 经过设置后描边的路径线条会模拟压感笔的手绘线条而富有变化，然后删除路径，用同样的方法完成其他部分勾勒，效果如图117-4所示。

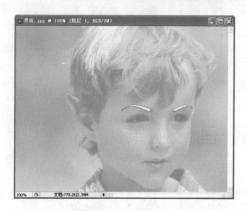

图117-3 绘制眉毛

图117-4 继续绘制

步骤9 隐藏纯色图层，复制背景副本图层，选择【滤镜】/【模糊】/【特殊模糊】命令，保持默认参数进行模糊，选择"模糊"工具，涂抹块状痕迹，如图117-5所示。

步骤10 按【Ctrl+M】键，进行曲线调整，使"输出"和"输入"值分别为"160"，"111"，加大画面对比度。新建"图层2"，选择"画笔"工具 🖌️，为嘴唇和眼部上色，并涂抹覆盖原来的眉毛，效果如图117-6所示。

步骤11 新建"图层3"，选择"画笔"工具 🖌️，画出眼睛和嘴唇上的反光，然后画出眼睛的高光，再画出嘴唇的高光，并修饰眼部和其他部位，效果如图117-7所示。

图117-5　调整

图117-6　上色

步骤12 选择"图层1"，选择"涂抹"工具 ，选择一种比较粗糙的笔刷头。用涂抹工具加工眉毛的质感，使用"加深"工具将眉毛颜色稍加深。按【Ctrl+U】键，在弹出的对话框中选中 **着色** 复选框，设置"色相"为"-35"，"饱和度"为"20"，"明度"为"10"，效果如图117-8所示。

图117-7　画出反光

图117-8　调整

第118例　插画效果

素　材：\素材\第7章\宝宝.jpg
源文件：\源文件\第7章\插画效果.psd

知识要点	制作要领
★ "魔棒"工具	★ 水滴样式的制作
★ "高斯模糊"命令	★ 图层样式的处理
★ "描边"命令	

步骤1 打开素材文件"宝宝.jpg"，选择"魔棒"工具，在属性栏中设置"羽化"值为"50"，在图片中的人物背景处单击，按【Shift+Ctrl+I】键反选，按两次【Ctrl+J】键复制选区，得到"图层1"和"图层1副本"，接着隐藏"背景"图层，如图118-1所示。

步骤2 选择"图层1"，按【Shift+Ctrl+U】键去色。选择"图层1副本"，按【Ctrl+I】键反相，设置模式为颜色减淡，如图118-2所示。

步骤3 选择【滤镜】/【模糊】/【高斯模糊】命令，弹出"高斯模糊"对话框，设置"半径"为"3"，单击 确定 按钮。

步骤4 按【Ctrl+E】键向下合并图层，再按【Ctrl+L】键弹出"色阶"对话框，在其中将参数设置为"86,1.92,255"，单击 确定 按钮，如图118-3所示。

图118-1　模糊并改变图层混合模式　　图118-2　复制通道效果　　图118-3　合并图层并调整色阶

步骤5 按【Shift+Ctrl+U】键去色，新建"图层2"，选择"画笔"工具，开始上色，设置"图层2"的图层混合模式为"颜色"，如图118-4所示。

步骤6 选择【滤镜】/【模糊】/【高斯模糊】命令，弹出"高斯模糊"对话框，设置"半径"为"3"，单击 确定 按钮。

步骤7 按【Ctrl+E】键向下合并图层，选择"多边形套索"工具，在图中随意勾选部分区域。

步骤8 新建大小为20厘米×15厘米的图像文件"插画效果"，设置前景色为"暗红色（R:163,G:20,B:20）"，按【Alt+Delete】键填充颜色。新建"图层1"，更改"前景色"为"黑色"。选择"画笔"工具，在属性栏中选择"柔角"工具和"滴溅"工具，设置不同的透明度，在其中绘制图形，效果如图118-5所示。

步骤9 选择【编辑】/【描边】命令，在弹出的对话框中设置"描边颜色"为"白色"，"大小"为"2"。将前面勾选的区域拖入图层中，选择【编辑】/

【描边】命令，在弹出的对话框中设置"描边颜色"为"黑色"，"大小"为"2"。调整位置及大小到合适，效果如图118-6所示。

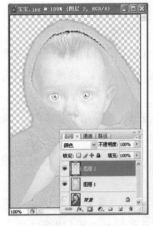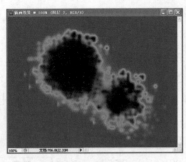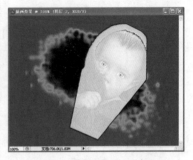

图118-4　上色　　　　　　图118-5　绘制图形　　　　　图118-6　移动选区并描边

第119例　制作撕纸效果

素　材：\素材\第7章\撕纸.jpg
源文件：\源文件\第7章\撕纸.psd

知 识 要 点
★去色
★"收缩"命令
★"喷溅"命令

制 作 要 领
★编辑选区
★填充颜色

 步 骤 讲 解

步骤1　选择【文件】/【打开】命令，打开光盘中提供的素材文件"撕纸.jpg"。
步骤2　复制原图到新图层，按【Shift+Ctrl+U】键去色，用"套索"工具在照片中人物的脸部画一区域，此区域是以后将撕去的区域，如图119-1所示。
步骤3　保持选区，进入到"通道"面板中，新建一个通道，为选区填充白色。选择【滤镜】/【画笔描边】/【喷溅】命令，在弹出的对话框中将"喷色半径"和"平滑度"分别设置为"9"和"5"，如图119-2所示。

图119-1 创建选区

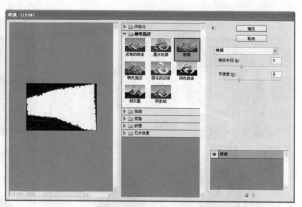

图119-2 设置喷溅效果

步骤4 新建一个通道，按【Ctrl】键的同时单击Alpha 1得到选区。选择【选择】/【修改】/【收缩】命令，在弹出的对话框中的"收缩量"文本框中输入"6"，然后为其填充白色，如图119-3所示。

步骤5 回到"图层"面板中，选中"背景副本"图层，按【Ctrl+Alt+4】键读取Alpha 1通道的选区，按【Delete】键删除选区中的图像，如图119-4所示。

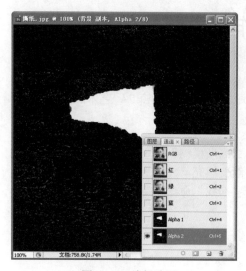

图119-3 编辑选区

图119-4 删除图像

步骤6 再次复制"背景"图层，得到"背景副本2"，按【Ctrl+Alt+5】键得到Alpha 2通道的选区，按【Shift+Ctrl+I】键反选选区，并为其填充白色。

步骤7 按【Ctrl+Alt+4】键读取Alpha 1通道的选区，按【Ctrl+T】键自由变换选区。将鼠标光标移动到编辑区中，单击鼠标右键，在弹出的快捷菜单中选择"水平翻转"命令，并调节选区的形状，如图119-5所示。

步骤8 新建一个图层，在工具箱中选择"渐变"工具▭，设置渐变类型为"黑色、白色"，将鼠标光标移动到选区中，为选区填充渐变色，如图119-6所示。

图119-5 编辑选区　　　　　　图119-6 填充渐变色

第120例　制作艺术照片效果

素　材：\素材\第7章\情侣.jpg
源文件：\源文件\第7章\艺术照片效果.psd

知 识 要 点　　　　制 作 要 领

★ "高斯模糊"命令　★ 曲线图层的新建
★ 渐变填充
★ "曲线"命令

 步骤讲解

步骤1 打开素材文件"情侣.jpg"，按两次【Ctrl+J】键复制两个图层。选择【滤镜】/【模糊】/【高斯模糊】命令，在弹出的对话框中将"半径"设置为"2.5"，然后单击"确定"按钮，再将图层混合模式改为"滤色"，如图120-1所示。

步骤2 单击"图层"面板中"创建新的填充或调整图层"按钮，在弹出的菜单中选择"曲线"命令，在弹出的对话框中将曲线点调整为（165,100），单击 确定 按钮。

步骤3 按【Shift+Ctrl+Alt+E】键盖章图层。切换到"通道"面板中，选择RGB颜色通道，按【Ctrl+A】键全选，然后按【Ctrl+C】键复制；选择"绿"通道，按【Ctrl+V】键粘贴，按【Ctrl+D】键取消选区，效果如图120-2所示。

图120-1　在高斯模糊效果下更改图层混合模式

图120-2　复制图层

步骤4 新建"图层3"，设置前景色为红色，背景色为黄色，使用"渐变"工具，填充从前景色到背景色的渐变；选择"橡皮擦"工具，选择"柔角"画笔将图层中多余的颜色擦除，设置图层模式为"柔光"，如图120-3所示。

步骤5 新建"图层4"，使用与步骤4相同的方法填充蓝绿色渐变，设置图层混合模式为"叠加"。

步骤6 最后用笔刷加些自己喜欢的东西，这里添加如图120-4所示的文字。

图120-3　羽化选区

图120-4　添加文字

第121例　晴天变雨天效果

素　材：\素材\第7章\风景1.jpg
源文件：\源文件\第7章\下雨效果.psd

知识要点
★ "曲线"命令
★ "点状化"命令
★ "阈值"命令
★ "动感模糊"命令

制作要领
★ 图像颜色的处理
★ 下雨效果的处理

 步骤讲解

步骤1 打开素材文件"风景1.jpg"，复制生成"背景副本"图层。

步骤2 按【Ctrl+M】键，弹出"曲线"对话框，在其中调整曲线，直到"输出"为"106"，"输入"为"145"，单击 确定 按钮，如图121-1所示。

步骤3 选择【图像】/【调整】/【色彩平衡】命令，在弹出的对话框中设置"色阶"为"-100"、"-30"和"10"，单击 确定 按钮，如图121-2所示。

图121-1　调整曲线后的效果

图121-2　调整色彩平衡后的效果

步骤4 选择【图像】/【调整】/【色彩平衡】命令，在弹出的对话框中选中◉阴影(S)单选按钮，设置色阶为"-40"、"-30"和"20"，单击 确定 按钮。

步骤5 选择【图像】/【调整】/【色彩平衡】命令，在弹出的"色彩平衡"对话框中选中◉高光(H)单选按钮，设置色阶为"0"、"-30"和"0"，单击 确定 按钮，效果如图121-3所示。

一学就会魔法书

步骤6 按【Ctrl+U】键，弹出"色相/饱和度"对话框，将"色相"、"饱和度"、"明度"分别设置为"0"、"-40"和"-15"，单击 确定 按钮，如图121-4所示。

图121-3　调整色彩平衡后的效果　　　　图121-4　调整色相/饱和度后的效果

步骤7 新建"图层1"，按【V】键转换前景色和背景色，接着按【Alt+Delete】键填充背景色为白色。

步骤8 选择【滤镜】/【像素化】/【点状化】命令，在弹出的"点状化"对话框中设置"单元格大小"为"5"，单击 确定 按钮，效果如图121-5所示。

步骤9 选择【图像】/【调整】/【阈值】命令，在弹出的"阈值"对话框中设置"阈值色阶"为"254"，单击 确定 按钮。

步骤10 选择【滤镜】/【模糊】/【动感模糊】命令，在弹出的"动感模糊"对话框中设置"角度"为"56"度，距离为"45"像素，单击 确定 按钮，效果如图121-6所示。

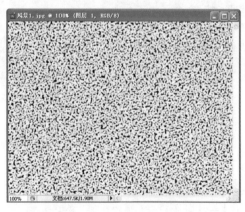
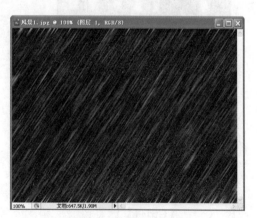

图121-5　点状化效果　　　　　　　　图121-6　动感模糊效果

步骤11 设置"图层1"的图层混合模式为"滤色"。新建"图层2"，选择"渐变"工具，设置渐变样式为"前景到透明"，自上向下拖动鼠标，为选区填充渐变

Photoshop CS3数码照片处理200例（全彩版）

色；然后设置"图层2"的"不透明度"为"30%"，效果如图121-7所示。

步骤12 选择"橡皮擦"工具 ，在属性栏中设置"画笔"为"大号柔角"，"不透明度"为"30%"，擦除部分渐变颜色，如图121-8所示。

图121-7 添加渐变效果

图121-8 擦除部分渐变效果

第122例 白天变黑夜效果

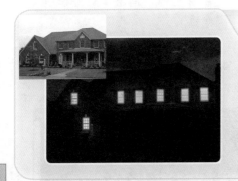

素　材：\素材\第7章\别墅.jpg
源文件：\源文件\第7章\白天变黑夜.psd

知 识 要 点

★ "反相"命令
★ "羽化"命令
★ "色阶"命令
★ "修复画笔"工具

制 作 要 领

★ 窗户光线的制作

 步骤讲解

步骤1 打开素材文件"别墅.jpg"，两次复制"背景"图层，在"背景副本2"中按【Ctrl+I】键将图像反相，效果如图122-1所示。

步骤2 在工具箱中选择"多边形套索"工具 ，在其属性栏中单击"添加到选区"按钮 ，在图像中画出几扇窗户的选区，如图122-2所示。

图122-1 反相的效果

图122-2 勾选窗户选区

步骤3 按【Shift+Ctrl+I】键将选区反选，选择【选择】/【修改】/【羽化】命令，在弹出的对话框中设置"半径"为"2"像素，再按【Delete】键删除选区内的图像，按【Ctrl+D】键取消选区，如图122-3所示。

步骤4 在"背景副本2"上方新建"背景副本3"，按【Ctrl+L】键弹出"色阶"对话框，将"输入色阶"分别设置为"213"、"0.17"、"255"，将图像调整为夜晚效果。

步骤5 这时图像中有几个红色的反光点，选择工具箱中的"修复画笔"工具 ，按住【Alt】键的同时在红色点周围单击鼠标左键，然后松开【Alt】键用鼠标涂抹红色点，直到红色点消失。

步骤6 在"背景副本"与"背景副本2"图层间新建"图层1"，将前景色设置为黑色；选择画笔工具，设置不同的透明度，在白色区域涂抹，效果如图122-4所示。

图122-3 删除后的效果

图122-4 调整色阶及涂抹后的效果

步骤7 以"背景副本"为当前工作图层，在工具箱中选择"橡皮擦"工具，在属性栏的"画笔"下拉列表框中选择"柔角"画笔，将其"不透明度"设置在10%~20%之间。

步骤8 在图像中涂抹做出灯光照射的明亮部分。在涂抹过程中，可以改变不透明度

和画笔大小以涂抹出不同大小和不同亮度的明亮效果，如图122-5所示。

遇到有路灯的照片时，还需要使用"星光"画笔制作出夜晚的路灯效果。

图122-5 去色后的效果

第123例 闪电效果

素　材：\素材\第7章\城市.jpg
源文件：\源文件\第7章\闪电效果.psd

知 识 要 点	制 作 要 领
★ "钢笔"工具	★ 勾选建筑物
★ "渐变"工具	★ 闪电的制作
★ "分层云彩"命令	
★ "色彩平衡"命令	

 步骤讲解

步骤1 打开素材文件"城市.jpg"，复制生成"背景副本"图层。选择"钢笔"工具，在属性栏中单击"路径"按钮，沿着大楼边缘绘制路径。

步骤2 按【Ctrl+Enter】键将路径转换为选区，按【Ctrl+J】键复制选区内容到新的图层，生成"图层1"，如图123-1所示。

步骤3 新建"图层2"，按住【Ctrl】键的同时单击"图层1"前面的缩览图，将其载入选区，选择【选择】/【反向】命令，将选区进行反向处理。

步骤4 选择"渐变"工具，单击属性栏中的"线性渐变"按钮，自右上向左下拖动鼠标为选区填充渐变色，如图123-2所示。

图123-1 勾选建筑物并复制

图123-2 填充渐变色

步骤5 选择"渐变"工具，单击属性栏中的"渐变色"选择框，在弹出的"渐变编辑器"对话框中选择"前景到透明"渐变，自左上向右下拖动鼠标为选区填充"前景到透明"渐变色，如图123-3所示。

步骤6 选择【滤镜】/【渲染】/【分层云彩】命令，按【Ctrl+D】键取消选区，效果如图123-4所示。

图123-3 填充前景到透明渐变色

图123-4 分层云彩效果

步骤7 按【Ctrl+I】键对图像进行反相处理。按【Ctrl+L】键弹出"色阶"对话框，设置"输入色阶"为"100"、"0.20"、"250"，单击 确定 按钮，效果如图123-5所示。

步骤8 按【Ctrl+U】键弹出"色相/饱和度"对话框，选中☑着色(O)复选框，将"色相"、"饱和度"和"明度"设置为"225"、"50"和"20"，单击 确定 按钮，效果如图123-6所示。

步骤9 选择"图层1"，选择【图像】/【调整】/【亮度/对比度】命令，在弹出的"亮度/对比度"对话框中将"亮度"、"对比度"分别设置为"-100"和"45"，单击 确定 按钮。

步骤10 选择【图像】/【调整】/【色彩平衡】命令，在弹出的"色彩平衡"对话框中设置"色阶"为"-20"、"-25"和"15"，单击 确定 按钮，如图123-7所示。

步骤11 选择"减淡"工具，在属性栏中设置"画笔"为"柔角"画笔，"大小"为"45"，"曝光度"为"35%"，对大楼顶部和侧面部分进行减淡处理。

步骤12 选择"加深"工具，在属性栏中设置"画笔"为"柔角"画笔，"范围"

为"阴影"，"曝光度"为"30%"，在大楼背对闪电的位置进行加深处理。

图123-5 设置色阶

图123-6 着色

步骤13 按【Shift+Ctrl+Alt+E】键盖印可见图层，选择【图像】/【调整】/【亮度/对比度】命令，在弹出的"亮度/对比度"对话框中将"亮度"、"对比度"分别设置参数为"20"和"-15"，单击 确定 按钮，效果如图123-8所示。

图123-7 调整大楼色彩平衡

图123-8 调整亮度和对比度

第124例 异形空间效果

素　材：\素材\第7章\山.jpg
源文件：\源文件\第7章\异形空间效果.psd

知 识 要 点	制 作 要 领
★ "矩形选框"工具	★ 图形的变形
★ 自由变换	★ 添加阴影效果
★ 投影	

步骤讲解

步骤1 打开素材文件"山.jpg"，新建"背景副本"图层，按【Ctrl+T】键进行自由变换，缩小为原图的80%，如图124-1所示。

步骤2 取消显示"背景"图层，选择"矩形选框"工具，在"图层1"中框选如图124-2所示的选区。

图124-1 复制图层　　　　　　　　　　图124-2 框选出选区

步骤3 显示"背景"图层，按【Ctrl+R】键显示出标尺，选择【编辑】/【变换】/【扭曲】命令，对选区进行自由变换，调整后效果如图124-3所示。

步骤4 按【Ctrl+D】键取消选区。使用同样的方法将其剩余图形分左侧和下方两部分进行处理，隐藏"背景"图层，效果如图124-4所示。

图124-3 扭曲选区　　　　　　　　　　图124-4 扭曲剩余的部分

步骤5 显示"背景"图层，选择【图层】/【图层样式】/【投影】命令，在弹出的对话框中设置"角度"为"135"，"距离"为"15"，"扩展"为"15"，大小为25，单击 确定 按钮，如图124-5所示。

小魔女，按【Ctrl+T】键变形时，还可以在属性栏中单击"锁定"按钮 ，再输入具体数值。

图124-5　添加投影图层样式后的效果

第125例　燃烧痕迹效果

素　材：\素材\第7章\猫咪.jpg
源文件：\源文件\第7章\燃烧痕迹效果.psd

知 识 要 点	制 作 要 领
★ "分层云彩"命令	★ 分层云彩的制作
★ 载入选区	★ 燃烧痕迹的制作
★ 存储选区	

 步骤讲解

步骤1　打开素材文件"猫咪.jpg"，双击"背景"图层，在弹出的"新建图层"对话框中单击 确定 按钮，将"背景"图层转换为"图层0"图层。

步骤2　新建"图层1"，将该图层拖放到最底层，设置前景色为白色，按【Alt+Delete】键填充白色。选择"图层0"，按【Ctrl+T】键缩小为原图的85%，并旋转-5°。

步骤3　双击"图层0"，在弹出的对话框中选中 投影复选框，设置"大小"为"10"，单击 确定 按钮，效果如图125-1所示。

步骤4　新建"图层2"，设置前景色为"R:206,G:123,B:45"，按【Alt+Delete】键填充前景色。

步骤5 选择【滤镜】/【渲染】/【分层云彩】命令，使该图层产生云彩效果。如果效果不理想，可重复按【Ctrl+F】键多次选择"分层云彩"命令，如图125-2所示。

图125-1　设置图层效果

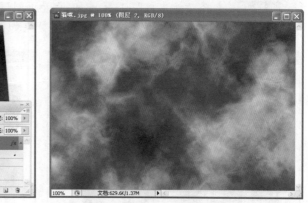

图125-2　分层云彩效果

步骤6 选择【图层】/【图层样式】/【混合选项】命令，在弹出的对话框中下方的"混合颜色带"栏中拖动"本图层"的黑色滑动条至"168"位置处，单击 确定 按钮完成操作，效果如图125-3所示。

步骤7 新建"图层3"，按【Ctrl+E】键合并，得到透明效果。

步骤8 选择【选择】/【载入选区】命令，在弹出的对话框中直接单击 确定 按钮。选择【选择】/【存储选区】命令，在弹出的对话框中输入"名称"为"1"，单击 确定 按钮保存选区。

步骤9 按【Ctrl+Alt+D】键，在弹出的对话框中输入"8"，单击 确定 按钮。羽化选区后隐藏"图层2"，选择"图层0"，选择【编辑】/【填充】命令，填充颜色为"R:137,G:86,B:47"，效果如图125-4所示。

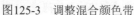

图125-3　调整混合颜色带

图125-4　填充颜色

步骤10 选择【选择】/【载入选区】命令，在弹出的对话框中的"通道"下拉列表框中选择"1"，即载入刚才保存的选区，单击 确定 按钮。

步骤11 按【Delete】键删除选区内容，按【Ctrl+D】键取消选区，得到如图125-5所示效果。

步骤12 选择"橡皮擦"工具 ，设置不同透明度，选择"画笔"为"尖角"，擦除照片外围的燃烧痕迹，最终效果如图125-6所示。

图125-5　取消选区　　　　　　　　　　　图125-6　擦除外围燃烧痕迹

第126例　剪 纸 效 果

素　材：\素材\第7章\蝴蝶.jpg
源文件：\源文件\第7章\剪纸效果.psd

知 识 要 点	制 作 要 领
★ "查找边缘"滤镜	★ 查找图形边缘
★ "强化的边缘"滤镜	★ 滤镜的使用
★ "影印"滤镜	

 步骤讲解

步骤1 打开素材文件"蝴蝶.jpg"，选择"魔棒"工具 ，按住【Shift】键在图像的背景中白色的区域连续单击，直到将背景白色区域全部选中为止。

步骤2 按【Shift+Ctrl+I】键反选选区，按【Ctrl+C】键复制选区图像。

步骤3 新建一个名为"剪纸效果"的文件，将前景色设置为白色，接着用其填充图层。按【Ctrl+V】键将复制的图像粘贴到当前文件中，蝴蝶图像所在图层将

自动被命名为"图层1"。

步骤4 按【Ctrl+T】键对图像进行自由变换，当图像大小与画面大小比例合适时按【Enter】键确认变换，效果如图126-1所示。

步骤5 按【Shift+Ctrl+U】键将图像去色，按【Ctrl+I】键将图像颜色反相，如图126-2所示。

步骤6 选择【滤镜】/【风格化】/【查找边缘】命令，将蝴蝶图像的边缘凸显出来，如图126-3所示。

图126-1　粘贴蝴蝶

图126-2　反相后效果

图126-3　查找边缘效果

步骤7 选择【滤镜】/【画笔描边】/【强化的边缘】命令，在弹出的对话框中将"边缘宽度"设置为"4"，"边缘亮度"设置为"13"，"平滑度"设置为"6"。

步骤8 将前景色设置为红色，选择【滤镜】/【素描】/【影印】命令，在弹出的对话框中将"细节"设置为"24"，"暗度"设置为"35"，效果如图126-4所示。

步骤9 选择"画笔"工具，将画笔直径调整到合适大小，将图像中可以用红色连起的"断点"用画笔填补上。

步骤10 将前景色设置为白色，使用"画笔"工具，对红色区域以外的部分进行修饰，使剪纸效果更真实，如图126-5所示。

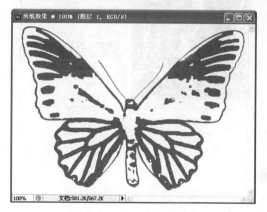
图126-4　影印后的效果

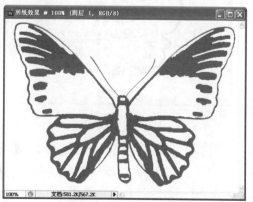
图126-5　调整后的效果

第127例　线描画效果

素　材：\素材\第7章\卡通.jpg
源文件：\源文件\第7章\线描画效果.psd

知识要点	制作要领
★ "去色"命令 ★ 颜色减淡模式 ★ "高斯模糊"命令 ★ "曲线"命令	★ 图层混合模式的应用 ★ 图层颜色的调整

 步骤讲解

步骤1　打开素材文件"卡通.jpg"，根据"背景"图层复制出"背景副本"图层，如图127-1所示。

步骤2　选择【图像】/【调整】/【去色】命令，将图像去色，然后复制"背景副本"图层，得到"背景副本2"图层，按【Ctrl+I】键将图像反相，如图127-2所示。

图127-1　复制图层

图127-2　反相图像

步骤3　选择【滤镜】/【模糊】/【高斯模糊】命令，在弹出的对话框中设置"半径"为"1.5"像素，单击 确定 按钮。

步骤4　选择"背景副本2"图层，在"图层"面板中将该图层混合模式改为"颜色减淡"，设置后效果如图127-3所示。

步骤5 按【Ctrl+E】键合并图层，按【Ctrl+M】键弹出"曲线"对话框，对曲线进行调整，将"输出"和"输入"值分别设置为"54"、"250"，使图像线条更明显。

步骤6 选择【选择】/【色彩范围】命令，在弹出的"色彩范围"对话框中单击图像中的白色区域，将"颜色容差"设置为"90"，完成后单击 确定 按钮，如图127-4所示，得到白色区域的选区。

图127-3 设置图层模式　　　　　　图127-4 "色彩范围"对话框

步骤7 按【Delete】键删除选区内的图像，效果如图127-5所示。新建"图层1"，将前景色设置为白色，按【Alt+Delete】键填充白色，将"图层1"移至"背景副本"图层的下方。

步骤8 选择"背景"图层，按【Ctrl+D】键取消选区，按【Ctrl+U】键弹出"色相/饱和度"对话框，选中☑着色(O)复选框并调整色彩，设置"色相"为"280"，"饱和度"为"100"，"明度"为"60"。

步骤9 单击 确定 按钮，效果如图127-6所示。

图127-5 删除选区　　　　　　图127-6 最终效果

第128例　仿古斑驳效果

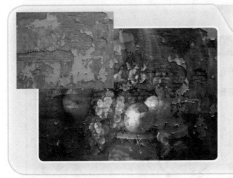

素　材：\素材\第7章\仿古斑驳素材\
源文件：\源文件\第7章\仿古斑驳效果.psd

知 识 要 点	制 作 要 领
★ "亮度/对比度"命令	★ 图层模式的应用
★ "渐变"工具	
★ 图层模式	

步骤讲解

步骤1　打开"仿古斑驳素材"文件夹中的素材图片，如图128-1所示。选择"斑驳墙纸.jpg"文件，选择【图像】/【调整】/【亮度/对比度】命令，在弹出的对话框中设置"亮度"为"5"，"对比度"为"20"，单击 确定 按钮。

步骤2　使用"移动"工具 将"水果油画.jpg"拖入"斑驳墙纸.jpg"文件中，自动生成"图层1"，按【Ctrl+T】键自由调整图片大小至合适为止，设置"图层1"的图层混合模式为"叠加"，如图128-2所示。

图128-1　打开素材图片

图128-2　设置图层混合模式

步骤3　单击"添加图层蒙版"按钮 ，为"图层1"添加蒙版。使用"渐变"工具 在蒙版中从左至右拖出"黑白渐变"效果，然后用"橡皮擦"工具 将图像中左上角多余的部分擦除，效果如图128-3所示。

步骤4　使用"移动"工具将"夕阳.jpg"拖入"斑驳墙纸.jpg"文件中，得到"图层

2"，自由变换到合适的大小，将图层混合模式设置为"叠加"，"不透明度"为"60%"，效果如图128-4所示。

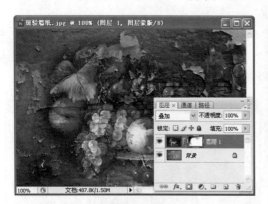

图128-3 添加图层蒙版　　　　　　图128-4 设置图层混合模式为"叠加"

步骤5　使用"移动"工具将"光.jpg"文件拖入"斑驳墙纸.jpg"文件中，得到"图层3"，自由变换到合适的大小，设置图层混合模式为"柔光"，"不透明度"为"60%"，完成斑驳墙纸的制作。

第129例　制作幻境效果

素　材：\素材\第7章\荒芜.jpg
源文件：\源文件\第7章\幻境效果.psd

知 识 要 点	制 作 要 领
★ "高斯模糊"命令	★ 色彩平衡
★ "色彩平衡"命令	★ 梦幻效果的制作
★ "色相/饱和度"命令	

 步骤讲解

步骤1　打开"素材"文件夹中的"荒芜.jpg"文件，复制生成"背景副本"图层。

步骤2　选择【滤镜】/【模糊】/【高斯模糊】命令，在弹出的"高斯模糊"对话框中，设置"半径"为"5"。单击 确定 按钮。

步骤3　设置"背景副本"图层的混合模式为"叠加"，按【Shift+Ctrl+Alt+E】键

盖印可见图层，自动生成图层1，效果如图129-1所示。

步骤4 选择【图像】/【调整】/【色彩平衡】命令，在弹出的对话框中设置"色阶"为"-30"、"40"和"100"。

步骤5 选中⊙高光(H)单选按钮，设置"色阶"为"19"、"24"和"23"；选中⊙阴影(S)单选按钮，设置"色阶"为"30"、"17"和"28"；单击 确定 按钮，效果如图129-2所示。

图129-1 设置图层混合模式　　　　　图129-2 调整色彩平衡后的效果

步骤6 按【Ctrl+J】键，复制生成"图层1副本"图层，选择【图像】/【调整】/【色相/饱和度】命令，在弹出的对话框中选中☑着色(O)复选框，将"色相"、"饱和度"和"明度"分别设置为"285"、"15"和"0"，单击 确定 按钮，如图129-3所示。

步骤7 单击"图层"面板下方的"添加图层蒙版"按钮◘，添加图层蒙版，设置"图层1"副本的不透明度为"80%"。

步骤8 选择"橡皮擦"工具◢，在属性栏中设置"画笔"为"柔角"，"不透明度"为"65%"，流量为"45%"。在窗口中涂抹擦除部分图像，效果如图129-4所示。

图129-3 调整色相/饱和度　　　　　图129-4 擦除部分图像后的效果

第130例 玉坠效果

素　材：\素材\第7章\图案.jpg
源文件：\源文件\第7章\玉坠效果.psd

知识要点	制作要领
★ "云彩"命令	★ 设置图层样式
★ "添加杂色"命令	
★ "图层样式"命令	
★ "橡皮擦"工具	

步骤讲解

步骤1 新建名为"玉坠效果"的文件，设置其大小为"8×8"厘米，分辨率为"180"像素/英寸，颜色模式为"RGB颜色"。

步骤2 按【D】键复位前景色和背景色，按【Alt+Delete】键将选区填充为前景色。新建图层1，选择【滤镜】/【渲染】/【云彩】命令。

步骤3 选择【滤镜】/【杂色】/【添加杂色】命令，在弹出的"添加杂色"对话框中设置数量为"20"，选中 ⊙平均分布(U)单选按钮和 ☑单色(M)复选框，单击 确定 按钮。

步骤4 选择【滤镜】/【模糊】/【高斯模糊】命令，在弹出的"高斯模糊"对话框中设置"半径"为"4"像素，单击 确定 按钮。

步骤5 打开素材文件"图案.jpg"，选择"魔棒"工具，单击图像中黑色部分，载入选区。选择"移动"工具，将选区内容拖动到"玉坠效果"文件窗口中，自动生成"图层2"，效果如图130-1所示。

步骤6 按住【Ctrl】键的同时，单击"图层2"前面的缩览图，载入选区；选择"图层1"，按【Ctrl+J】键复制生成"图层3"；单击"图层1"和"图层2"前面的"指示图层可见性"按钮，隐藏这两个图层，效果如图130-2所示。

步骤7 双击"图层3"后面的空白处，在弹出的对话框中选中☑斜面和浮雕复选框，设置"深度"为"300%"，"大小"为"16"，"角度"为"60"，"高度"为"60"，阴影模式"不透明度"为"0"。

步骤8 选中☑颜色叠加复选框，设置颜色为"绿色（R:43,G:101,B:31）"，"不透明度"为"60%"；选中☑光泽复选框，设置"不透明度"为"30%"，

"角度"为"19"，"距离"为"118"，"大小"为"160"，"等高线"为"环形-双环"。

图130-1　移动玉坠图案

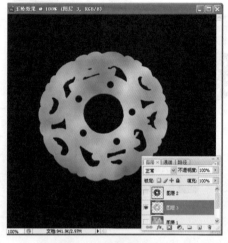

图130-2　新建选区图层

步骤9　选中☑**图案叠加**复选框，设置"不透明度"为"100%"，"图案"为"云彩"，"缩放"为"300%"，单击 **确定** 按钮，效果如图130-3所示。

步骤10　按【Ctrl+T】键，打开"自由变换"调节框，调整图层的位置和角度，按【Enter】键确定变换。选择"橡皮擦"工具 ，在属性栏上设置"画笔"为"尖角"，"大小"为"13像素"，"不透明度"为"100%"，在玉坠上方的中心位置单击。

步骤11　打开素材文件"玉坠绳.jpg"，选择"魔棒"工具 ，单击图像中白色背景所在区域，选择【选择】/【反向】命令，反选选区。选择"移动"工具 ，将玉坠绳拖动到"玉坠效果"文件窗口中，自动生成"图层4"，效果如图130-4所示。

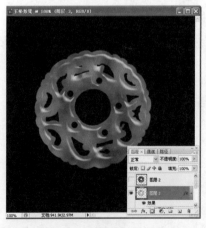

图130-3　添加图层效果

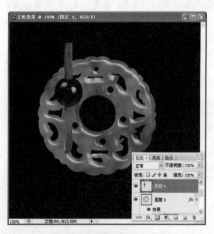

图130-4　移动玉坠绳

步骤12　按【Ctrl+T】键，打开"自由变换"调节框，调整玉坠和玉坠绳位置和角度。

步骤13 选择"橡皮擦"工具 ，在属性栏上设置画笔为"硬性画笔"，"大小"为"30像素"，"不透明度"为"100%"。在窗口中擦除玉坠绳多余的部分，效果如图130-5所示。

步骤14 按【Shift+Ctrl+Alt+E】键，新建"图层5"。选择【图像】/【调整】/【亮度/对比度】命令，在弹出的"亮度/对比度"对话框中设置"亮度"为"15"，"对比度"为"35"，单击 确定 按钮，效果如图130-6所示。

图130-5　擦除多余的绳子

图130-6　调整亮度/对比度后的效果

过关练习

（1）使用素材（光盘:\素材\第7章\练习1.jpg）制作如图"练习1"所示的拼图效果（光盘:\源文件\第7章\练习1.psd）。

提示：

❖ 绘制图形。

❖ 复制图形。

❖ 建立选区，设置图层阴影、斜面与浮雕效果。

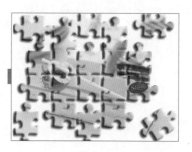

练习1

（2）使用素材（光盘:\素材\第7章\练习2.jpg）制作如图"练习2"所示的异形空间效果（光盘:\源文件\第7章\练习2.psd）。

提示：

❖ 新建图层，缩小图像。

❖ 使用矩形选区工具，选择并变形部分
　图像。

❖ 添加图层阴影效果。

练习2

（3）使用素材（光盘:\素材\第7章\练习3.jpg）制作如图"练习3"所示的扇面效果（光盘:\源文件\第7章\练习3.psd）。

提示：

❖ 绘制扇形选区。

❖ 移动图片，绘制扇纹。

❖ 绘制扇柄并添加效果，绘制扇叶。

练习3

第8章

在照片中添加文字效果

多媒体教学演示：51分钟

原来文字也可以变得这么千姿百态啊。

小魔女：　魔法师，您看，这张图片的文字样式很独特呀！

魔法师：　小魔女，那是用Photoshop制作出来的特殊效果！

小魔女：　是吗？Photoshop还有这些功能啊！

魔法师：　是的，通过Photoshop可以为文本制作出特殊效果，比如钻石效果、黄金效果以及仙人掌效果等！

小魔女：　哇，这么神奇啊！

魔法师：　是啊，你可以为文字添加特殊效果，然后输入到照片上，起到烘托的作用！

第131例 钻 石 字

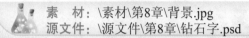
素 材：\素材\第8章\背景.jpg
源文件：\源文件\第8章\钻石字.psd

知 识 要 点	制 作 要 领
★ "渲染"命令	★ 钻石字的制作
★ "扭曲"命令	★ 文字边缘的制作
★ 图层样式	

步骤讲解

步骤1 新建名为"钻石字"的文件，大小为20厘米×15厘米，选择"文字"工具 **T.**，输入文字"CQ"，"字体"为Arial Black，"字号"为"250"。在"图层"面板中选择文字层，单击鼠标右键，在弹出的菜单中选择"删格化文字"命令。

步骤2 按住【Ctrl】键单击图层，形成文字选区，分别设置前景色和背景色为"白色"和"浅灰色（R:180,G:180,B:180）"。

步骤3 选择【滤镜】/【渲染】/【云彩】命令，效果如图131-1所示。

步骤4 选择【滤镜】/【扭曲】/【玻璃】命令，设置"扭曲度"为"20"，"平滑度"为"1"，"纹理"选择"小镜头"，"缩放"为"50%"，单击 确定 按钮，效果如图131-2所示。

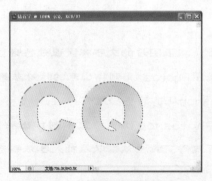

图131-1 渲染云彩后的效果

图131-2 玻璃扭曲后的效果

步骤5 双击文字图层，在弹出的"图层样式"对话框中选中☑**描边**复选框，设置"大小"为"10"，"位置"为"居中"，"填充类型"为"渐变"。单击渐变位

置，在弹出的对话框中设置渐变颜色，也可自行设置颜色，如图131-3所示。

步骤6 单击 确定 按钮，返回"图层样式"对话框，选中☑**斜面和浮雕** 复选框，设置"样式"为"描边浮雕"，"大小"为"8"，"光泽等高线"为"环形-双环"，单击 确定 按钮，效果如图131-4所示。

图131-3　自定义渐变颜色

图131-4　完成图层设置

步骤7 按【Ctrl+D】键取消选区，选择"画笔"工具 ✐，选择"星星"笔刷，大小为55左右，新建图层，用笔刷工具在新图层相应的地方点。画出闪光效果。

步骤8 打开素材文件"背景.jpg"，使用"移动"工具 ▶✛ 将其移动至新建文件中，按【Ctrl+T】键调整图片至合适，并调整图层至文字图层下方。

第132例　黄　金　字

素　材：\素材\第8章\结婚.jpg
源文件：\源文件\第8章\黄金字.psd

知识要点　　　　　制作要领
★图层混合模式　　★文字效果的设置
★"去色"命令　　　★图层模式的处理
★"反相"命令

　**步骤讲解**

步骤1 新建名为"黄金字"的文件，大小为20厘米×12厘米，选择"文字"工具 T，输入文字"喜"，"字体"为"幼圆"，"字号"为"200"。

步骤2 在"图层"面板中选择文字图层，单击鼠标右键，在弹出的菜单中选择"删格化文字"命令，填充黑色。

步骤3 按【Ctrl+T】键使文字变窄，复制文字图层，将其移动至"喜"字右侧，选择两个文字图层并按【Ctrl+E】键合并，拼合成双"喜"字，如图132-1所示。

步骤4 双击图层，弹出"图层样式"对话框，选中☑外发光复选框，设置混合模式为"正片叠底"；选中☑内发光复选框，设置混合模式为"正片叠底"，"不透明度"为"100%"。

步骤5 选中☑斜面和浮雕复选框，设置"深度"为"1000%"，"大小"为"7"，"软化"为"5"，"高光模式"为"正常"。选中☑光泽复选框，设置混合模式为"亮光"，"不透明度"为"34%"。

步骤6 选中☑描边复选框，设置"大小"为"3"，"位置"为"外部"，单击 确定 按钮完成设置，效果如图132-2所示。

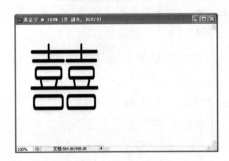

图132-1　拼合后的文字

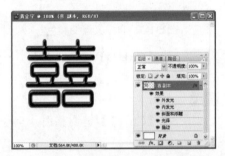

图132-2　设置图层样式后的效果

步骤7 新建图层1，选择图层1和文字图层，按【Ctrl+E】键合并，再按【Ctrl+I】键反相，效果如图132-3所示。

步骤8 选择【滤镜】/【风格化】/【浮雕效果】命令，在弹出的对话框中设置"角度"为"-115°"，"高度"为"5"，"数量"为"80%"，单击 确定 按钮。

步骤9 选择【滤镜】/【艺术效果】/【塑料包装】命令，设置"高光强度"为"5"，"细节"为"9"，"平滑度"为"14"，单击 确定 按钮，效果如图132-4所示。

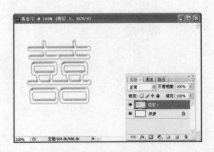

图132-3　反相后的效果

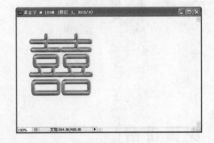

图132-4　设置图层样式后的效果

步骤10 选择【滤镜】/【素描】/【影印】命令，设置"细节"为"24"，"暗度"为"5"，单击 确定 按钮。

步骤11 复制图层1，按【Ctrl+I】键反相。将混合模式改为"差值"，效果如图132-5所示。

步骤12 合并图层1和"图层1副本"，单击"图层"面板上的"创建新的填充或调整图层"按钮◐，在弹出的菜单中选择"色相/饱和度"命令。

步骤13 在弹出的对话框中选中☑着色(O)复选框，设置"色相"为"52"，"饱和度"为"67"，单击 确定 按钮，效果如图132-6所示。

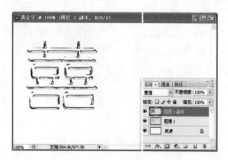
图132-5 设置图层模式为差值

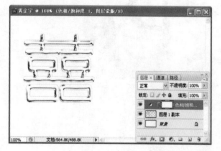
图132-6 设置色相/饱和度后的效果

步骤14 单击"图层"面板上的"创建新的填充或调整图层"按钮◐，在弹出的菜单中选择"色阶"命令，在弹出的对话框中设置"色阶"为"100,0.7,235"，单击 确定 按钮。

步骤15 隐藏背景层，按【Shift+Ctrl+E】键合并可见图层，弹出素材文件"结婚.jpg"，使用"移动"工具➤➤将其移动至新建文件中，按【Ctrl+T】键调整图片至合适，并调整图层至文字图层下方，如图132-7所示。

步骤16 在文字层上设置投影，设置"距离"为"8"，"大小"为"6"；设置"外发光"，设置混合模式为"正片叠底"，"距离"为"3"，"大小"为"11"；设置"斜面和浮雕"，设置"大小"为"24"，"软化"为"3"，"角度"为"126"，"高度"为"80"，"高光模式"为"正片叠底"。

步骤17 单击 确定 按钮完成设置，单击"图层"面板上的"创建新的填充或调整图层"按钮◐，在弹出的菜单中选择"色相/饱和度"命令。

步骤18 在弹出的对话框中设置"色相"为"-10"，"饱和度"为"18"，单击 确定 按钮，如图132-8所示。

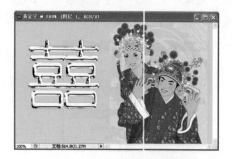
图132-7 拖入背景图片

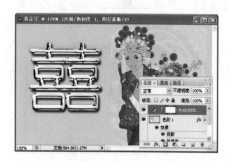
图132-8 设置文字图层效果

第133例 仙人掌字

素　材：\素材\第8章\婴儿.jpg
源文件：\源文件\第8章\仙人掌字.psd

知识要点	制作要领
★ "玻璃"滤镜	★ 仙人掌刺的制作
★ "色彩范围"命令	★ 仙人掌字的制作
★ 图层蒙版	
★ "反选"命令	

 步骤讲解

步骤1 新建名为"仙人掌"的文件，大小为15厘米×10厘米，新建图层1，按【Q】键启用快速蒙版，选择文字工具 **T.**，首先输入一个字母"P"，设置"字体"为"方正行楷简体"，"字号"为"200"。

步骤2 选择【滤镜】/【扭曲】/【玻璃】命令，在弹出的对话框中设置"扭曲度"为"8"，"平滑度"为"11"，"纹理"为"画布"，"缩放"为"145"度，选中 ☑反相(I) 复选框，单击 确定 按钮。

步骤3 再次按【Q】键禁用快速蒙版。按【Shift+Ctrl+I】键反选选区，将前景色设置为"绿色（R:92,G:140,B:40）"，按【Alt+Delete】键填充，按【Ctrl+D】键取消选区，如图133-1所示。

步骤4 双击当前图层，在弹出的对话框中，选中 ☑斜面和浮雕 复选框，设置"深度"为"131"，"大小"为"10"，"光泽等高线"为"圆形台阶"，"高光模式"为"正片叠底"，"阴影模式"为"正常"，"颜色"为"深绿色（R:12,G:113,B:16）"，"不透明度"为"100%"。

步骤5 单击 确定 按钮完成设置。选择"画笔"工具 ✐。设置"前景色"为"墨绿色（R:61,G:78,B:42）"，选择柔角笔，在文字上创建暗斑，如图133-2所示。

图133-1　输入文本并填充

图133-2　设置图层效果

一学就会魔法书

步骤6 选择【选择】/【色彩范围】命令，在弹出对话框中的"色彩范围"文本框中输入"11"，使用"滴管"工具 单击创建选区，如图133-3所示。

步骤7 按【Ctrl+J】键复制并粘贴选区到一个新图层中。双击图层，在弹出的对话框中更改"斜面与浮雕"参数，设置"深度"为"100%"，"大小"为"8"。单击 确定 按钮。

步骤8 使用"椭圆形状"工具 创建一个黑色的小椭圆，使用"钢笔"工具 创建一个针状形状，填充颜色为"R:189,G:147,B:45"，合并形状图层。

步骤9 在弹出的"图层样式"对话框中，选中 阴影(S) 复选框，设置"距离"为"1"，"大小"为"1"，单击 确定 按钮完成仙人掌刺的制作。

步骤10 复制更多"刺"图层并放置到合适的暗斑位置处，按【Ctrl+T】键调整刺的大小和方向，选择所有"刺"副本图层，按【Ctrl+E】键合并，效果如图133-4所示。

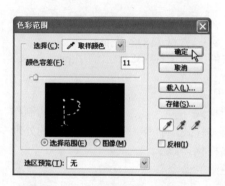

图133-3　"色彩范围"对话框

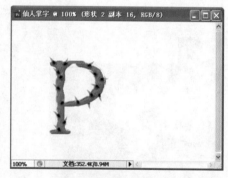

图133-4　添加"刺"后的文字效果

步骤11 复制所有图层，选择并合并复制的图层。按住【Ctrl】键单击合并的复制图层，使用黑色填充。按【Ctrl+T】键，在变形框中单击鼠标右键，在弹出的菜单中选择"扭曲"命令。

步骤12 调整节点创建一个透视阴影效果，如图133-5所示。设置图层"不透明度"为"35%"，按【Ctrl+D】键取消选区。

步骤13 将阴影图层移至背景层上方，弹出素材文件"婴儿.jpg"，使用"移动"工具 将其移动至新建文件中，按【Ctrl+T】键调整图片至合适，并调整图层至背景图层上方，最终效果如图133-6所示。

魔法档案

　　读者在根据本例的制作步骤进行操作的过程中，可自行定义文字、文字颜色以及字体等，在绘制仙人掌刺时也可根据个人喜好来进行绘制，填充自定义颜色。既可按本例的制作步骤逐字制作，也可在输入文字时一次性输入几个字，只是在应用滤镜时容易出现失误，读者在这里应注意观察制作效果，以避免该情况的发生。

图133-5 制作阴影

图133-6 添加背景

第134例 水 滴 字

素　　材：\素材\第8章\荷.jpg
源文件：\源文件\第8章\水滴字.psd

知 识 要 点	制 作 要 领
★ 图层样式	★ 水滴样式的制作
★ "新建样式"命令	★ 图层样式的处理
★ "晶格化"命令	
★ "色阶"命令	

步 骤 讲 解

步骤1 打开"荷.jpg"素材文件，新建图层1，选择"缩放"工具🔍，将文件窗口放大。

步骤2 选择"画笔"工具✐，选择"硬性"画笔，设置"大小"为"9"像素，在窗口中绘制水滴，如图134-1所示。在"图层"面板中设置"图层填充"为"3%"。

步骤3 双击图层1，在弹出的对话框中选中☑**投影**复选框，设置"不透明度"为"73"，"角度"为"30°"，"距离"为"1"，"大小"为"1"，"等高线"为"高斯分布"；选中☑**内阴影**复选框，设置"混合模式"为"颜色加深"，"不透明度"为"43"，"距离"为"5"，"大小"为"10"。

步骤4 选中☑**内发光**复选框，设置混合模式为"叠加"，"不透明度"为"30"，"颜色"为"黑色"，"大小"为"5"，"范围"为"50"。

步骤5 选中☑**斜面和浮雕**复选框，设置"方法"为"雕刻清晰"，"深度"为"250"，"大小"为"15"，"软化"为"4"，"角度"和"高度"分别

一学就会魔法书

为 "90" 和 "30"，"阴影模式" 为 "颜色减淡"，"颜色" 为 "白色"。

步骤6 单击对话框右边的 新建样式(W)... 按钮，在弹出的对话框中设置 "名称" 为 "水滴"，单击 确定 按钮，如图134-2所示。

图134-1　绘制水滴图形

图134-2　新建水滴样式

步骤7 选择 "画笔" 工具 ，在文件内其他地方绘制并添加水滴图层样式。新建图层2，设置前景色为白色，按【Alt+Delete】键填充前景色。

步骤8 选择 "文字" 工具 **T**，在属性栏中按自己的喜好设置字体格式。在窗口中合适位置输入文本，自动生成文字图层，如图134-3所示。

步骤9 按【Ctrl+E】键向下合并图层，选择【滤镜】/【像素化】/【晶格化】命令，在弹出的对话框中设置参数为 "10"，单击 确定 按钮。

步骤10 选择【滤镜】/【模糊】/【高斯模糊】命令，在弹出的对话框中设置 "半径" 为 "5" 像素，单击 确定 按钮。

步骤11 按【Ctrl+L】键弹出 "色阶" 对话框，设置参数分别为 "110"、"1" 和 "150"，单击 确定 按钮。

步骤12 按【Ctrl+Alt+~】键，将其载入选区。按【Delete】键删除图像，在样式面板中单击刚才新建的水滴样式，为图层2添加水滴图层样式，按【Ctrl+D】键取消选区，效果如图134-4所示。

图134-3　输入文本

图134-4　设置文本样式

第135例 不锈钢字

素　材：\素材\第8章\科技.jpg
源文件：\源文件\第8章\不锈钢字.psd

知 识 要 点	制 作 要 领
★ "云彩"滤镜	★ 添加"置换"滤镜
★ "置换"滤镜	★ 蒙版的使用
★ "光照效果"滤镜	

 步骤讲解

步骤1 打开素材文件"科技.jpg"。设置"前景色"为"灰色（R:89,G:89,B:89）"，"背景色"为"浅灰色（R:205,G:205,B:205）"。

步骤2 选择"文字"工具 **T**，设置"字体"为"华文琥珀"，"字号"为"350"，"颜色"为"白色"，输入"8"文本，隐藏背景图层。

步骤3 选择【图层】/【栅格化】/【文字】命令，沿文字绘制矩形选区，并删除选区内图像，如图135-1所示。

步骤4 按【Ctrl+D】键取消选区，新建图层1，选择【滤镜】/【渲染】/【云彩】命令。选择【滤镜】/【杂色】/【添加杂点】命令，在弹出的"添加杂色"对话框中设置"数量"为"10%"，单击 确定 按钮。

步骤5 选择【滤镜】/【模糊】/【动感模糊】命令，在弹出的"动感模糊"对话框中设置"角度"为"0°"，"距离"为"30"像素，单击 确定 按钮，如图135-2所示。

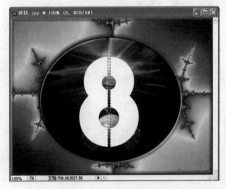

图135-1　删除选区

图135-2　应用滤镜

一学就会魔法书

步骤6 按住【Ctrl】键的同时单击文字图层缩览图，载入文字选区，单击"通道"面板中的"将选区保存为通道"按钮 ，生成Alpha1通道并选择它。

步骤7 按【Ctrl+D】键取消选区，选择【滤镜】/【模糊】/【高斯模糊】命令，在弹出的"高斯模糊"对话框中设置"半径"为"3"像素，单击 确定 按钮。

步骤8 新建图片文件，将Alpha 1通道中的图像复制到当前图像中，并将其以"1.psd"为名进行存储。

步骤9 选择图层1，选择【滤镜】/【扭曲】/【置换】命令，在弹出的"置换"对话框中设置水平和垂直比例都为"10"，单击 确定 按钮。

步骤10 在弹出的"选择一个置换图"对话框中选择之前存储的"1.psd"文件，单击 打开(O) 按钮，选择【滤镜】/【渲染】/【光照效果】命令，在弹出的对话框中设置纹理通道为Alpha 1，调整光照位置，单击 确定 按钮。

步骤11 选择【图层】/【创建剪贴蒙版】命令，选择【图像】/【调整】/【曲线】命令，在弹出的对话框中增加并编辑调整点，单击 确定 按钮，如图135-3所示。

步骤12 选择文字所在的图层，选择【图层】/【图层样式】/【外发光】命令，在弹出的对话框中设置混合模式为"亮光"，"扩展"为"21%"，"大小"为"27"像素，单击 确定 按钮，如图135-4所示。

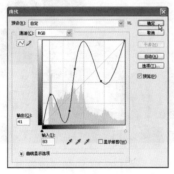

图135-3　"曲线"对话框

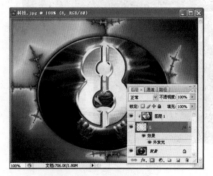

图135-4　添加图层样式

第136例　铸　钢　字

素　材：\素材\第8章\情侣.jpg
源文件：\源文件\第8章\铸钢字.psd

知识要点
★ "高斯模糊"滤镜
★ "曲线"命令
★ "色彩平衡"命令

制作要领
★ 滤镜的使用

 步骤讲解

步骤1 打开素材文件"情侣.jpg"，使用"文字"工具**T.**在文件左上角输入文本 "恋"，设置自己喜欢的字体，这里设置为"方正稚艺简体"，"字号"为 "100"，"颜色"为"灰色（R:165,G:165,B:165）"。

步骤2 选择【图层】/【栅格化】/【文字】命令，按住【Ctrl】键的同时单击文字 对应的图层缩览图，载入文字选区，如图136-1所示。

步骤3 单击"通道"面板底部的 ⊙ 按钮，将选区存储在Alpha1通道中，选择Alpha1 通道，选择【滤镜】/【模糊】/【高斯模糊】命令，在弹出的对话框中设置 "半径"为"8"像素，单击 确定 按钮。

步骤4 按【Ctrl+D】键取消选区，选择RGB通道，选择【滤镜】/【渲染】/【光 照效果】命令，设置光照类型为"平行光"，纹理通道为Alpha 1，单击 确定 按钮，效果如图136-2所示。

图136-1 文字选区

图136-2 添加滤镜效果

步骤5 选择【图像】/【调整】/【曲线】命令，弹出"曲线"对话框，在曲线调整框中 添加4个调整点，并分别调整到如图136-3所示的位置，单击 确定 按钮。

步骤6 选择【图像】/【调整】/【色彩平衡】命令，在弹出的"色彩平衡"对话框 中输入"色阶"分别为"41"、"-26"、"-63"，单击 确定 按钮。

步骤7 选择文字图层，选择【图层】/【图层样式】/【外发光】命令，在弹出的对 话框中设置模式为"叠加"，"颜色"为"R:65,G:43,B:8"，"大小"为 "10"像素，单击 确定 按钮，如图136-4所示。

 魔法档案
完成后要将Alpha通道一起保存，即在"另存为"对话框选中☑**Alpha通道**复选框。

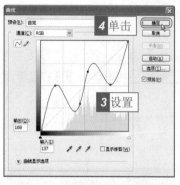

图136-3 设置"曲线"对话框

图136-4 添加文字外发光效果

第137例 饼 干 字

素　材：\素材\第8章\饼干.jpg
源文件：\源文件\第8章\饼干字.psd

知 识 要 点	制 作 要 领
★ "位移"滤镜	★ 图案的定义
★ 定义图案	★ 饼干字的制作
★ "高斯模糊"滤镜	
★ "添加杂色"滤镜	

步骤讲解

步骤1 新建文件为"300×300"像素，"分辨率"为"72"像素/英寸。新建图层1，将前景色设置为"淡黄色（R:251,G:242,B:183）"并填充图层1。

步骤2 在工具箱中选择"椭圆选框"工具○，在属性栏中单击"添加到选区"按钮□，在图像中选择不同大小的椭圆，按【Delete】键删除选区内的图像，然后按【Ctrl+D】键取消选区，如图137-1所示。

步骤3 选择【滤镜】/【其他】/【位移】命令，在弹出的对话框中设置"水平"和"垂直"为"100"，单击 确定 按钮，图像中白色椭圆随机分布在画布中。

步骤4 在图像中一些空白地方用"椭圆选框"工具绘制一些选区，按【Delete】键删除选区内的图像。

步骤5 按【Ctrl+D】键取消选区，在图像画布的标题栏中单击鼠标右键，在弹出的快捷菜单中选择"图像大小"命令。

步骤6 在弹出的"图像大小"对话框中的"像素"栏中设置图像的"宽度"和"高度"均为"150"像素。

步骤7 隐藏背景图层，选择【编辑】/【定义图案】命令，弹出"图层名称"对话框，设置"名称"为"饼干"，单击 确定 按钮，如图137-2所示。

　　　　　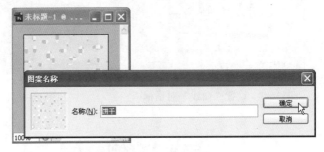

图137-1　删除选区　　　　　　　　　图137-2　定义图案

步骤8 打开素材文件"饼干.jpg"，新建图层1，填充白色，选择"文字"工具 **T**。

步骤9 选择一种较粗圆的字体，输入竖排文本"饼干"，这里选择"方正胖头鱼简体"，"字号"为"130"。

步骤10 新建图层2，按住【Ctrl】键单击文字图层，建立以文字为边缘的选区，然后删除文字图层。

步骤11 选择【编辑】/【填充】命令，弹出"填充"对话框，在"使用"下拉列表框中选择"图案"选项，单击"自定义"下拉列表框中的"饼干"选项，单击 确定 按钮，如图137-3所示。

步骤12 按【Ctrl+D】键取消选择，复制图层2得到"图层2副本"，将"图层2副本"名称改为"饼干"，然后将该图层隐藏起来。

步骤13 选择图层2，按【Ctrl+U】键弹出"色相/饱和度"对话框，选中 ☑着色(O) 复选框，设置"色相"、"饱和度"、"明度"分别为"45"、"100"、"-20"。单击 确定 按钮。

步骤14 将图层2复制4次，选择"图层2副本4"，选择工具箱中的移动工具，分别按一次【↓】键和【→】键。

步骤15 选择"图层2副本3"，分别按3次【↓】键和【→】键，并选择【图像】/【调整】/【亮度/对比度】命令，将"亮度"调整为"-25"。

步骤16 继续选择"图层2副本2"，分别按5次【↓】键和6次【→】键，并将其"亮度"调整为"-40"。选择"图层2副本"，分别按7次【↓】键和8次【→】键，并将其"亮度"调整为"-40"。

步骤17 选择图层2，分别按8次【↓】键和9次【→】键，并将其"亮度"调整为"-60"。

步骤18 选择图层2～"图层2副本4"，按【Ctrl+E】键合并图层，如图137-4所示。

步骤19 选择合并后的图层，选择【滤镜】/【模糊】/【高斯模糊】命令，在弹出的对话框中设置"半径"为"0.5"像素。

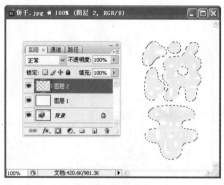

图137-3 填充选区　　　　　　　　　　　　图137-4 复制并移动图层

步骤20 选择【选择】/【载入选区】命令，在弹出的对话框中的"通道"下拉列表框中选择"图层2副本4透明"选项，单击 确定 按钮。

步骤21 选择【滤镜】/【杂色】/【添加杂色】命令，在弹出的对话框中设置杂色"数量"为"10%"，"分布"为"高斯分布"，并选中☑单色(M)复选框，单击 确定 按钮，效果如图137-5所示。

步骤22 选择【滤镜】/【模糊】/【动感模糊】命令，在弹出的对话框中设置"角度"为"43°"，"距离"为"15"像素。

步骤23 按【Ctrl+U】键弹出"色相/饱和度"对话框，在其中设置"色相"、"饱和度"、"明度"分别为"3"、"25"、"10"。按【Ctrl+L】键弹出"色阶"对话框，输入"色阶"分别为"50"、"1"、"255"。

步骤24 单击"图层"面板下方的 fx. 按钮，在弹出的列表中选择"斜面和浮雕"命令，在其中设置"深度"为"60"，"大小"为"0"，"软化"为"5"，阴影模式颜色为"R:113,G:87,B:16"，"不透明度"为"60%"。

步骤25 选中☑投影复选框，"不透明度"为"60%"，单击 确定 按钮，按【Ctrl+D】键取消选区。

步骤26 显示饼干图层，并选择该图层，单击鼠标右键，在弹出的快捷菜单中选择"向下合并"命令，隐藏图层1，效果如图137-6所示。

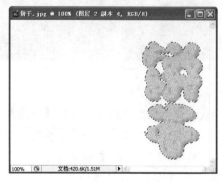
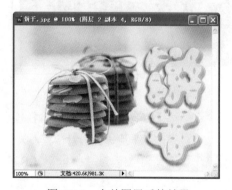

图137-5 添加杂色　　　　　　　　　　　　图137-6 合并图层后的效果

第138例 面 包 字

素　材：\素材\第8章\背景1.jpg
源文件：\源文件\第8章\面包字.psd

知识要点	制作要领
★ 绘制文字路径	★ 编辑路径
★ 编辑路径	★ 面包字的处理
★ "斜面和浮雕"命令	

 步骤讲解

步骤1 打开素材文件 "背景1.jpg"，新建图层1，选择 "横排文字蒙版" 工具 ，设置 "字体" 为 "华文琥珀"，"字号" 为 "200"，输入文本 "CAKE"，如图138-1所示。

步骤2 单击 "路径" 面板底部的 按钮，将选区转换为路径，使用 "直接选择" 工具 ，将路径修改为如图138-2所示效果。

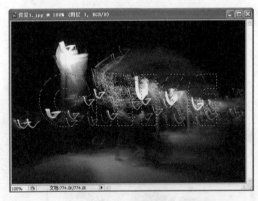

图138-1　文本选区

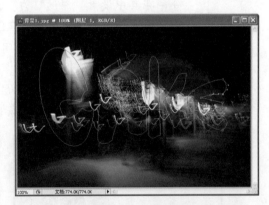

图138-2　调整路径

步骤3 按【Ctrl+Enter】键，将路径转换成选区。选择【选择】/【修改】/【平滑】命令，弹出 "平滑选区" 对话框，设置 "取样半径" 为 "10"，单击 确定 按钮。

步骤4 设置前景色为 "咖啡色（R195,G169,B125）"，按【Alt+Delete】键填充选区。取消选区，设置前景色为白色。新建图层2，按【Ctrl+[】键，将图层2移动到图层1下面。

一学就会魔法书

步骤5 使用"套索"工具 沿填充的文字边缘绘制路径，按【Alt+Delete】键填充前景色，取消选区，将图层2的"不透明度"设置为"80%"，如图138-3所示。

步骤6 选择图层1，选择【图层】/【图层样式】/【斜面和浮雕】命令，在弹出的"图层样式"对话框中设置"深度"为"200%"，"大小"为"20"像素。

步骤7 在"样式"栏中选中 **投影** 复选框，设置"投影角度"为"120°"，"距离"为"17"像素；在"样式"栏中选中 **纹理** 复选框，设置"图案"为"绸光"选项，"缩放"为"25%"，"深度"为"2%"，单击 **确定** 按钮。

步骤8 按住【Ctrl】键的同时单击图层1缩览图，载入文字选区，选择【选择】/【修改】/【收缩】命令，弹出"收缩选区"对话框，设置"收缩量"为"8"像素，单击 **确定** 按钮。

步骤9 选择【选择】/【修改】/【羽化】命令，弹出"羽化选区"对话框，设置"羽化半径"为"20"，单击 **确定** 按钮，按【Ctrl+H】键，隐藏选区。

步骤10 选择【图像】/【调整】/【色相/饱和度】命令，弹出"色相/饱和度"对话框，选中 **着色(C** 复选框，设置"色相"为"30"，"饱和度"为"100"，单击 **确定** 按钮，按【Ctrl+D】键取消选区，效果如图138-4所示。

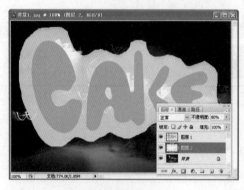

图138-3 填充颜色

图138-4 设置图层样式

第139例 草 莓 字

素　材：\素材\第8章\草莓.jpg
源文件：\源文件\第8章\草莓字.psd

　知识要点　　　　　制作要领
★ 定义图案样式　　★ 定义图案
★ 图层样式
★ "文本"工具

 步骤讲解

步骤1 新建文件，大小为"100×100"像素，"96"像素/英寸。设置前景色为"红色（R:230,G:0,B:0）"，按【Alt+Delete】键在当前图层中填充红色。

步骤2 新建图层1，设置前景色为"黄色（R:240,G:235,B:150）"，选择"椭圆"工具 ⬭，绘制选区并填充颜色，效果如图139-1所示。

步骤3 双击图层1，在弹出的"图层样式"对话框中选中 ☑外发光 复选框，设置混合模式为"正片叠底"，设置参数为"45"、"0"、"0"和"4"，颜色为"黑色"，单击 确定 按钮。

步骤4 多次按【Ctrl+J】键，复制图层1内容到新图层。选择"移动"工具 ⯈，将各图层移动至合适位置，选择【编辑】/【定义图案】命令，在弹出的对话框中设置"名称"为"草莓"，单击 确定 按钮，如图139-2所示。

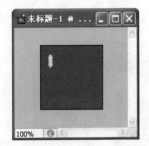
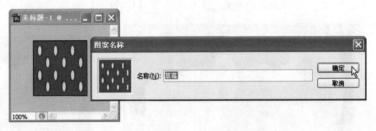

图139-1 填充颜色　　　　　　　　　　　图139-2 定义图案样式

步骤5 打开素材文件"草莓.jpg"，选择"文字"工具 T，在属性栏中按自己的喜好设置字体格式，这里选择"华文琥珀"，"字号"为"130"，输入文本"草莓"，如图139-3所示。

步骤6 双击文字图层，在弹出的对话框中选中 ☑投影 复选框，设置"不透明度"为"35"，"距离和大小"为"3"；选中 ☑内阴影 复选框，设置"不透明度"为"100"，"距离和大小"为"5"，"颜色"为"红色（R:183,G:1,B:1）"。

步骤7 选中 ☑内发光 复选框，设置"不透明度"为"45"，"大小"为"1"，"颜色"为"黑色（R:255,G:255,B:255）"；选中 ☑斜面和浮雕 复选框，设置"角度"为"105°"，"高度"为"70"，单击 确定 按钮。

步骤8 复制文字图层，选择【图层】/【栅格化】/【文字】命令，选择【编辑】/【填充】命令，在弹出的对话框的"使用"下拉列表框中选择"图案"选项，在弹出列表中选择自定义图案"草莓"，"不透明度"为"100%"，单击 确定 按钮。

步骤9 按住【Ctrl】键的同时，单击文字图层前面的缩览图，载入文字选区，选择【选择】/【反向】命令，按【Delete】键删除图像。

步骤10 按【Ctrl+D】键取消选区，打开素材文件"叶子.jpg"，按【Ctrl+T】键调整

叶子的大小及位置，将其拖入草莓文件中文字上合适位置处。

步骤11 双击图层1，在弹出的"图层样式"对话框中选中 ☑**投影** 复选框，单击 **确定** 按钮，如图139-4所示。

图139-3 填充颜色

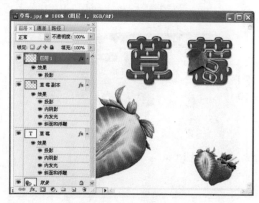

图139-4 设置图层样式

第140例 玉 石 字

素 材：\素材\第8章\玉.jpg
源文件：\源文件\第8章\玉石字.psd

<table>
<tr><td align="center">知 识 要 点</td><td align="center">制 作 要 领</td></tr>
<tr><td>★ 图层样式</td><td>★ 云彩命令的使用</td></tr>
<tr><td>★ "云彩"命令</td><td>★ 图层样式的处理</td></tr>
<tr><td>★ "添加杂色"命令</td><td></td></tr>
</table>

 **步骤讲解**

步骤1 打开素材文件"玉.jpg"，按【D】键复位前景色和背景色。新建图层1，选择【滤镜】/【渲染】/【云彩】命令，复制生成"图层1副本"。

步骤2 选择【滤镜】/【杂色】/【添加杂色】命令，在弹出的对话框中设置"数量"为"20"，单击 **确定** 按钮。

步骤3 选择【滤镜】/【模糊】/【高斯模糊】命令，在弹出的对话框中设置"半径"为"4"，单击 **确定** 按钮，如图140-1所示。

步骤4 选择"文字"工具 **T**，在属性栏中按自己的喜好设置字体，在合适位置输

入文本"美玉"，自动生成文字图层。

步骤5 按住【Ctrl】键的同时，单击文字图层载入文字选区，隐藏文字图层，选择"图层1副本"，按【Ctrl+J】键将选区内容复制到图层2，隐藏图层1和"图层1副本"，如图140-2所示。

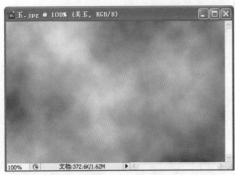

图140-1　应用滤镜

图140-2　输入文字

步骤6 双击图层2，弹出"图层样式"对话框，选中☑斜面和浮雕复选框，设置"深度"为"290"，"大小"为"16"，"高度"为"60"，阴影模式"不透明度"为"0"。

步骤7 选中☑颜色叠加复选框，设置混合模式为"叠加"，"颜色"为"绿色（R:0,G:113,B:8）"，"不透明度"为"80%"，

步骤8 选中☑光泽复选框，设置参数为"20"、"85"和"170"，设置"颜色"为"绿色（R:0,G:124,B:9）"，设置"等高线"为"环形图形"，单击　确定　按钮，如图140-3所示。

步骤9 复制生成"图层2副本"。选择【编辑】/【变换】/【垂直翻转】命令，设置图层的总体"不透明度"为"50%"。

步骤10 选择"移动"工具，调整图层2及其副本文本位置，将"图层2副本"移动至窗口下方，使其成为倒影，为"图层2副本"添加蒙版，使用渐变工具为蒙版添加渐变效果，如图140-4所示。

图140-3　设置图层样式

图140-4　设置文字倒影

一学就会魔法书

第141例 印章字

素　材：\素材\第8章\美人.jpg
源文件：\源文件\第8章\印章字.psd

知识要点
★ "喷溅"滤镜
★ "查找边缘"滤镜
★ "阈值"命令

制作要领
★ 绘制同心圆选区
★ "阈值"命令的
　 使用

 步骤讲解

步骤1 打开素材文件，单击"通道"面板底部的　按钮，创建Alpha 1通道。

步骤2 选择"直排文字"工具 T ，设置"字体"为"方正水柱繁体"，"字号"
为"90点"，在通道右上侧单击输入"松竹居士"文本。

步骤3 选择"居士"文本，在"字符"面板中设置"基线偏移"为"50点，文本向
右侧移动"，效果如图141-1所示。

步骤4 按【Ctrl+Enter】键完成文字的输入，按【Ctrl+D】键取消选区。

步骤5 选择"椭圆选框"工具 ○ ，绘制一个将文字包含在内的椭圆选区，按住【Alt】
键在已绘制的选区内部再绘制一个选区，第一个选区将减去第二个选区。

步骤6 按【Alt+Delete】键填充选区，按【Ctrl+D】键取消选区，选择【滤镜】/
【画笔描边】/【喷溅】命令，弹出"喷溅"对话框，设置"喷色半径"为
"4"，"平滑度"为"6"，单击　确定　按钮，效果如图141-2所示。

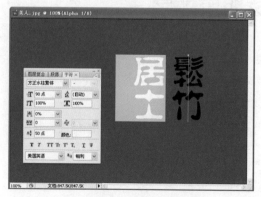

图141-1　调整偏移量

图141-2　"喷溅"滤镜的应用

步骤7 新建Alpha 2通道，选择【滤镜】/【渲染】/【云彩】命令，使用前景色和背景色随机混合填充Alpha 2通道。

步骤8 选择【滤镜】/【风格化】/【查找边缘】命令，得到白色纹理效果。

步骤9 选择【图像】/【调整】/【阈值】命令，弹出"阈值"对话框，在其中设置"阈值色阶"为"235"，单击 确定 按钮。

步骤10 选择【图像】/【调整】/【反相】命令，将Alpha 2中的颜色进行反相显示，如图141-3所示，按住【Ctrl】键的同时单击Alpha 1通道缩览图，载入该通道中的选区。

步骤11 按住【Ctrl+Alt】键单击Alpha 2通道的缩览图，新建图层1，设置前景色为"红色（R:162,G:0,B:0）"，按【Alt+Delete】键填充前景色，按【Ctrl+D】键取消选区。

步骤12 使用移动工具 将文本移动至合适位置，如图141-4所示。

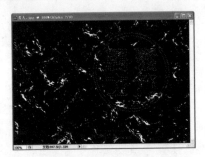

图141-3 反相后的效果

图141-4 最终效果

魔法档案

在步骤5中使用"椭圆选框"工具 绘制两个同心椭圆时，可打开标尺并拖出辅助线，将鼠标移至辅助线中心，按住鼠标左键，然后再按【Shift+Ctrl+Alt】键拖动绘制同心圆。

第142例 透明胶体字

素　材：\素材\第8章\宝宝.jpg
源文件：\源文件\第8章\透明胶体字.psd

知识要点
★ "液化"命令
★ "塑料效果"命令
★ "填充"命令
★ "反向"命令

制作要领
★ 透明胶体的制作

步骤讲解

步骤1 打开素材文件"宝宝.jpg"，复制生成"背景副本"图层，选择"文字"工具**T.**，在属性栏中按自己的喜好设置字体，在窗口合适位置输入文本"baby"。

步骤2 自动生成文字图层，选择【图层】/【栅格化】/【文字】命令，选择【滤镜】/【液化】命令，在弹出的对话框中设置参数为"20"、"50"和"70"，在窗口中的文字边缘涂抹，单击 确定 按钮。

步骤3 按住【Ctrl】键的同时单击文字图层载入文字选区，新建通道Alpha 1，按【D】键复位前景色和背景色。按【Alt+Delete】键填充前景色，按【Ctrl+D】键取消选区，如图142-1所示。

步骤4 选择【滤镜】/【素描】/【塑料效果】命令，在弹出的对话框中设置参数为"25"和"5"，单击 确定 按钮。

步骤5 按住【Ctrl】键的同时，单击Alpha 1通道载入文字选区，选择"图层"面板，新建图层1，填充背景色，单击文字图层前面的"指示图层可见性"按钮，隐藏该图层。

步骤6 选择【编辑】/【填充】命令，在弹出的"填充"对话框的"使用"下拉列表框中选择"50%灰色"选项，单击 确定 按钮。

步骤7 按【Ctrl+M】键，在弹出的"曲线"对话框中调整曲线使文字更有立体感，单击 确定 按钮确认设置，如图142-2所示。选择"通道"面板，按住【Ctrl】键的同时，单击Alpha 1通道载入文字选区。

图142-1 创建通道

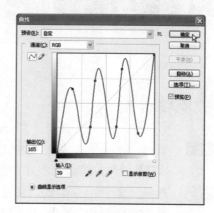

图142-2 设置曲线

步骤8 选择【选择】/【反向】命令，按【Delete】键删除多余部分，按【Ctrl+D】键取消选区，选择【图像】/【调整】/【色相/饱和度】命令，选中☑着色(Q)复选框，设置参数为"22"、"25"和"10"，单击 确定 按钮，如图142-3所示。

步骤9 双击图层1，在弹出的"图层样式"对话框中选中☑斜面和浮雕复选框，设置

参数为"170"、"18"和"10"，阴影模式"颜色"为"蓝色（R:64,G:53, B:45）"，设置"等高线"为"环形图形"，单击 确定 按钮。

图142-3　反相后的效果

图142-4　最终效果

第143例　树　根　字

🧪 源文件：\源文件\第8章\树根字.psd

知 识 要 点	制 作 要 领
★ 图层模式	★ "涂抹"工具的
★ "涂抹"工具	使用
★ "画笔"工具	★ "画笔"工具的
	使用

 步骤讲解

步骤1 新建"树根字"文件，大小为10厘米×6厘米，分辨率为200像素/英寸，按 【D】键复位前景色和背景色。按【Alt+Delete】键填充前景色。

步骤2 选择"文字"工具 T.，设置前景色为"暗黄色（R:204,G:153,B:63）"，在 属性栏中按自己的喜好设置字体，消除锯齿的方法为"锐利"，在窗口中合 适位置输入文本，自动生成文字图层。

步骤3 在"图层"面板中双击文字图层，在弹出的"图层样式"对话框中选中 斜面和浮雕 复选框，设置"深度"为"290"，"大小"为"10"，单击 确定 按钮，如图143-1所示。

步骤4 选择【图层】/【图层样式】/【创建图层】命令，新建带图层样式的图层。

步骤5　选择"涂抹"工具，在属性栏中设置"强度"为"90%"，在文字下方拖动鼠标涂抹出树根的形状，如图143-2所示。

图143-1　添加图层样式

图143-2　涂抹后的效果

步骤6　新建图层1，选择"画笔"工具，在属性栏中设置"硬角"画笔，在文字上方绘制树梢，如图143-3所示。

步骤7　新建图层2，选择"画笔"面板，选择"树叶"画笔，取消选中☑其它动态复选框，选中☑散布复选框，设置"散布"为"700%"，"数量"为"2"，"数量抖动"为"85%"，拖动鼠标在树梢处绘制树叶图案。

步骤8　选择"橡皮擦"工具，在属性栏中设置"硬角"画笔，"不透明度"为"100%"，在窗口中擦除多余的树叶部分，如图143-4所示。

图143-3　绘制树梢

图143-4　绘制树叶

第144例　火　焰　字

源文件：\源文件\第8章\火焰字.psd

知 识 要 点	制 作 要 领
★ 图层样式	★ 火焰的制作
★ "风"命令	★ "涂抹"工具的
★ "涂抹"工具	使用
★ "液化"命令	

 步骤讲解

步骤1 新建"火焰文字"文件，大小为12厘米×8厘米，分辨率为150。按【D】键复位前景色和背景色。按【Alt+Delete】键填充前景色。

步骤2 选择"文字"工具 T，在属性栏中按自己的喜好设置字体。在窗口中合适位置输入文本，自动生成文字图层。

步骤3 按【Shift+Ctrl+Alt+E】键盖印可见图层，并自动生成图层1。选择【图像】/【旋转画布】/【90度（逆时针）】命令，选择【滤镜】/【风格化】/【风】命令，在弹出的对话框中单击 确定 按钮。重复按【Ctrl+F】键3次。

步骤4 选择【图像】/【旋转画布】/【90度（顺时针）】命令，选择【滤镜】/【模糊】/【高斯模糊】命令，在弹出的对话框中设置"半径"为"4"像素，单击 确定 按钮，如图144-1所示。

步骤5 按【Ctrl+U】键，在弹出的对话框中选中 ☑着色(O) 复选框，设置参数为"40"、"100"和"0"，单击 确定 按钮。

步骤6 复制图层1。按【Ctrl+U】键，在弹出的对话框中设置"色相"为"-40"，单击 确定 按钮。设置"图层1副本"的图层模式为"颜色减淡"，如图144-2所示。

图144-1　应用滤镜后的效果　　　　　　　　图144-2　着色后的效果

步骤7 按【Ctrl+E】键向下合并图层，选择【滤镜】/【液化】命令，在弹出的对话框中设置参数为"30"、"50"和"80"，在窗口中进行涂抹后，完成后单击 确定 按钮，效果如图144-3所示。

步骤8 选择"涂抹"工具 ，在属性栏中设置"强度"为"60%"，在窗口中继续涂抹。

步骤9 复制图层1，设置图层混合模式为"线性减淡"，单击"图层"面板下方的"添加图层蒙版"按钮 ，选择"渐变"工具 ，单击属性栏中的"渐变色"选择框，在窗口内垂直拖动，在图层2中填充渐变色。

步骤10 复制文字图层，放至图层1的上方，双击它，选中 ☑渐变叠加 复选框，单击

确定 按钮，选择"图层1副本"。

步骤11 按【Shift+Ctrl+Alt+E】键盖印可见图层，自动生成图层2，选择【滤镜】/【模糊】/【高斯模糊】命令，在弹出的对话框中设置"半径"为"25"像素，单击 确定 按钮。

步骤12 设置图层2的图层混合模式为"线性减淡"，"不透明度"为"50%"，效果如图144-4所示。

图144-3 液化后的效果

图144-4 调整图层模式

第145例 积 雪 字

素 材：\素材\第8章\雪.jpg
源文件：\源文件\第8章\积雪字.psd

知 识 要 点	制 作 要 领
★ 图层样式	★ 积雪的制作
★ "创建图层"命令	★ 图层模式的处理
★ "扭曲"命令	
★ "画笔"工具	

步骤讲解

步骤1 打开素材文件"雪.jpg"，选择"文字"工具 **T**，设置前景色为"乳白色（R: 230,G:230,B:230）"，在属性栏中按自己的喜好设置字体。

步骤2 在窗口中合适位置输入文本"COLD"，自动生成文字图层，选择"图层"面板，双击文字图层，弹出"图层样式"对话框。

步骤3 选中 ☑斜面和浮雕 复选框，设置"大小"为"4"，"软化"为"8"，"角度"为"140"，"高度"为"40"；选中 ☑投影复选框，设置"距离"为"40"，"大小"为"15"；选中 ☑描边 复选框，设置"大小"为"1"，"描边颜色"为"黑色（R:0,G:0,B:0）"，"不透明度"为"30%"，单击 确定 按钮。

步骤4 选择【图层】/【图层样式】/【创建图层】命令，新建带图层样式的图层。选择"投影"图层，选择【编辑】/【变换】/【扭曲】命令，弹出"变换"调节框，拖动调节框角点，将投影变形，按【Enter】键确认变换，效果如图145-1所示。

步骤5 新建图层1，双击图层1弹出"图层样式"对话框，选中 ☑斜面和浮雕 复选框，设置"大小"为"4"，"软化"为"10"，"角度"为"140"，"高度"为"40"。

步骤6 选中 ☑内发光 复选框，设置混合模式为"正常"，"大小"为"3"，"颜色"为"黑色"，"范围"为"80%"，单击 确定 按钮。

步骤7 选择"画笔"工具 ✐，在属性栏中设置"尖角"画笔，在文字边缘拖动鼠标绘制局部积雪，如图145-2所示。

图145-1　图层样式效果

图145-2　制作积雪

第146例　塑　料　字

素　材：\素材\第8章\光影.jpg
源文件：\源文件\第8章\塑料字.psd

知识要点	制作要领
★ "描边"命令	★ 光照效果的处理
★ "光照效果"滤镜	
★ "高斯模糊"滤镜	
★ "收缩选区"命令	

步骤讲解

步骤1 打开素材文件"光影.jpg",选择"文字"工具**T**,设置前景色为"蓝色 (R:55,G:230,B:96)",单击图片左侧,输入"SHADOW"文本。

步骤2 选择【图层】/【图层样式】/【描边】命令,在弹出的"图层样式"对话框中设置描边大小为7,颜色为白色。

步骤3 选中☑**投影**复选框,设置"角度"为"120°","距离"和"大小"分别为"15"像素和"10"像素,单击 确定 按钮,如图146-1所示。

步骤4 按住【Ctrl】键的同时单击文字图层缩览图,载入文字所在的选区,选择【选择】/【修改】/【收缩】命令,在弹出的"收缩选区"对话框中设置"收缩量"为"5"像素,单击 确定 按钮,选区范围缩小。

步骤5 新建图层1,设置前景色为白色,按【Alt+Delete】键填充前景色,按【Ctrl+D】键取消选区。

步骤6 选择【滤镜】/【模糊】/【高斯模糊】命令,在弹出的"高斯模糊"对话框中设置"模糊半径"为"4"像素,单击 确定 按钮,如图146-2所示。

图146-1 添加图层样式   图146-2 收缩选区并填充白色

步骤7 按照步骤4的方法再次载入文字选区,新建通道Alpha1,按【Ctrl+Delete】键填充背景色。

步骤8 选择【滤镜】/【模糊】/【高斯模糊】命令,在弹出的对话框中设置"模糊半径"为"4"像素,单击 确定 按钮。

步骤9 按【Ctrl+F】键再应用一次"高斯模糊"滤镜,新建图层2,设置前景色为黑色,按【Alt+Delete】键填充前景色。按【Ctrl+D】键取消选区,设置图层2的混合模式为"明度"。

步骤10 选择【滤镜】/【渲染】/【光照效果】命令,在弹出的"光照效果"对话框中设置"光照类型"为"平行光",纹理通道为Alpha1,调整左边的光照调

整框，单击 确定 按钮后看到图像出现凹凸感，如图146-3所示。

步骤11 选择【图像】/【调整】/【阴影/高光】命令，在弹出的对话框中设置"阴影数量"为"54%"，单击 确定 按钮。观察发现文字图像显示了更多的细节。

步骤12 选择图层1，并将其混合模式设置为"深色"，如图146-4所示。

图146-3　设置光照效果　　　　　　图146-4　设置图层混合模式

第147例　线　框　字

素　材：\素材\第8章\猫.jpg
源文件：\源文件\第8章\线框字.psd

知识要点
★ "马赛克"滤镜
★ "查找边缘"滤镜
★ "渐变映射"命令
★ "色彩范围"命令

制作要领
★ "马赛克"滤镜的运用
★ 线框字的制作

 步骤讲解

步骤1 打开素材文件"猫.jpg"，新建图层，按【D】键复位前景色和背景色。按【Alt+Delete】键填充前景色。

步骤2 选择"横排文字蒙版"工具，在属性栏中设置"字体"为"华文琥珀"，"字号"为"150点"，输入"CAT"文本，按【Ctrl+Delete】键填充背景色。

步骤3 按【Ctrl+D】键取消选区，选择【滤镜】/【像素化】/【马赛克】命令，弹出"马赛克"对话框，设置"单元格大小"为"20"，单击 确定 按钮，如图147-1所示。

步骤4 选择【滤镜】/【风格化】/【查找边缘】命令，得到边缘效果，选择【图像】/【调整】/【色阶】命令，在弹出的"色阶"对话框中设置"输入色阶"分别为"213"、"1"、"255"，单击 确定 按钮，如图147-2所示。

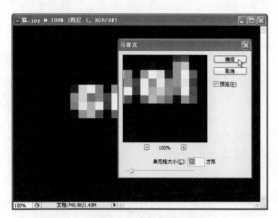
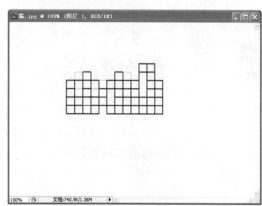

图147-1 使用滤镜　　　　　　　　图147-2 调整色阶后的效果

步骤5 设置前景色为"绿色（R:54,G:217,B:61）"，选择【图像】/【调整】/【渐变映射】命令，弹出"渐变映射"对话框，保持默认设置不变，单击 确定 按钮确认设置。

步骤6 选择【选择】/【色彩范围】命令，弹出"色彩范围"对话框，在图像中的任意空白位置单击取样，设置"颜色容差值"为"40"，单击 确定 按钮，效果如图147-3所示。

步骤7 按【Delete】键删除选区内的图像，按【Ctrl+D】键取消选区。选择"魔棒"工具，在属性栏中单击按钮，选择部分连续或不连续的选区并用前景色填充选区。

步骤8 选择"移动"工具，将文字拖动至背景的左下角位置处，使其效果如图147-4所示。

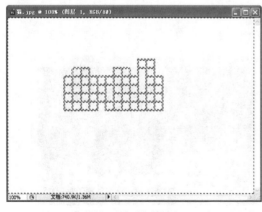

图147-3 填充颜色　　　　　　　　图147-4 最终效果

第148例 沙 滩 字

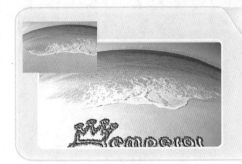

素　材：\素材\第8章\沙滩.jpg
源文件：\源文件\第8章\沙滩字.psd

知 识 要 点　　　　制 作 要 领
★ "扭曲"命令　　　★ 扭曲效果
★ "扩散"滤镜　　　★ 扩散效果
★ "光照"命令
★ "智能锐化"滤镜

 步骤讲解

步骤1 打开素材文件"沙滩.jpg"，复制生成"背景副本"图层。新建图层1，选择"自定形状"工具，选择"皇冠2"形状，拖动鼠标在当前图层中创建"皇冠2"形状，接着选择"直接选择"工具，在形状上单击鼠标右键，在弹出的快捷菜单中选择"建立选区"命令。

步骤2 设置前景色为黑色，按【Alt+Delete】键填充颜色，按【Ctrl+D】键取消选区，使用"文字"工具输入文本，选择图形和文字图层，按【Ctrl+E】键合并。

步骤3 选择【编辑】/【变换】/【扭曲】命令，弹出"变换"调节框，拖动调节框角点，将图像变形，按【Enter】键确认变换，效果如图148-1所示。

步骤4 按住【Ctrl】键的同时单击文字图层载入图案选区，新建通道Alpha 1，按【Alt+Delete】键填充前景色，按【Ctrl+D】键取消选区。

步骤5 选择【滤镜】/【风格化】/【扩散】命令，在弹出的对话框中设置模式为"正常"，单击 确定 按钮，按【Ctrl+F】键重复两次操作，如图148-2所示。

图148-1　扭曲效果

图148-2　扩散效果

步骤6 按住【Ctrl】键的同时，单击Alpha1通道载入图案选区，选择【选择】/【修改】/【收缩】命令，在弹出的对话框中设置参数为"2"，单击 确定 按钮。

步骤7 选择【滤镜】/【模糊】/【高斯模糊】命令，在弹出的对话框，设置参数为"4"，单击 确定 按钮，按【Ctrl+I】键反相，按【Ctrl+D】键取消选区，效果如图148-3所示。

步骤8 选择"图层"面板，单击图层1前面的"指示图层可见性"按钮，隐藏该图层，单击"背景副本"图层，选择【滤镜】/【渲染】/【光照效果】命令。

步骤9 在弹出的对话框中设置参数为"35"、"100"、"0"、"69"、"0"和"8"，"纹理通道"为"Alpha1"，"高度"为"100"，单击 确定 按钮。

步骤10 选择【滤镜】/【锐化】/【智能锐化】命令，在弹出的"智能锐化"对话框中设置"数量"为"40"%，"半径"为"2.0"像素，单击 确定 按钮，如图148-4所示。

图148-3 反相后的效果

图148-4 智能锐化后的效果

第149例 水晶字

素　材：\素材\第8章\蓝光.jpg
源文件：\源文件\第8章\水晶字.psd

知识要点
★ "动感模糊"滤镜
★ "查找边缘"滤镜
★ "色阶"命令
★ "渐变"工具

制作要领
★ 水晶字的制作

 **步骤讲解**

步骤1 打开素材文件"蓝光.jpg"，隐藏背景图层，选择"文字"工具T，输入文

本，设置自己喜欢的字体格式，这里将"字体"设置为"方正超粗黑简体"，"大小"为"70点"。

步骤2 在"图层"面板中用鼠标右键单击文字图层，在弹出的快捷菜单中选择"栅格化文字"命令。

步骤3 按住【Ctrl】键，单击文字图层，建立以文字区域为边缘的选区，选择【滤镜】/【模糊】/【动感模糊】命令，在弹出的"动感模糊"对话框中将"角度"设置为"45°"，"距离"为"45"像素，如图149-1所示。

步骤4 选择【滤镜】/【风格化】/【查找边缘】命令，接着按【Ctrl+I】键将图像反相。

步骤5 保持选择文字选区，将背景图层作为当前工作图层，并将其填充为白色。

步骤6 选择文字图层，按【Ctrl+L】键弹出"色阶"对话框，在对话框中将"输入色阶"分别设置为"0"、"1"、"210"，如图149-2所示。

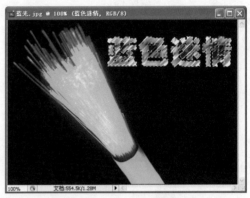

图149-1　动感模糊后的效果　　　　　　　　图149-2　调整色阶

步骤7 按【Ctrl+D】键取消选区，选择"画笔"工具🖌，在其属性栏中选择"星形放射-大"选项，将前景色设置为白色，在"七彩水晶"图层中的文字周围单击，为文字添加闪光效果，如图149-3所示。

步骤8 按住【Ctrl】键单击文字图层，选择"渐变"工具▭，选择"透明彩虹"渐变，在属性栏中单击"线性渐变"按钮▭，在"模式"列表框中选择"颜色"选项，将"透明度"设置为"80%"。

步骤9 选择【选择】/【载入选区】命令，在弹出的"载入选区"对话框的"通道"下拉列表框中选择"蓝色迷情透明"选项。

步骤10 在图像中从左至右水平拖动鼠标，使文字具有彩色的立体效果，按【Ctrl+D】键取消选区，效果如图149-4所示。

魔力测试
读者可根据本例的制作过程，选择一张以白色背景为主的图片，并另行输入文本并设置一种字体，制作出水晶字效果。注意：填充背景中文字部分的颜色时应填充黑色。

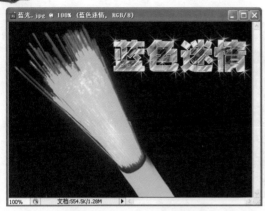

图149-3 添加闪光效果

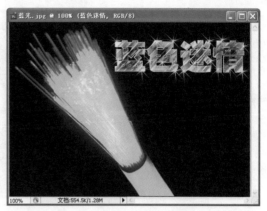

图149-4 彩虹渐变

第150例 浮雕字

素 材：\素材\第8章\地球.jpg
源文件：\源文件\第8章\浮雕字.psd

知识要点	制作要领
★Alpha通道	★浮雕字的制作
★ "高斯模糊"滤镜	
★ "应用图像"命令	

 步骤讲解

步骤1 打开素材图片"地球.jpg"，在"通道"面板下新建"Alpha 1"通道。

步骤2 选择"文字"工具**T**，在其属性栏中将字体设置为"方正大黑简体"，"90点"，并单击"字符"面板中的"仿粗体"按钮**T**和"仿斜体"按钮**T**，将字体加粗并倾斜，在图像中单击并输入"凹凸有致"，如图150-1所示。

步骤3 按【Ctrl+D】键取消选区，将"Alpha 1"通道拖动至"通道"面板下方的 按钮上，复制"Alpha 1副本"通道。

步骤4 选择【滤镜】/【模糊】/【高斯模糊】命令，在弹出的对话框中设置"直径"为"3"，选择【滤镜】/【风格化】/【浮雕效果】命令，在弹出的对话框中设置"高度"为"5"像素，"数量"为"100%"，如图150-2所示。

图150-1　输入文本

图150-2　"浮雕效果"对话框

步骤5 单击RGB通道，选择【图像】/【应用图像】命令，在弹出的"应用图像"
对话框中按照如图150-3所示进行设置，单击 [　确定　] 按钮，效果如图150-4
所示。

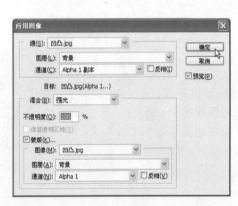

图150-3　"应用图像"对话框

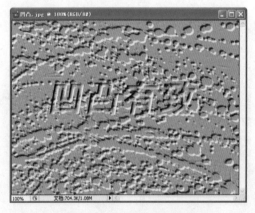

图150-4　智能锐化后的效果

第151例　霓虹灯字

素　材：\素材\第8章\砖墙.jpg
源文件：\源文件\第8章\霓虹灯字.psd

知识要点

★ "曲线"命令
★ 描边路径
★ "色相/饱和度"
命令

制作要领

★ 霓虹灯字的制作

步骤1 打开素材文件"砖墙.jpg"。复制生成"背景副本"图层,选择"文字"工具 I,在属性栏中按自己的喜好设置字体,这里输入"public house"。

步骤2 在窗口中合适位置输入文本,自动生成文字图层,选择【图层】/【栅格化】/【文字】命令,选择【滤镜】/【模糊】/【高斯模糊】命令,在弹出的对话框中设置"半径"为"2"像素,单击 确定 按钮,如图151-1所示。

步骤3 双击文字图层,在弹出的对话框中选中☑外发光复选框,"不透明度"为"65%",设置"大小"为"15","颜色"为"绿色(R:0,G:175,B:31)",设置"等高线"为"半圆图形"。

步骤4 选中☑内发光复选框,然后设置混合模式为"正常","颜色"为"浅绿色(R:0,G:237,B:159)","大小"为"10",单击 确定 按钮,按住【Ctrl】键的同时单击文字图层载入文字选区,如图151-2所示。

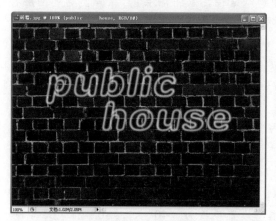

图151-1 生成文字图层   图151-2 设置混合模式

步骤5 选择【选择】/【修改】/【扩展】命令,设置"扩展量"为"50",单击 确定 按钮。按【Ctrl+Alt+D】键,在弹出的对话框中设置"半径"为"25",单击 确定 按钮,新建"背景副本"图层。

步骤6 按【Ctrl+M】键,在弹出的对话框中设置输出输入值为"157,43",单击 确定 按钮,选择【图像】/【调整】/【色相】/【饱和度】命令,选中☑着色(O)复选框,设置参数为"120"、"80"和"0",单击 确定 按钮,如图151-3所示。

步骤7 按【Ctrl+D】键取消选区,新建图层1,选择"钢笔"工具 ,绘制边框路径,按【Ctrl+Enter】键将路径转换为选区,按【Ctrl+Alt+D】键,在弹出的"羽化选区"对话框中设置"半径"为"5",单击 确定 按钮。

步骤8 设置画笔为“交叉排线2”，选择“钢笔”工具，在“路径”面板中单击按钮，在路径中单击鼠标右键，在弹出的快捷菜单中选择“描边路径”命令。在弹出的对话框中选择“画笔”选项，单击确定按钮，如图151-4所示。

图151-3 着色

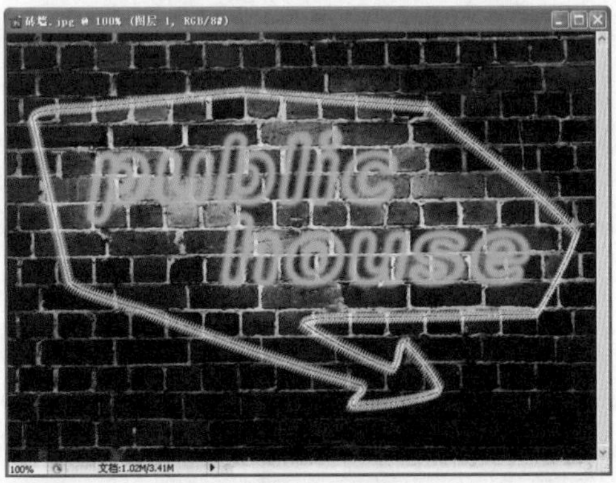

图151-4 描边路径

步骤9 使用“直接选择”工具删除钢笔路径，双击图层1，在弹出的“图层样式”对话框中选中☑外发光复选框，设置“不透明度”为“65%”，“大小”为“15”，“颜色”为“黄色（R:169,G:169,B:0）”，设置“等高线”为“半圆图形”。选中☑内发光复选框，设置混合模式为“正常”，“颜色”为“浅黄色（R:255,G:255,B:0）”，“大小”为“10”，单击确定按钮，效果如图151-5所示。

步骤10 按住【Ctrl】键的同时，单击边框图层载入选区，选择【选择】/【修改】/【扩展】命令，设置“扩展量”为“30”，单击确定按钮。按【Ctrl+Alt+D】键，设置“半径”为“15”，单击确定按钮。

步骤11 按【Ctrl+M】键，设置同步骤6，再选择【图像】/【调整】/【色相/饱和度】命令，选中☑着色(O)复选框，设置参数为“40”、“80”和“0”，单击确定按钮，按【Ctrl+D】键取消选区，效果如图151-6所示。

图151-5 设置图层样式后的效果

图151-6 最终效果

第152例　盘旋文字

源文件：\源文件\第8章\盘旋文字.psd

知识要点	制作要领
★ "极坐标"命令	★ 输入文本
★ "风"命令	★ 添加滤镜效果
★ "色彩平衡"命令	★ 调节色彩平衡

步骤讲解

步骤1　新建一个大小为"500×400"像素、分辨率为"200"像素/英寸的文件，按【D】键复位前景色和背景色，按【X】键切换前景色为白色。

步骤2　选择"文字"工具 **T**，设置"字体"为"Hobo Std"，"字号"为"20"，消除锯齿的方法为"锐利"，将鼠标光标移动到窗口中，输入文本"Photoshop"。

步骤3　选择"图层"面板，在文字图层后的空白处单击鼠标右键，在弹出的快捷菜单中选择"栅格化文字"命令。

步骤4　选择【滤镜】/【扭曲】/【极坐标】命令，在弹出的对话框中选中 ⊙极坐标到平面坐标(P) 单选按钮，单击 确定 按钮，如图152-1所示。

步骤5　选择【滤镜】/【风格化】/【风】命令，在弹出的对话框中选中⊙风(W)单选按钮，选中⊙从右(R)单选按钮，单击 确定 按钮，如图152-2所示。

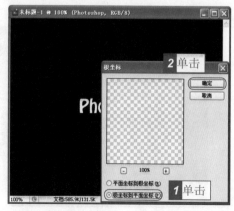

图152-1　设置"极坐标"效果

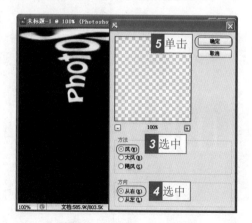

图152-2　设置"风"效果

步骤6 按两次【Ctrl+F】键重复该操作，选择【滤镜】/【扭曲】/【极坐标】命令，在弹出的对话框中选中 ⊙ 平面坐标到极坐标(R) 单选按钮，如图152-3所示。

步骤7 按【Shift+Ctrl+Alt+E】键盖印可见图层，选择【图像】/【调整】/【色彩平衡】命令，在弹出对话框中设置值为"+100、-100、0"，如图152-4所示。

图152-3 设置"极坐标"效果　　　　　图152-4 设置"色彩平衡"效果

 过关练习

（1）打开"练习1.jpg"图像文件（光盘:\素材\第8章\练习1.jpg），在其中输入文本"mwgro"，为文本添加投影等效果（光盘:\源文件\第8章\练习1.psd），如图"练习1"所示。

（2）打开"碎石.jpg"图像文件（光盘:\素材\第8章\碎石.jpg），在其中输入文本"石破惊天"，为文本添加浮雕效果（光盘:\源文件\第8章\练习2.psd），如图"练习2"所示。

练习1　　　　　　　　　　　　　　练习2

第9章

为照片添加边框

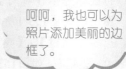

呵呵，我也可以为照片添加美丽的边框了。

小魔女：魔法师，来帮我把这幅画挂起来。

魔法师：好的。这幅画装裱得不错啊，你看这些边框制作得好细致哦。

小魔女：呵呵，这些可是我亲自设计的哦，不过要是可以为数码照片也添加边框就好了。

魔法师：呵呵，当然可以啊，为数码照片添加边框的制作还比较简单哦！

小魔女：是吗？那快教我吧，我要把自己的照片都添加上可爱的边框。

第*153*例　制作模糊边框

素　材：\素材\第9章\边框.jpg
源文件：\源文件\第9章\边框模糊.psd

知 识 要 点	制 作 要 领
★ "矩形选框"工具	★ 设置羽化效果
★ "高斯模糊"命令	★ 设置模糊效果

步骤讲解

步骤1　选择【文件】/【打开】命令，打开素材文件"边框.jpg"，在工具箱中选择
　　　　"矩形选框"工具▣，设置其"羽化"值为"10"。

步骤2　将鼠标光标移动到窗口中，框选照片的主体部分，按【Shift+Ctrl+I】键反选
　　　　图像，如图153-1所示。

步骤3　选择【滤镜】/【模糊】/【高斯模糊】命令，在弹出对话框中设置"半径"
　　　　为"2.4"，如图153-2所示。

图153-1　创建选区　　　　　　　　　　图153-2　设置模糊

步骤4　单击 确定 按钮，即可完成模糊边框的制作。

一学就会魔法书

第154例　制作玻璃边框

素　材：\素材\第9章\鱼.jpg
源文件：\源文件\第9章\玻璃边框.psd

知 识 要 点
★ "矩形选框"工具
★ "玻璃"命令

制 作 要 领
★ 反选图像
★ 设置玻璃属性

 步 骤 讲 解

步骤1 选择【文件】/【打开】命令，打开素材文件"鱼.jpg"，在工具箱中选择"矩形选框"工具 ，设置其"羽化"值为"0"。

步骤2 将鼠标光标移动到窗口中，框选照片大部分区域，并按【Shift+Ctrl+I】键反选图像。

步骤3 选择【滤镜】/【扭曲】/玻璃】命令，在弹出对话框中设置"扭曲度"为"4"，"平滑度"为"2"，"缩放"值为"113"，如图154-1所示。

图154-1　设置玻璃效果

步骤4 单击 确定 按钮，即可完成玻璃边框的制作。

第155例 制作花边边框

素 材：\素材\第9章\花边.jpg
源文件：\源文件\第9章\花边.psd

知 识 要 点	制 作 要 领
★ "喷色描边"命令	★ 设置喷色
★ "碎片"命令	★ 锐化图像
★ "锐化"命令	★ 描边图像

步骤讲解

步骤1 选择【文件】/【打开】命令，打开素材文件"花边.jpg"，在工具箱中选择"矩形选框"工具 ，将鼠标光标移动到窗口中，绘制一个比图像稍小的矩形选框。

步骤2 按【Shift+Ctrl+I】键反选图像，按【Q】键进入快速蒙版状态，选择【滤镜】/【画笔描边】/【喷色描边】命令，在弹出对话框中设置"描边长度"为"13"，"喷色半径"为"10"，如图155-1所示。

步骤3 选择【滤镜】/【像素化】/【碎片】命令，执行【滤镜】/【锐化】/【锐化】命令，并连续按5次【Ctrl+F】键重复该操作，如图155-2所示。

图155-1 设置喷色描边   图155-2 锐化

步骤4 按【Q】键退出快速蒙版状态，接着按【Delete】键删除选区，然后按【Ctrl+J】键复制图层。

步骤5 选择【编辑】/【描边】命令，在弹出对话框中设置"宽度"为"1"，"颜色"为"绿色（R:6,G:216,B:139）"，如图155-3所示。

步骤6 单击 确定 按钮返回到窗口中即可查看边框效果，如图155-4所示。

图155-3 设置描边　　　　　　　　图155-4 最终效果

第156例　制作毛玻璃边框

素　材：\素材\第9章\毛玻璃.jpg
源文件：\源文件\第9章\毛玻璃.psd

知 识 要 点	制 作 要 领
★ "海绵"命令	★ 编辑图像
★ "底纹效果"命令	★ 使用滤镜
★ "水彩画纸"命令	

 步 骤 讲 解

步骤1 选择【文件】/【打开】命令，打开素材文件"毛玻璃.jpg"，按【Ctrl+J】键复制一个图层，在工具箱中选择"矩形选框"工具，将鼠标光标移动到窗口中，在人物上绘制一个长方形选区，并按【Delete】键删除选区中的图像。

步骤2 按【Ctrl+D】键取消选区，选择【滤镜】/【艺术效果】/【海绵】命令，在弹出的对话框中设置"画笔大小"为"3"，"清晰度"为"12"，"平滑度"为"5"，如图156-1所示。

步骤3 选择【滤镜】/【艺术效果】/【底纹效果】命令，在弹出的对话框中按如图156-2所示进行设置，并单击 确定 按钮。

图156-1　设置海绵效果

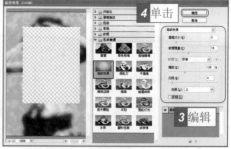

图156-2　设置底纹效果

步骤4　选择【滤镜】/【素描】/【水彩画纸】命令，在弹出对话框中依次设置其值为"20"、"60"、"80"，如图156-3所示。

步骤5　选择【滤镜】/【像素化】/【碎片】命令，并连续按5次【Ctrl+F】键重复该操作，最终效果如图156-4所示。

图156-3　设置水彩画纸效果

图156-4　最终效果

第157例　制作蜡笔边框

素　材：\素材\第9章\蜡笔.jpg
源文件：\源文件\第9章\蜡笔.psd

知 识 要 点	制 作 要 领
★ 绘制选区	★ 杂色的设置
★ 设置图层样式	

 步骤讲解

步骤1 选择【文件】/【打开】命令，打开素材文件"蜡笔.jpg"，在工具箱中选择"矩形选框"工具，将鼠标光标移动到窗口中，在人物上绘制一个选区，按【Ctrl+J】键复制一个图层。

步骤2 双击新建的图层，弹出"图层样式"对话框，在该对话框中按如图157-1所示进行设置。

步骤3 单击 确定 按钮返回到操作界面中，即可查看照片的最终效果，如图157-2所示。

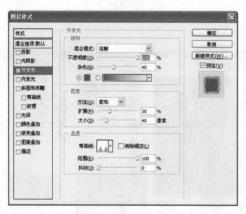

图157-1　设置图层样式

图157-2　最终效果

第158例　制作毛茸茸边框

素　材：\素材\第9章\毛茸茸.jpg
源文件：\源文件\第9章\毛茸茸.psd

知 识 要 点	制 作 要 领
★ "动感模糊"命令	★ 矩形边框的大小
★ "喷溅"命令	★ 使用滤镜

 步骤讲解

步骤1 选择【文件】/【打开】命令，打开素材文件"毛茸茸.jpg"，在工具箱中选择"矩形选框"工具 ，将鼠标光标移动到窗口中，绘制一个比图像稍小的矩形选框。

步骤2 按【Shift+Ctrl+I】键反选图像，按【Q】键进入快速蒙版状态，选择【滤镜】/【模糊】/【动感模糊】命令，在弹出对话框中设置"角度"为"50"，"半径"为"35"，如图158-1所示。

步骤3 选择【滤镜】/【画笔描边】/【喷溅】命令，在弹出对话框中设置"喷色半径"为"13"，"平滑度"为"6"，如图158-2所示。

图158-1　设置动感模糊

图158-2　设置喷溅效果

步骤4 按【Q】键退出快速蒙版状态，按【Delete】键删除选区，如图158-3所示。

图158-3　最终效果

嗯，这些边框真好看，要是打印出来，一定很漂亮。

第159例 制作融化边框

素　材：\素材\第9章\融化.jpg
源文件：\源文件\第9章\融化.psd

知识要点
★ "海洋波纹"命令
★ "碎片"命令
★ "水彩"命令

制作要领
★ 创建编辑区
★ 使用滤镜

步骤讲解

步骤1 选择【文件】/【打开】命令，打开素材文件"融化.jpg"，在工具箱中选择"矩形选框"工具，将鼠标光标移动到窗口中，绘制一个比图像稍小的矩形选框。

步骤2 按【Shift+Ctrl+I】键反选图像，按【Q】键进入快速蒙版状态，选择【滤镜】/【扭曲】/【海洋波纹】命令，在弹出对话框中设置"波纹大小"为"8"，"波纹幅度"为"12"，如图159-1所示。

步骤3 选择【滤镜】/【像素化】/【碎片】命令，并连续按5次【Ctrl+F】键重复该操作，效果如图159-2所示。

图159-1 设置波纹效果

图159-2 设置碎片效果

步骤4 选择【滤镜】/【艺术效果】/【水彩】命令，在弹出对话框中保持默认设置不变，如图159-3所示。

步骤5 单击 确定 按钮，返回到窗口中即可查看照片的最终效果，如图159-4所示。

图159-3　设置水彩效果　　　　　　　　　　　图159-4　最终效果

第160例　制作锯齿边框

素　材：\素材\第9章\锯齿.jpg
源文件：\源文件\第9章\锯齿.psd

知 识 要 点	制 作 要 领
★ "半调图案"命令	★ 编辑选区
★ "水彩画纸"命令	★ 使用滤镜
★ "锐化"命令	

步骤讲解

步骤1 选择【文件】/【打开】命令，打开素材文件"锯齿.jpg"，在工具箱中选择"矩形选框"工具，将鼠标光标移动到窗口中，绘制一个比图像稍小的矩形选框。

步骤2 按【Shift+Ctrl+I】键反选图像，按【Q】键进入快速蒙版状态，选择【滤镜】/【素描】/【半调图案】命令，在弹出对话框中设置"大小"为"1"，"对比度"为"5"，如图160-1所示。

步骤3 选择【滤镜】/【素描】/【水彩画纸】命令，在弹出对话框中设置"纤维长度"为"15"，"亮度"为"45"，"对比度"为"99"，如图160-2所示。

图160-1　设置半调图案

图160-2　设置水彩画纸

步骤4　选择【滤镜】/【锐化】/【锐化】命令，并连续按5次【Ctrl+F】键重复该操作，按【Q】键退出快速蒙版状态，按【Delete】键删除选区，最终效果如图160-3所示。

图160-3　最终效果

魔力测试

打开素材照片"锯齿1"，使用和第160例相同的方法为该照片添加锯齿边框，在设置滤镜参数时，应根据照片的具体情况进行调节。

第*161*例　制作碎片边框

素　材：\素材\第9章\碎片.jpg
源文件：\源文件\第9章\碎片.psd

知 识 要 点	制 作 要 领
★ "碎片"命令	★ 创建编辑区
★ "晶格化"命令	★ 添加滤镜效果
★ "铬黄"命令	

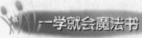

 步骤讲解

步骤1 选择【文件】/【打开】命令，打开素材文件"碎片.jpg"，在工具箱中选择"矩形选框"工具 ，将鼠标光标移动到窗口中，绘制一个比图像稍小的矩形选框。

步骤2 按【Shift+Ctrl+I】键反选图像，按【Q】键进入快速蒙版状态，选择【滤镜】/【像素化】/【碎片】命令，如图161-1所示。

步骤3 选择【滤镜】/【像素化】/【晶格化】命令，在弹出对话框中设置"单元格大小"为"15"，单击 确定 按钮，如图161-2所示。

图161-1 设置碎片效果

图161-2 设置晶格化效果

步骤4 选择【滤镜】/【素描】/【铬黄】命令，在弹出对话框中设置"细节"为"7"，"平滑度"为"1"，单击 确定 按钮，如图161-3所示。

步骤5 按【Q】键退出快速蒙版状态，按【Delete】键删除选区，最终效果如图161-4所示。

图161-3 设置铬黄效果

图161-4 最终效果

第162例 制作花纹边框

素　材：\素材\第9章\花纹.jpg
源文件：\源文件\第9章\花纹.psd

知识要点
★ "晶格化"命令
★ "马赛克"命令
★ "锐化"命令

制作要领
★ 创建编辑区
★ 添加滤镜效果
★ 重复滤镜效果

步骤讲解

步骤1 选择【文件】/【打开】命令，打开素材文件"花纹.jpg"，在工具箱中选择"矩形选框"工具，将鼠标光标移动到窗口中，绘制一个比图像稍小的矩形选框。

步骤2 按【Shift+Ctrl+I】键反选图像，按【Q】键进入快速蒙版状态，选择【滤镜】/【像素化】/【晶格化】命令，在弹出对话框中设置"单元格大小"为"15"，单击 确定 按钮，如图162-1所示。

步骤3 选择【滤镜】/【像素化】/【马赛克】命令，在弹出对话框中设置"单元格大小"为"15"，单击 确定 按钮，如图162-2所示。

图162-1 设置晶格化效果

图162-2 设置马赛克效果

步骤4 选择【滤镜】/【锐化】/【锐化】命令，并连续按5次【Ctrl+F】键重复该操作，如图162-3所示。

步骤5 按【Q】键退出快速蒙版状态，按【Delete】键删除选区，最终效果如图162-4所示。

图162-3　重复操作

图162-4　最终效果

第163例　制作磨边边框

> 素　材：\素材\第9章\磨边.jpg
> 源文件：\源文件\第9章\磨边.psd

知识要点	制作要领
★ "底纹效果"命令	★ 创建编辑区
★ "干画笔"命令	★ 添加滤镜效果
	★ 删除选区

步骤讲解

步骤1 选择【文件】/【打开】命令，打开素材文件"磨边.jpg"，按【Ctrl+J】键复制图层，并为背景图层填充"黑色"，选择图层1，在工具箱中选择"矩形选框"工具，将鼠标光标移动到窗口中，绘制一个比图像稍小的矩形选框，如图163-1所示。

步骤2 按【Shift+Ctrl+I】键反选图像，按【Q】键进入快速蒙版状态，选择【滤镜】/【艺术效果】/【底纹效果】命令，在弹出的对话框中按如图163-2所示进行设置。

图163-1　设置晶格化效果

图163-2　设置马赛克效果

步骤3　选择【滤镜】/【艺术效果】/【干画笔】命令，在弹出对话框中设置值为
"4，2，2"，如图163-3所示。

步骤4　单击 确定 按钮，按【Q】键退出快速蒙版状态，按【Delete】键删除选
区，最终效果如图163-4所示。

图163-3　设置干笔画效果

图163-4　最终效果

第164例　制作圆点边框

素　材：\素材\第9章\圆点.jpg
源文件：\源文件\第9章\圆点.psd

知 识 要 点	制 作 要 领
★ "彩色半调"命令	★ 创建编辑区
	★ 添加滤镜效果
	★ 删除选区

 步骤讲解

步骤1 选择【文件】/【打开】命令，打开素材文件"圆点.jpg"，按【Ctrl+J】键复制图层，并将背景图层填充为"黑色"。选择图层1，在工具箱中选择"矩形选框"工具，将鼠标光标移动到窗口中，绘制一个比图像稍小的矩形选框。

步骤2 按【Shift+Ctrl+I】键反选选区，按【Q】键进入快速蒙版状态，选择【滤镜】/【像素化】/【彩色半调】命令，在弹出的对话框中按如图164-1所示进行设置。

步骤3 单击 确定 按钮，按【Q】键退出快速蒙版状态，按【Delete】键删除选区，最终效果如图164-2所示。

图164-1　设置彩色半调效果　　　　　　　　图164-2　最终效果

第165例　制作复古边框

素　材：\素材\第9章\复古.jpg
源文件：\源文件\第9章\复古.psd

知 识 要 点	制 作 要 领
★ "碎片"命令	★ 创建编辑区
★ "强化的边缘"命令	★ 添加滤镜效果
★ "锐化"命令	★ 删除选区

步骤1 选择【文件】/【打开】命令，打开素材文件"复古.jpg"，在工具箱中选择"矩形选框"工具，将鼠标光标移动到窗口中，绘制一个比图像稍小的矩形选框。

步骤2 按【Shift+Ctrl+I】键反选选区，按【Q】键进入快速蒙版状态，选择【滤镜】/【像素化】/【碎片】命令，并按【Ctrl+F】键重复1次该操作，如图165-1所示。

步骤3 选择【滤镜】/【画笔描边】/【强化的边缘】命令，在弹出对话框中设置值为"1，50，15"，单击 确定 按钮，如图165-2所示。

图165-1 设置碎片效果

图165-2 设置强化的边缘效果

步骤4 选择【滤镜】/【锐化】/【锐化】命令，并连续按5次【Ctrl+F】键重复该操作，效果如图165-3所示。

步骤5 按【Q】键退出快速蒙版状态，按【Delete】键删除选区，最终效果如图165-4所示。

图165-3 锐化图像

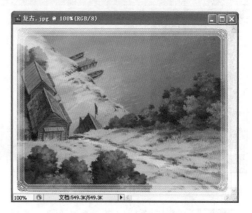

图165-4 最终效果

第166例　制作方形边框

素　材：\素材\第9章\方形.jpg
源文件：\源文件\第9章\方框.psd

知 识 要 点	制 作 要 领
☆ "壁画" 命令	☆ 创建编辑区
☆ "碎片" 命令	☆ 添加滤镜效果
☆ "锐化" 命令	☆ 删除选区

步骤讲解

步骤1　选择【文件】/【打开】命令，打开素材文件"锯齿.jpg"，在工具箱中选择"矩形选框"工具，将鼠标光标移动到窗口中，绘制一个比图像稍小的矩形选框。

步骤2　按【Shift+Ctrl+I】键反选图像，按【Q】键进入快速蒙版状态，选择【滤镜】/【艺术效果】/【壁画】命令，在弹出对话框中设置"画笔大小"为"0"，"画笔细节"为"0"，"纹理"为"3"，单击 确定 按钮，如图166-1所示。

步骤3　选择【滤镜】/【像素化】/【碎片】命令，可见选区中的纹理变得更加清晰，效果如图166-2所示。

图166-1　设置壁画效果

图166-2　添加碎片效果

步骤4　选择【滤镜】/【锐化】/【锐化】命令，并连续按5次【Ctrl+F】键重复该操作，如图166-3所示。

一学就会魔法书

步骤5 按【Q】键退出快速蒙版状态，按【Delete】键删除选区，最终效果如
图166-4所示。

图166-3 锐化图像　　　　　　　　　图166-4 最终效果

第167例　制作碎格边框

素　材：\素材\第9章\碎格.jpg
源文件：\源文件\第9章\碎格.psd

知识要点
★ "径向模糊"命令
★ "渐隐径向模糊"
　　命令
★ "锐化"命令

制作要领
★ 创建编辑区
★ 添加滤镜效果
★ 删除选区

 **步骤讲解**

步骤1 选择【文件】/【打开】命令，打开素材文件"碎格.jpg"，按【Ctrl+J】键
复制图层，并为背景图层填充"黑色"。选择图层1，在工具箱中选择"矩形选
框"工具，将鼠标光标移动到窗口中，绘制一个比图像稍小的矩形选框。

步骤2 按【Shift+Ctrl+I】键反选图像，按【Q】键进入快速蒙版状态，选择
【滤镜】/【模糊】/【径向模糊】命令，在弹出对话框中设置"数量"为
"15"，并选中单选按钮，单击 确定 按钮，如图167-1所示。

步骤3 选择【编辑】/【渐隐径向模糊】命令，在弹出对话框中设置"不透明度"

为 "50" %，单击 确定 按钮，如图167-2所示。

图167-1　设置径向模糊　　　　　　　　图167-2　渐隐径向模糊

步骤4 选择【滤镜】/【锐化】/【锐化】命令，并连续按5次【Ctrl+F】键重复该操作，如图167-3所示。

步骤5 单击 确定 按钮，按【Q】键退出快速蒙版状态，按【Delete】键删除选区，最终效果如图167-4所示。

图167-3　设置锐化　　　　　　　　　　图167-4　最终效果

哦，看了上述例子以后，我也能制作出许多效果各异的边框了。

呵呵，在为照片添加边框的过程中，其实用户可以自定义为选区添加一些滤镜效果，得到偶然的特殊效果。

第168例 制作几形边框

素　材：\素材\第9章\几形.jpg
源文件：\源文件\第9章\几形.psd

知识要点	制作要领
★ "彩色半调"命令	★ 创建编辑区
★ "铬黄"命令	★ 添加滤镜效果
★ "锐化"命令	★ 删除选区

 步骤讲解

步骤1 选择【文件】/【打开】命令，打开素材文件"几形.jpg"，按【Ctrl+J】键复制图层，并为背景图层填充"黑色"。选择图层1，在工具箱中选择"矩形选框"工具 ⬚，将鼠标光标移动到窗口中，绘制一个比图像稍小的矩形选框。

步骤2 按【Shift+Ctrl+I】键反选图像，按【Q】键进入快速蒙版状态，选择【滤镜】/【像素化】/【彩色半调】命令，在弹出对话框中设置"最大半径"为"15"，其他值为"1"，单击 确定 按钮，如图168-1所示。

步骤3 选择【滤镜】/【素描】/【铬黄】命令，在弹出对话框中设置"细节"为"10"，"平滑度"为"0"，单击 确定 按钮，如图168-2所示。

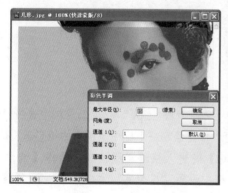

图168-1 设置彩色半调

图168-2 设置铬黄效果

步骤4 选择【滤镜】/【锐化】/【锐化】命令，并连续按5次【Ctrl+F】键重复该操作，效果如图168-3所示。

步骤5 单击 ▭确定▭ 按钮，按【Q】键退出快速蒙版状态，按【Delete】键删除选
区，最终效果如图168-4所示。

图168-3 锐化图像

图168-4 最终效果

第169例 制作蕾丝边框

素　材：\素材\第9章\蕾丝.jpg
源文件：\源文件\第9章\蕾丝.psd

知 识 要 点
★ "玻璃"命令
★ "碎片"命令
★ "描边"命令

制 作 要 领
★ 创建编辑区
★ 添加滤镜效果
★ 描边图像

步骤讲解

步骤1 选择【文件】/【打开】命令，打开素材文件"蕾丝.jpg"，在工具箱中选择"矩
形选框"工具 ▭，将鼠标光标移动到窗口中，绘制一个比图像稍小的矩形选框。

步骤2 按【Shift+Ctrl+I】键反选图像，按【Q】键进入快速蒙版状态，选择【滤镜】/
【扭曲】/【玻璃】命令，在弹出对话框中设置"扭曲度"为"6"，"平滑度"
为"8"，"纹理"选择"块状"，单击 ▭确定▭ 按钮，如图169-1所示。

步骤3 选择【滤镜】/【像素化】/【碎片】命令，然后选择【滤镜】/【锐化】/
【锐化】命令，并连续按5次【Ctrl+F】键重复该操作，如图169-2所示。

魔法书

图169-1 设置玻璃效果

图169-2 锐化图像

步骤4 单击 确定 按钮，按【Q】键退出快速蒙版状态，按【Delete】键删除选区，如图169-3所示。

步骤5 选择【编辑】/【描边】命令，在弹出对话框中设置"描边"为"1"、"居中"，"描边颜色"为"白色"。

步骤6 选择【编辑】/【描边】命令，在弹出对话框中设置"描边"为"1"、"居外"，"描边颜色"为"蓝色"，如图169-4所示。

图169-3 删除图像

图169-4 描边图像

在制作边框的时候，为什么有时需要在图层下方添加一个黑体图层呢？

呵呵，那是因为在添加边框的过程中，有些边框效果比较淡，为了使边框效果更加明显，就必须为其添加黑色底纹。

第170例 碎线马赛克边框

素　材：\素材\第9章\碎线马赛克.jpg
源文件：\源文件\第9章\碎线马赛克.psd

知 识 要 点	制 作 要 领
★ "底纹效果"命令	★ 创建编辑区
★ "干画笔"命令	★ 添加滤镜效果
★ "马赛克"命令	★ 删除选区

 步骤讲解

步骤1 选择【文件】/【打开】命令，打开素材文件"碎线马赛克.jpg"，在工具箱中选择"矩形选框"工具，将鼠标光标移动到窗口中，绘制一个比图像稍小的矩形选框。

步骤2 按【Shift+Ctrl+I】键反选图像，按【Q】键进入快速蒙版状态，选择【滤镜】/【艺术效果】/【底纹效果】命令，在弹出对话框中按如图170-1所示进行设置，单击 确定 按钮。

步骤3 选择【滤镜】/【艺术效果】/【干画笔】命令，在弹出对话框中按如图170-2所示进行设置。

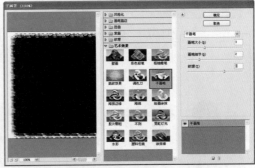

图170-1 设置底纹效果　　　　　　图170-2 设置干画笔效果

步骤4 选择【滤镜】/【像素画】/【马赛克】命令，在弹出对话框中设置"单元格大小"为"12"，单击 确定 按钮，如图170-3所示。

一学就会魔法书

步骤5 选择【滤镜】/【像素化】/【碎片】命令，并选择【滤镜】/【锐化】/【锐化】命令，连续按5次【Ctrl+F】键重复该操作，按【Q】键退出快速蒙版状态，按【Delete】键删除选区，最终效果如图170-4所示。

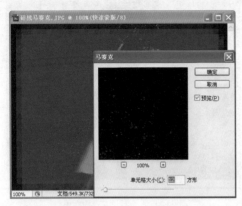

图170-3　设置马赛克效果

图170-4　最终效果

第171例　制作磨砂玻璃边框

素　材：\素材\第9章\玻璃方框.jpg
源文件：\源文件\第9章\玻璃方框.psd

知识要点
★"填充"命令
★"碎片"命令
★"扩散亮光"命令

制作要领
★添加颜色
★添加滤镜效果

步骤讲解

步骤1 选择【文件】/【打开】命令，打开素材文件"玻璃方框.jpg"，在工具箱中选择"矩形选框"工具，接着将鼠标光标移动到窗口中，绘制一个比图像稍小的矩形选框。

步骤2 按【Shift+Ctrl+I】键反选图像，将前景色设置为"深灰色（R:62,G:62,B:62）"，选择【编辑】/【填充】命令，在弹出对话框中设置"不透明度"为"85"%，单击 确定 按钮，如图171-1所示。

步骤3 选择【滤镜】/【像素化】/【碎片】命令，并按4次【Ctrl+F】键重复该操作，如图171-2所示。

图171-1 填充颜色　　　　　　　　　　图171-2 添加碎片效果

步骤4 选择【滤镜】/【锐化】/【锐化】命令，并按4次【Ctrl+F】键重复该操作，选择【滤镜】/【扭曲】/【扩散亮光】命令，在弹出对话框中设置"粒度"为"5"，"发光量"为"6"，"清除数量"为"19"，如图171-3所示。

步骤5 单击 确定 按钮返回到编辑窗口中，按【Ctrl+D】键取消选区，效果如图171-4所示。

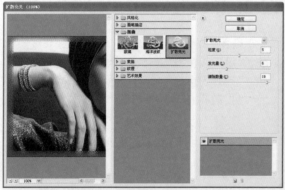

图171-3 添加扩散亮光效果　　　　　　图171-4 最终效果

魔法档案
　　当用户在图片文件中使用滤镜后，系统将自动为其添加快捷方式【Ctrl+F】，按该键即可再次执行该滤镜。

魔力测试
　　打开素材文件中的"玻璃方框1.jpg"照片，然后为该照片添加一个玻璃方框。

第172例 制作羊皮纸边框

素 材：\素材\第9章\羊皮纸.jpg
源文件：\源文件\第9章\羊皮纸.psd

知识要点	制作要领
★ "喷溅"命令	★ 创建编辑区
★ "描边"命令	★ 添加滤镜效果
★ 设置图层样式	★ 设置内发光

 步骤讲解

步骤1 选择【文件】/【打开】命令，打开素材文件"羊皮纸.jpg"，在工具箱中选择"矩形选框"工具 ，将鼠标光标移动到窗口中，绘制一个比图像稍小的矩形选框。

步骤2 按【Shift+Ctrl+I】键反选图像，按【Q】键进入快速蒙版状态，选择【滤镜】/【画笔描边】/【喷溅】命令，在弹出对话框中设置"喷色半径"为"18"，"平滑度"为"7"，单击 确定 按钮，如图172-1所示。

步骤3 选择【编辑】/【描边】命令，在弹出对话框中设置"描边"为"1px"、"居外"，"描边颜色"为"黑色"，单击 确定 按钮，如图172-2所示。

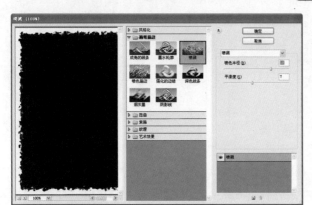

图172-1 设置喷溅效果

图172-2 描边对象

步骤4 按【Q】键退出快速蒙版状态，按【Delete】键删除选区，并按【Shift+Ctrl+I】键反选图像，按【Ctrl+J】键复制图层。

步骤5 双击图层1，在弹出对话框中设置"内发光"效果，具体设置如图172-3所示。

步骤6 单击 确定 按钮，即可查看照片的最终效果，如图172-4所示。

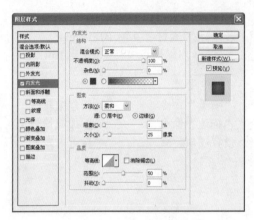

图172-3 设置图层样式

图172-4 最终效果

第173例 制作小水珠边框

素　材：\素材\第9章\小水珠.jpg
源文件：\源文件\第9章\小水珠.psd

知 识 要 点	制 作 要 领
★ "彩色半调"命令	★ 创建编辑区
★ "彩块化"命令	★ 添加滤镜效果
★ "碎片"命令	★ 删除选区

步骤讲解

步骤1 选择【文件】/【打开】命令，打开素材文件"小水珠.jpg"，在工具箱中选择"矩形选框"工具，将鼠标光标移动到窗口中，绘制一个比图像稍小的矩形选框。

步骤2 按【Shift+Ctrl+I】键反选图像，按【Q】键进入快速蒙版状态，选择【滤镜】/【像素化】/【彩色半调】命令，在弹出对话框中按如图173-1所示进行设置。

步骤3 按3次【Ctrl+F】键重复该操作，选择【滤镜】/【像素化】/【彩块化】命令，单击 确定 按钮，如图173-2所示。

一学就会魔法书

图173-1 填充颜色

图171-2 添加碎片效果

步骤4 选择【滤镜】/【像素化】/【碎片】命令，并按4次【Ctrl+F】键重复该操作。

步骤5 按【Q】键退出快速蒙版状态，按【Delete】键删除选区，最终效果如图173-3所示。

图173-3 最终效果

在退出蒙版状态时，选区可能扩展到了照片中，这时需要选择一个选框工具设置其模式为"从选区减去"，将照片中的选区减去。

第174例 制作不规则边框

素 材：\素材\第9章\不规则.jpg
源文件：\源文件\第9章\不规则.psd

知识要点	制作要领
★ "风"命令	★ 创建编辑区
★ "旋转画布"命令	★ 添加滤镜效果
★ "晶格化"命令	★ 删除选区
★ "锐化"命令	

Photoshop CS3数码照片处理200例（全彩版）

 步骤讲解

步骤1 选择【文件】/【打开】命令，打开素材文件"不规则.jpg"，在工具箱中选择"矩形选框"工具，将鼠标光标移动到窗口中，绘制一个比图像稍小的矩形选框。

步骤2 按【Shift+Ctrl+I】键反选图像，按【Q】键进入快速蒙版状态，选择【滤镜】/【风格化】/【风】命令，在弹出对话框中设置"方法"为"风"，"方向"为"从右"，单击 确定 按钮，如图174-1所示。

步骤3 选择【滤镜】/【风格化】/【风】命令，在弹出对话框中设置"方法"为"风"，"方向"为"从左"，单击 确定 按钮，如图174-2所示。

步骤4 选择【图像】/【旋转画布】/【90度（逆时针）】命令，将画布旋转，再为照片中未执行风滤镜的两边添加风效果，如图174-3所示。

图174-1　添加风滤镜（右）图174-2　添加风滤镜（左）　　　　图174-3　继续添加风滤镜

步骤5 选择【滤镜】/【像素化】/【晶格化】命令，在弹出对话框中设置"单元格大小"为"8"，单击 确定 按钮，如图174-4所示。

步骤6 选择【滤镜】/【锐化】/【锐化】命令，并按4次【Ctrl+F】键重复该操作，按【Q】键退出快速蒙版状态，按【Delete】键删除选区，最终效果如图174-5所示。

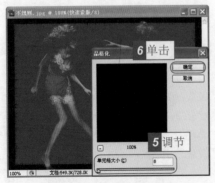 

图174-4　添加晶格化滤镜　　　　　　　图174-5　最终效果

 一学就会魔法书

第175例 制作彩色边框

素　材：\素材\第9章\彩色边框.jpg
源文件：\源文件\第9章\彩色边框.psd

知识要点
★ "成角的线条"命令
★ "强化的边缘"命令
★ "壁画"命令
★ "碎片"命令

制作要领
★ 创建编辑区
★ 添加滤镜效果
★ 添加图层样式

步骤讲解

步骤1 选择【文件】/【打开】命令，打开素材文件"彩色边框.jpg"，在工具箱中选择"矩形选框"工具，将鼠标光标移动到窗口中，绘制一个比图像稍小的矩形选框。

步骤2 按【Shift+Ctrl+I】键反选图像，按【Q】键进入快速蒙版状态，选择【滤镜】/【画笔描边】/【成角的线条】命令，在弹出的对话框设置其值为"0，50，10"，单击 确定 按钮，如图175-1所示。

步骤3 选择【滤镜】/【画笔描边】/【强化的边缘】命令，在弹出对话框设置其值为"10，50，15"，单击 确定 按钮，如图175-2所示。

图175-1 设置成角的线条

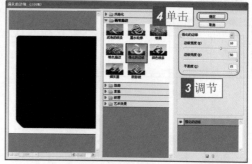

图175-2 设置强化的边缘

步骤4 选择【滤镜】/【艺术效果】/【壁画】命令，在弹出对话框设置其值为"0，5，3"，单击 确定 按钮，如图175-3所示。

步骤5 选择【滤镜】/【像素化】/【碎片】命令，再选择【滤镜】/【锐化】/【锐化】命令，并按5次【Ctrl+F】键重复该操作，如图175-4所示。

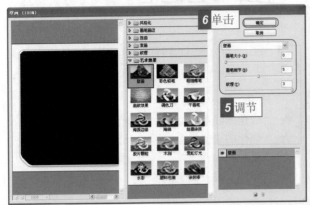

图175-3　设置壁画效果

图175-4　锐化图像

步骤6 按【Q】键退出快速蒙版状态，按【Delete】键删除选区，再按【Shift+Ctrl+I】反选，并按【Ctrl+J】键复制图层。

步骤7 双击新建的"图层1"，在弹出对话框中设置"描边"效果，其具体设置如图175-5所示。

步骤8 单击 确定 按钮，返回到窗口中即可查看最终效果，如图175-6所示。

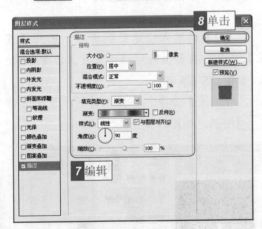

图175-5　添加图层样式

图175-6　最终效果

魔法档案

　当用户在为图像添加彩色边框时，不仅可以直接在"渐变"下拉列表框中选择预设的渐变颜色，还可以自定义渐变色，其设置方法和设置渐变工具的填充类型，并且完全相同。

第176例 制作窗格边框

素 材：\素材\第9章\窗格.jpg
源文件：\源文件\第9章\窗格.psd

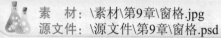

知识要点	制作要领
★ "平滑"命令	★ 编辑选区
★ "水彩"命令	★ 添加滤镜效果
★ "拼贴"命令	★ 添加描边效果
★ "锐化"命令	

步骤讲解

步骤1 选择【文件】/【打开】命令，打开素材文件"窗格.jpg"，在工具箱中选择"矩形选框"工具，将鼠标光标移动到窗口中，绘制一个比图像稍小的矩形选框。

步骤2 选择【选择】/【修改】/【平滑】命令，在弹出对话框中设置"取样半径"为"50"，单击 确定 按钮，如图176-1所示。

步骤3 选择【滤镜】/【画笔描边】/【成角的线条】命令，在弹出对话框中设置"方向平衡"为"100"，"描边长度"为"41"，"锐化程度"为"10"，单击 确定 按钮，如图176-2所示。

图176-1 添加图层样式

图176-2 最终效果

步骤4 选择【滤镜】/【艺术效果】/【水彩】命令，在弹出对话框中设置"画笔细节"为"3"，"阴影强度"为"10"，"纹理"为"2"，单击 确定

按钮，如图176-3所示。

步骤5 选择【滤镜】/【风格化】/【拼贴】命令，在弹出对话框中设置"拼贴数"
为"10"，"最大位移"为"10"％，"填充空白区域用"为"背景色"，
单击 确定 按钮，如图176-4所示。

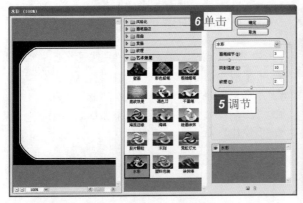

图176-3　设置水彩效果

图176-4　设置拼贴效果

步骤6 选择【滤镜】/【锐化】/【锐化】命令，并按4次【Ctrl+F】键重复该操作；
选择【滤镜】/【锐化】/【锐化边缘】命令，并按2次【Ctrl+F】键重复该操
作，如图176-5所示。

步骤7 按【Q】键退出快速蒙版状态，并按【Ctrl+J】键复制图层，选择【编辑】/
【描边】命令，在弹出对话框中设置"宽度"为"3 px"，颜色为"深红色
（R:78,G:9,B:48）"，"位置"为"居外"，如图176-6所示。

图176-5　锐化图像

图176-6　描边对象

步骤8 单击 确定 按钮，返回到窗口中即可查看图像的最终效果，如图176-7
所示。

图176-7 最终效果

小魔女，在制作边框时一定要考虑到照片自身的色彩和主题，边框和图像协调统一才能让观众得到审美的乐趣。

第177例 制作旋转边框

素 材：\素材\第9章\旋转.jpg
源文件：\源文件\第9章\旋转.psd

知 识 要 点	制 作 要 领
★ "扩散亮光"命令	★ 创建编辑区
★ "旋转扭曲"命令	★ 添加滤镜效果
★ "描边"命令	★ 描边对象

 步骤讲解

步骤1 选择【文件】/【打开】命令，打开素材文件"旋转.jpg"，在工具箱中选择"矩形选框"工具，将鼠标光标移动到窗口中，绘制一个比图像稍小的矩形选框。

步骤2 按【Q】键进入快速蒙版状态，选择【滤镜】/【扭曲】/【扩散亮光】命令，在弹出对话框中设置"颗粒"为"5"，"发光量"为"12"，"清除数量"为"19"，单击 确定 按钮，如图177-1所示。

步骤3 选择【滤镜】/【扭曲】/【旋转扭曲】命令，在弹出对话框中设置"角度"为"999"，"方向"为"从左"，单击 确定 按钮，如图177-2所示。

步骤4 单击 确定 按钮，按6次【Ctrl+F】键重复该操作。

图177-1　扩散亮光

图177-2　旋转扭曲

步骤5　按【Q】键退出快速蒙版状态，按【Shift+Ctrl+I】键反选图像，并按
【Delete】键删除选区。

步骤6　选择【编辑】/【描边】命令，在弹出对话框中设置"宽度"为"1 px"，颜
色为"紫色（R:131,G:8,B:136）"，"位置"为"居中"，如图177-3所示。

步骤7　单击　**确定**　按钮，返回到窗口中查看图像的最终效果，如图177-4所示。

图177-3　添加描边效果

图177-4　最终效果

过关练习

（1）打开"磨边1.jpg"照片（光盘:\素材\第9章\磨边1.jpg），为该照片添加一个磨
边边框（光盘:\源文件\第9章\磨边1.psd）。

（2）打开"旋转1.jpg"照片（光盘:\素材\第9章\旋转1.jpg），为该照片添加一个旋
转边框（光盘:\源文件\第9章\旋转1.psd）。

第10章

照片的商业应用

哇，原来照片还可以这样处理！

小魔女：哇！魔法师，您这个挂历中的风景好美啊！

魔法师：呵呵，那些都是九寨沟的风景照哦！

小魔女：真的吗？怎么这些风景照都做成挂历了呀？

魔法师：九寨沟很美！是吧。但是它的美却并不是所有人都
　　　　知道啊，通过挂历的形式将九寨沟的美丽呈现在人
　　　　们的眼前，这是一种平面媒介的宣传形式哦！

小魔女：哦，我知道了，这就是照片在商业中的应用。

第178例　制作网站首页

素　材：\素材\第10章\底纹.jpg、另类.jpg
源文件：\源文件\第10章\网页.psd

知识要点	制作要领
★ "光照效果" 命令	★ 添加光照效果
★ "描边" 命令	★ 描边图像
	★ 绘制图形
	★ 输入文本

 步骤讲解

步骤1 选择【文件】/【打开】命令，打开光盘中提供的素材文件 "底纹.jpg"、
"另类.jpg"。

步骤2 选择【滤镜】/【渲染】/【光照效果】命令，在弹出对话框的 "光照类型"
下拉列表框中选择 "全光源"，将鼠标光标移动到预览窗口中，拖动鼠标调
节光圈的大小，如图178-1所示。

步骤3 打开 "另类.jpg" 文件，将其中的图像拖入到 "底纹.jpg" 中，按【Ctrl+T】
键调节图像的大小。选择【编辑】/【描边】命令，在弹出对话框的 "宽
度" 文本框中输入 "5px"，设置 "颜色" 为 "白色"，如图178-2所示。

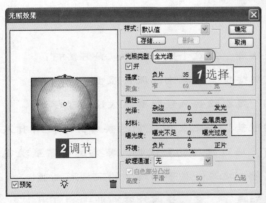

图178-1　调整光照效果

图178-2　设置描边

步骤4 在工具箱中选择 "钢笔" 工具，将鼠标光标移动到文档中人物的右下角，

绘制一个箭头的形态，如图178-3所示。

步骤5 按【Ctrl+Enter】键将路径变换为选区，新建一个图层，将前景色设置为"墨绿色（R:46,G:53,B:43）"，按【Alt+Delete】键为箭头填充颜色。

步骤6 在工具箱中选择"横排文字"工具**T**，将鼠标光标移动到窗口中，分别在人物的上部分和下部分分别输入相应的文本，如图178-4所示。

图178-3　绘制箭头

图178-4　最终效果

第179例　制作跃出照片效果

素　材：\素材\第10章\跃出.jpg
源文件：\源文件\第10章\跃出.psd

知 识 要 点　　　制 作 要 领
★ 创建选区　　　★ 扭曲图形
★ 变换图形　　　★ 填充颜色

步 骤 讲 解

步骤1 选择【文件】/【打开】命令，打开光盘中提供的素材文件"跃出.jpg"，如图179-1所示。

步骤2 新建一个图层，在工具箱中选择"矩形选框"工具 ，将鼠标光标移动

到窗口中绘制一个长方形选区，并为其填充"白色"。选择【滤镜】/【杂色】/【添加杂色】命令，在弹出对话框中设置"数量"为"4"，分别选中 ⊙高斯分布(G)单选按钮和☑单色(M)复选框。

步骤3 选择背景图层，将照片中的海豚图像勾选出来，按【Ctrl+J】键将其复制一层，并将其移动到图层的最上方。

步骤4 使用"魔棒"工具绘制长方形的图层，将整个图层中的图像都创建为选区，选择【选择】/【修改】/【收缩】命令，在弹出对话框中设置"收缩值"为"20"，单击 确定 按钮，按【Delete】键将选区中的图像删除，如图179-2所示。

图179-1　打开素材照片　　　　　图179-2　设置图像

步骤5 按【Ctrl+E】键将图层向下合并，解锁背景图层，并删除长方形图层外部的所有图像，按【Ctrl+T】键自由变换图像。将鼠标光标移动到编辑区域中，单击鼠标右键并在弹出的快捷菜单中选择"扭曲"命令，对图像进行扭曲操作，如图179-3所示。

步骤6 在工具箱中选择"仿制图章"工具，对背景图层中显现出的海豚进行遮盖。新建一个图层并将其移动到"图层"面板的最底层，在该图层中创建一个三角形选区并为其填充"浅灰色"作为图像的阴影部分。

步骤7 使用"橡皮擦"工具将图像中白色区域中的图像删除。新建一个图层，将图层移动到"图层"面板的最底层，并填充"浅蓝色"，如图179-4所示。

图179-3　扭曲图像　　　　　图179-4　最终效果

第180例 制作个性海报

素　材：\素材\第10章\海报.jpg
源文件：\源文件\第10章\海报.psd

知 识 要 点	制 作 要 领
★ 设置前景色	★ 选择颜色
★ "添加杂色"命令	★ 绘制划痕
★ 设置图层混合模式	★ 输入文本

步 骤 讲 解

步骤1 选择【文件】/【打开】命令，打开光盘中提供的素材文件"海报.jpg"。

步骤2 新建一个图层，单击工具箱中的前景色按钮，在弹出的"拾色器"对话框中选择"赭色（R:98,G:77,B:8）"。

步骤3 单击 ▭确定 按钮返回到编辑窗口中，按【Alt+Delete】键填充前景色；新建一个图层，按【X】键切换前景色和背景色，用相同的方法设置前景色为"灰色（R:209,G:211,B:212）"，并按【Alt+Delete】键进行填充。

步骤4 选择【滤镜】/【杂色】/【添加杂色】命令，在弹出对话框中选中 ☑单色(M) 复选框，设置"数量"为"16.57"，如图180-1所示。

步骤5 单击 ▭确定 按钮返回到编辑窗口中，修改图层的混合模式为"颜色加深"，选择背景图层并按【Ctrl+J】键复制一层。

步骤6 将其他的图层隐藏，在工具箱中选择"渐变"工具▭，在工作界面上方的选项区域中设置渐变模式为"黑色、白色"，并单击▭按钮。

步骤7 按【Q】键进入快速蒙版状态，将鼠标光标移动到窗口的中心位置，按住鼠标左键不放，将其向右下角拖动，添加渐变，如图180-2所示。

魔法档案

　　执行了"删除"命令以后，如果发现人物面部中的大部分区域没有被删除，就必须使用工具箱中的"橡皮擦"工具将其进行渐变擦除，最终效果中显示的部分应为选区中被删除的部分。

图180-1　设置杂色

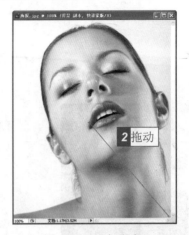

图180-2　添加渐变

步骤8　在"通道"面板中单击 ≡ 按钮，在弹出的快捷菜单中选择"通道选项"命令，弹出"快速蒙版选项"对话框，保持默认设置不变，直接单击 确定 按钮。

步骤9　按【Q】键退出快速蒙版状态，可见在图像的中心出现了一个圆形选区，按【Delete】键删除选区，可见删除部分是渐变删除的。

步骤10　将图层的混合模式改为"差值"。新建一个图层，在工具箱中选择画笔工具 ✐，在工作界面上方的选项区域中选择一种画笔样式，将鼠标光标移动到窗口中绘制一些划痕，如图180-3所示。

步骤11　新建一个图层，用"画笔"工具 ✐在窗口中输入文本"So Cool"。载入选区，选择【选择】/【修改】/【扩展】命令，在弹出对话框中输入"20"，单击 确定 按钮。

步骤12　选择【选择】/【修改】/【羽化】命令，在弹出对话框中设置"羽化"值为"10"，按【Alt+Delete】键填充颜色，如图180-4所示。

图180-3　绘制划痕

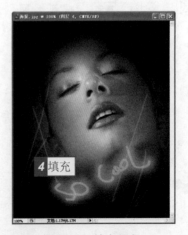

图180-4　填充颜色

魔法书

第181例 为美女补妆

素　材：\素材\第10章\补妆.jpg
源文件：\源文件\第10章\补妆.psd

知识要点	制作要领
★ "可选颜色"命令	★ 设置可选颜色
★ 设置颜色	★ 设置涂抹颜色
	★ 涂抹对象

步骤讲解

步骤1 选择【文件】/【打开】命令，打开光盘中提供的素材文件"补妆.jpg"。

步骤2 单击"图层"面板下方的 ⊘ 按钮，在弹出的快捷菜单中选择"可选颜色"命令，在弹出对话框中按如图181-1所示进行设置。

步骤3 单击 确定 按钮关闭对话框，设置前景色为白色，背景色为黑色，按【Ctrl+Delete】键为蒙版填充黑色。

步骤4 在工具箱中选择"画笔"工具 ✐，按【Ctrl++】键放大图像的显示，将鼠标光标移动到人物的嘴部，按住鼠标左键不放进行涂抹，如图181-2所示。

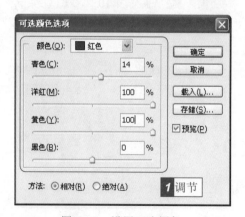

图181-1 设置可选颜色

图181-2 涂抹嘴唇

步骤5 再次执行"可选颜色"命令，在弹出对话框中设置"洋红"为"96"，"黄色"为"-75"，"黑色"为"63"，并单击 确定 按钮。

步骤6 将蒙版填充为黑色，在工作界面上方的选项区域中设置"不透明度"为"50%"，将鼠标光标移动到人物中，对眼圈进行涂抹。

步骤7 再次执行"可选颜色"命令，在弹出对话框中设置"青色"为"100"，"洋红"为"71"，并单击 确定 按钮。

步骤6 将蒙版填充为黑色，设置"画笔"工具的"不透明度"为"100%"，将鼠标移动到人物的脸部，涂抹出自然的腮红，如图181-3所示。

图181-3　涂抹腮红

> 对了，魔法师还说了，在涂抹蒙版覆盖区域的过程中，一定要用白色哦。

第182例　制作梦幻婚纱照

素　材：\素材\第10章\梦幻婚纱.jpg
源文件：\源文件\第10章\梦幻婚纱.psd

知识要点	制作要领
★ "高斯模糊"命令	★ 填充渐变
★ "曲线"命令	★ 设置图层混合模式

 **步骤讲解**

步骤1 选择【文件】/【打开】命令，打开光盘中提供的素材文件"梦幻婚纱.jpg"。

步骤2 按【Ctrl+J】键复制一层，选择【滤镜】/【模糊】/【高斯模糊】命令，在弹出的对话框中设置"模糊"值为"2.5"，单击 确定 按钮并返回到编辑窗口中，设置图层混合模式为"滤色"。

步骤3 选择【图层】/【新建调整图层】/【曲线】命令，在弹出对话框中将曲线向下方拖动，增加图像的明暗对比，如图182-1所示。

步骤4 单击 确定 按钮，按【Shift+Ctrl+Alt+E】键盖印图层。新建图层，设置"前景色"为"绿色"，"背景色"为"蓝色"。在工具箱中选择"渐变"工具 ，将鼠标光标移动到窗口中，为图层填充渐变色，并修改图层的混合模式为"柔光"，如图182-2所示。

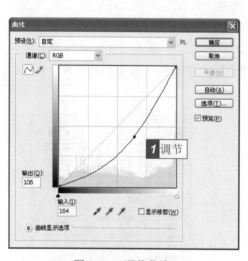

图182-1 调节曲线

图182-2 设置图层混合模式

第183例 制作邮票

 素　材：\素材\第10章\邮票.jpg
源文件：\源文件\第10章\邮票.psd

知 识 要 点
★ 打开"路径"面板
★ 选择图像

制 作 要 领
★ 路径面板的使用
★ 设置笔尖状态

步骤讲解

步骤1 选择【文件】/【打开】命令，打开光盘中提供的素材文件"邮票.jpg"。

步骤2 双击背景图层，在弹出对话框中直接单击 确定 按钮，将背景图层变为普通层。在工具箱中选择"矩形选框"工具 ，将鼠标光标移动到窗口中，将狗的图像框选为选区。

步骤3 按【Shift+Ctrl+I】键反选图像，按【Delete】键将其删除，并再次执行反选操作。

步骤4 选择【窗口】/【路径】命令，弹出"路径"面板，单击该面板下方的"从选区生成路径"按钮 ，将选区变为路径，如图183-1所示。

步骤5 在工具箱中选择"画笔"工具 ，单击工作界面上方的"切换画笔调板"按钮 ，在弹出面板的"画笔预设"栏中选择"画笔笔尖形状"选项，其他设置如图183-2所示。

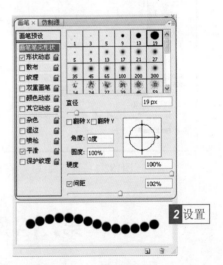

图183-1 变换路径 图183-2 设置画笔

步骤6 单击面板上方的"关闭"按钮关闭面板，设置"前景色"为"白色"，单击"路径"面板下方的"用画笔描边路径"按钮 ，再单击"将路径作为选区载入"按钮 ，按【Shift+Ctrl+I】键反选选区，接着按【Delete】键删除选区，如图183-3所示。

步骤7 在工具箱中选择裁剪工具 ，对制作的邮票进行裁剪。在工具箱中选择"横排文字"工具 ，在图像的右下角输入"人民邮票20分"，完成邮票的制作，如图183-4所示。

图183-3　描边路径

图183-4　最终效果

第184例　制作大头贴

素　　材：\素材\第10章\花.jpg、少女.jpg
源文件：\源文件\第10章\大头贴.psd

知 识 要 点	制 作 要 领
★ 移动图像	★ 羽化图像
★ "羽化"命令	★ 绘制形状
★ "斜面和浮雕"命令	★ 设置图层模式

 步骤讲解

步骤1　选择【文件】/【打开】命令，打开光盘中提供的素材文件"花.jpg"、"少女.jpg"。

步骤2　在工具箱中选择"移动"工具，将"少女.jpg"图像移动到"花.jpg"中，并按【Ctrl+T】键调节图像的大小，并将照片水平翻转，如图184-1所示。

步骤3　在工具箱中选择"椭圆选框"工具，将鼠标光标移动到编辑窗口中，框选少女的头部，选择【选择】/【修改】/【羽化】命令，在弹出的对话框中设置"羽化"值为"30"，并单击 确定 按钮。

步骤4　按【Shift+Ctrl+I】键反选选区，按【Delete】键将选区图像删除。在工具箱中选择"橡皮擦"工具，将鼠标光标移动到窗口中，擦除图像中不满意的地方，如图184-2所示。

图184-1　调节图像　　　　　　　　　　　　　图184-2　删除图像

步骤5　在工具箱中选择"自定形状"工具，在工作界面上方的选项区域中单击"形状"下列列表框，在弹出的列表中选择"画框4"选项，如图184-3所示。

步骤6　新建一个图层，将鼠标光标移动到编辑窗口中，按照人物头像的大小绘制一个画框，按【Ctrl+Enter】键将路径转换为选区，并按【Alt+Delete】键使用前景色"白色"，填充选区。

步骤7　单击"图层"面板下方的"添加图层样式"按钮，在弹出的快捷菜单中选择"斜面和浮雕"命令，在弹出对话框中直接单击　确定　按钮，为选区添加浮雕效果。

步骤8　修改图层的混合模式为"叠加"，完成照片的编辑，最终效果如图184-4所示。

图184-3　选择形态

图184-4　最终效果

第185例 制作房地产广告

 素 材：\素材\第10章\标志.jpg、效果图.jpg
源文件：\源文件\第10章\房产广告.psd

知 识 要 点	制 作 要 领
★ 新建文档	★ 排列图像
★ "文本"工具	★ 设置字体

 步骤讲解

步骤1 选择【文件】/【新建】命令，在弹出对话框中设置新文档的宽度为900像素，高度为680像素，单击 确定 按钮新建文档。

步骤2 选择【文件】/【打开】命令，打开光盘中提供的素材文件"标志.jpg"、"效果图.jpg"。

步骤3 分别将"标志.jpg"、"效果图.jpg"中的图像移动到新建的文档中，并移动其位置，其中"效果图"处于文档的中下方，"标志"处于文档的右上角。

步骤4 在工具箱中选择"吸管"工具 🖋，将鼠标光标移动到图像中吸取"蓝色"，选择背景图层，使用"矩形选框"工具 ▫ 在图层的下方绘制一个矩形选区，并按【Alt+Delete】键填充颜色，如图185-1所示。

步骤5 在工具箱中选择"横排文字"工具 **T**，设置其"字体"为"方正行楷简体"，"字号"为"90"，将鼠标光标移动到窗口中左上角，输入文本"西海湾花园"。

步骤6 在工具箱中选择任意工具完成文字的输入，再次选择"横排文字"工具 **T**，设置"字体"为"微软雅黑"，"字号"为"36"，将光标光标移动到窗口的左下方，输入文本"安南花园开发区"。

步骤7 用相同的方法在窗口中右下角输入"尊贵热线：66338888 66337777"。设置"尊贵热线："的"字体"为"隶书"，"字号"为"36"；设置"66338888 66337777"的"字体"为"方正毡笔黑简体"，"字号"为"36"，如图185-2所示。

图185-1　填充颜色　　　　　　　　　　　图185-2　输入文字

第186例　制作竹帘效果

素　材：\素材\第10章\竹帘.jpg
源文件：\源文件\第10章\竹帘.psd

知识要点	制作要领
★ "云彩"命令	★ 创建竹简
★ "添加杂色"命令	★ 编辑连接线
★ "斜面和浮雕"命令	★ 修改图层混合模式

步骤讲解

步骤1　选择【文件】/【打开】命令，打开光盘中提供的素材文件"竹帘.jpg"，将前景色设置为"浅黄色（R:205,G:199,B:104）"。

步骤2　选择【滤镜】/【渲染】/【云彩】命令，添加云彩效果。选择【滤镜】/【杂色】/【添加杂色】命令，在弹出对话框中设置"数量"为"20"，单色平均分布，如图186-1所示。

步骤3　选择【滤镜】/【模糊】/【动感模糊】命令，在弹出对话框中设置"角度"为"0"，"距离"为"73"，如图186-2所示。

步骤4　单击"图层"面板下方的"图层样式"按钮**fx**，在弹出的快捷菜单中选择"斜面和浮雕"命令，在弹出对话框中按照如图186-3所示进行设置。

一学就会魔法书

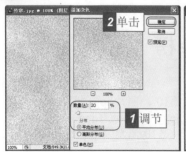

图186-1　添加杂色

图186-2　添加动感模糊

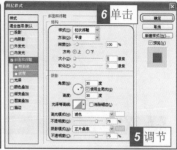

图186-3　添加浮雕效果

步骤5 用"矩形选框"工具 在窗口中创建一个矩形选区，按【Ctrl+J】键复制选区，将其他图层隐藏，然后将选区拖动到和窗口相同大小，将选区复制多个直到排满窗口为止，如图186-4所示。

步骤6 将复制的矩形选区合并为一个图层，选择"画笔"工具 ，设置笔尖"大小"为"6"，"颜色"为"黄绿色（R:130,G:128,B:82）"。新建一个图层，将鼠标光标移动到窗口的左边，绘制一条竖线，双击该图层，在弹出的对话框中按如图186-5所示进行设置。

步骤7 设置"前景色"为"黑色"，使用"画笔"工具 在线下的每一块竹块点两下（作为线孔），使用"橡皮擦"工具 隔段擦线，并将该线的样式复制到窗口的右边，如图186-6所示。

图186-4　复制图形

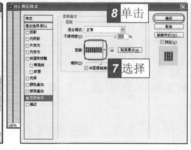

图186-5　为线段添加样式

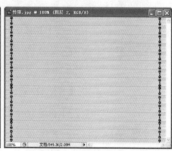

图186-6　设置线样式

步骤8 将背景图层复制，并将其移动到图层的最上方，按【Shift+Ctrl+U】键去色，并修改图层混合模式为"颜色加深"，如图186-7所示。

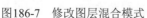

图186-7　修改图层混合模式

哇，这样的制作好逼真啊，我也会了。

第187例　制作光荣榜

素　材：\素材\第10章\照片.jpg、照片1.jpg、
　　　　照片2.jpg、医院标志.jpg
源文件：\源文件\第10章\光荣榜.psd

知识要点	制作要领
★ "矩形选框" 工具	★ 绘制圆角矩形
★ "圆角矩形" 工具	★ 链接图层
★ "横排文字" 工具	★ 移动图形位置

步骤1　选择【文件】/【新建】命令，在弹出的对话框中设置新文档的宽度为700像素，高度为370像素，单击 确定 按钮确认设置。

步骤2　选择【文件】/【打开】命令，打开光盘中提供的素材文件 "照片.jpg"、"照片1.jpg"、"照片2.jpg"。

步骤3　新建一个图层，在工具箱中选择 "矩形选框" 工具[]，将鼠标光标移动到窗口的上方，创建一个选区，并填充 "深蓝色（R:0,G:92,B:116）"；按【Shift+Ctrl+I】键反选图像，新建一个图层，填充 "浅蓝色（R:198,G:231,B:236）"。

步骤4　打开 "医院标志.jpg" 照片，将图像移动到新建文档中，用 "魔棒" 工具※选择图像中的白色区域，按【Delete】键删除选区中的图像，并按【Ctrl+T】键调节图像的大小，然后将其移动到窗口的左上角。

步骤5　在工具箱中选择 "横排文字" 工具T，将鼠标光标移动到窗口的左上角并输入文本 "女子医院"，设置 "字体" 为 "华文行楷"，"字号" 为 "30"，在工具箱中选择任意工具完成文本的输入；再次选择 "横排文字" 工具T，将鼠标光标移动到窗口的右上角，输入文本 "4月份满意100"，如图187-1所示。

步骤6　新建一个图层，在工具箱中选择 "圆角矩形" 工具[]，将鼠标光标移动到窗口的左下角绘制一个形状，按【Ctrl+Enter】键将其转换为选区，并为其填充白色。

步骤7　按住【Ctrl】的同时，单击创建的图层，得到图层中图像的选区，选择 "矩形选框" 工具[]，在工作界面上方的选区中单击 "从选区减去" 按钮[]，将

鼠标光标移动到图形中，减去图形上部分的区域，然后为保留区域填充"深蓝色（R:0,G:92,B:116）"。

步骤8 在工具箱中选择"横排文字"工具 T，依次在图像中输入"医师介绍（字体：微软雅黑，字号：20）"、姓名、毕业院校、所在科室、职位（字体：微软雅黑，字号：15）和"女子医院（字体：微软雅黑，字号：15）"。

步骤9 选择"矩形选框"工具，在图形的右边绘制一个矩形，填充颜色为"深蓝色（R:0,G:92,B:116）"。选择【图像】/【修改】/【收缩】命令，在弹出对话框中设置值为"1"，单击 确定 按钮返回到窗口中，按【Delete】键删除选区，得到蓝色的边框，如图187-2所示。

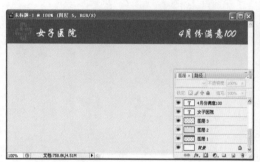

图187-1 编辑图像的上部分

图187-2 编辑图像

步骤10 将标志复制一个并将其拖动到下方图像中右下方，选择"图层"面板中圆角矩形所包含的所有图层，单击"链接图层"按钮，将图层链接，如图187-3所示。

步骤11 选择圆角矩形，将其复制两个并调节图形间的位置，然后修改图形中的文字叙述。

步骤12 依次将对应的照片拖入到圆角矩形的方框中，完成光荣榜的制作，如图187-4所示。

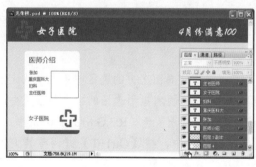

图187-3 链接图层

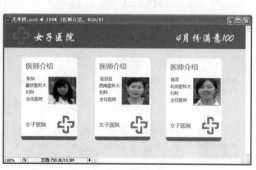

图187-4 最终效果

第188例 制作胸卡

素　材：\素材\第10章\胸卡.jpg、胸卡标志.jpg
源文件：\源文件\第10章\胸卡.psd

知识要点	制作要领
★ "圆角矩形"工具	★ 编辑选区
★ "横排文字"工具	★ 排列图形位置

 步骤讲解

步骤1　选择【文件】/【新建】命令，在弹出对话框中设置新文档的宽度为85.4毫米，高度为54毫米，单击 确定 按钮创建新建文档。

步骤2　选择【文件】/【打开】命令，打开光盘中提供的素材文件"胸卡.jpg"、"胸卡标志.jpg"。

步骤3　在工具箱中选择"圆角矩形"工具□，将鼠标光标移动到窗口中，绘制一个同窗口相同大小的圆角矩形，按【Ctrl+Enter】键将路径转换为选区，并为选区填充"蓝色（R:4,G:58,B:120）"。

步骤4　选择【选择】/【修改】/【收缩】命令，在弹出对话框中输入"3"，单击 确定 按钮返回到编辑窗口中，按【Delete】键将选区删除。

步骤5　再次执行"收缩"命令，设置"收缩值"为"5"，并为其填充"浅蓝色（R:3,G:81,B:116）"；再执行"收缩"命令，设置"收缩值"为"2"，将选区中的图像删除。

步骤6　在工具箱中选择"矩形选框"工具□，在工作界面上方的选区中单击"从选区减去"按钮□，将鼠标光标移动到窗口中，将圆角矩形选区的中上部分减去，只保留下方的一小块区域，并为该区域填充"浅蓝色（R:3,G:81,B:116）"。

步骤7　将"胸卡标志.jpg"图像拖入到新建的文档中，按【Ctrl+T】键调整其大小并将其移动到窗口的左上角。

步骤8　在工具箱中选择"横排文字"工具T，将鼠标光标移动到标志的右边，输入文本"天宇科技研发部"，设置其"字体"为"微软雅黑"，"字号"为"12"，并在其下方输入"tianyukejiyanfabu"，"字号"为"10"，如图188-1所示。

步骤9 新建一个图层，使用"矩形选框"工具 在窗口中绘制一个长方形，并为其填充前景色，然后将图形复制两个，并在图形上方输入相应文本，如图188-2所示。

步骤10 新建一个图层，将"胸卡.jpg"中的图像拖入到窗口中右下角，并按【Ctrl+T】键调节其大小，完成胸卡的制作，如图188-3所示。

图188-1　编辑标志部分

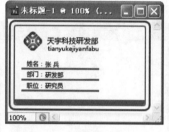
图188-2　编辑文本部分

图188-3　编辑图像部分

第189例　制 作 名 片

素　材：\素材\第10章\名片.jpg、名片1.jpg
源文件：\源文件\第10章\名片.psd

知 识 要 点

★ "圆角矩形"工具
★ "横排文字"工具

制 作 要 领

★ 编辑选区
★ 排列图形位置

 步骤讲解

步骤1 选择【文件】/【新建】命令，在弹出对话框中设置新文档的宽度为90毫米，高度为55毫米，单击 确定 按钮新建文档。

步骤2 选择【文件】/【打开】命令，打开光盘中提供的素材文件"名片.jpg"。

步骤3 将"名片.jpg"图像拖入到新建的文档中，按【Ctrl+t】键在工作界面上方的选项区域中单击"保持长宽比"按钮，将图像正比例缩放，然后将图像移动到窗口的中心位置，如图189-1所示。

步骤4 将"名片1.jpg"打开，将其中的图像拖入到新建的文档中，并调节图像在文档中的位置，如图189-2所示。

步骤5 在工具箱中选择"横排文字"工具**T**，将鼠标光标移动到窗口的左上角，输入文本"FB中国分公司"，设置其"字体"为"微软雅黑"，"字号"为"18"，用相同的方法依次在其下方输入名称、电话、地址等详细信息，并调节其文本的大小，如图189-3所示。

图189-1　设置名片正面　　　　图189-2　编辑图像　　　　图189-3　设置名片背面

魔法档案

　　名片对尺寸的要求非常严格，其中常见的名片格式及标尺如下。横版:90mm*55mm<方角>，85mm*54mm<圆角>；竖版:50mm*90mm<方角>，54mm*85mm<圆角>；方版:90mm*90mm，90mm*95mm。但在实际制作中一定要加上出血的范围（上、下、左、右各2mm）。

第190例　制作纪念币

　素　材：\素材\第10章\纪念币.jpg
　源文件：\源文件\第10章\纪念币.psd

知识要点	制作要领
★ "浮雕效果"命令	★ 设置浮雕效果
★ "斜面和浮雕"命令	★ 描边图像
★ "描边"命令	★ 添加光照效果

 步骤讲解

步骤1　选择【文件】/【打开】命令，打开光盘中提供的素材文件"纪念币.jpg"。

步骤2　在工具箱中选择"椭圆选框"工具◯，将鼠标光标移动到窗口中将人物的头部框选，按【Shift+Ctrl+I】键反选图像，按【Delete】键将其删除，再次执行反选操作，按【Ctrl+J】键复制一层。

步骤3　将背景图层删除，选择图层1，选择【图像】/【调整】/【去色】命令，将图层的颜色去掉。

步骤4　选择【滤镜】/【风格化】/【浮雕效果】命令，在弹出对话框中设置"角度"为"30"，"高度"为"3"，"数量"为"100"。

步骤5　按住【Ctrl】键的同时，单击图层1中的缩位图创建一个选区。新建一个图层，选择【编辑】/【描边】命令，在弹出对话框的"宽度"中输入"10 px"，在"颜色"中选择"浅灰色（R:219,G:221,B:222）"，在"位置"栏中选中⊙内部(I)单选按钮，如图190-1所示。

步骤6　单击"图层"面板下方的"添加图层样式"按钮 *fx.*，在弹出的快捷菜单中选择"斜面和浮雕"命令，在弹出对话框的"样式"中选择"浮雕效果"，在"大小"中输入"1"，在"软化"中输入"0"，如图190-2所示。

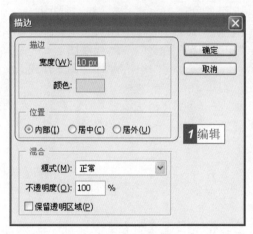

图190-1　描边

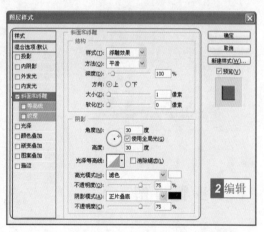

图190-2　添加浮雕效果

步骤7　为了使纪念币的效果更加真实，还需要为其添加一个光照效果。选择【滤镜】/【渲染】/【光照效果】命令，在弹出对话框的预览窗口中调节光源的位置，如图190-3所示。

步骤8　单击 确定 按钮，返回到编辑窗口中完成纪念币的制作，效果如图190-4所示。

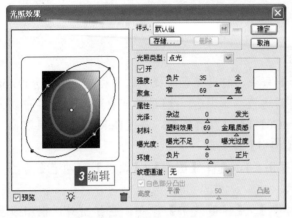

图190-3 添加光照效果

图190-4 最终效果

第191例 制作信签纸

素　材：\素材\第10章\信签.jpg
源文件：\源文件\第10章\信签.psd

知识要点
★ "色阶"命令
★ "定义图案"命令

制作要领
★ 设置笔触样式
★ 绘制图形
★ 添加图案样式

 步骤讲解

步骤1 选择【文件】/【新建】命令，在弹出对话框中设置新文档的宽度为16厘米，高度为20厘米，单击 确定 按钮新建文档。

步骤2 新建一个图层，并为其填充"橙红色（R:246,G:142,B:85）"，然后在"通道"面板中新建一个通道。

步骤3 在工具箱中选择"画笔"工具 ，单击工作界面上方的"切换画笔"调板 ，在弹出面板的"画笔预设"中只保留 平滑复选框的选中状态，并选中"画笔笔尖形状"选项，选择笔尖状态为"枫叶"，其他设置如图191-1所示。

步骤4 选中☑**形状动态**复选框，在弹出面板中按如图191-2所示进行设置。

步骤5 选中☑**散布**复选框，在弹出面板中按如图191-3所示进行设置。

 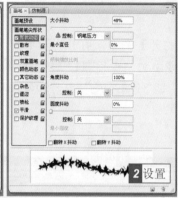 

图191-1 设置笔尖状态　　　图191-2 设置形状动态　　　图191-3 设置散布形态

步骤6 关闭该面板，将鼠标光标移动到编辑窗口中，沿着窗口的边框绘制形状，如图191-4所示。

步骤7 选择【图像】/【调整】/【色阶】命令，在弹出面板中对图像的对比度进行调节，如图191-5所示。

步骤8 单击 确定 按钮返回到通道中，按住【Ctrl】键的同时单击新建通道的缩位图显示选区，返回到"图层"面板中，按【Shift+Ctrl+I】键反选图像，并按【Delete】键将其删除，如图191-6所示。

 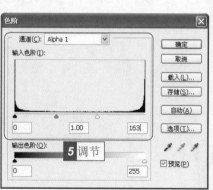 

图191-4 绘制图形　　　图191-5 调节色阶　　　图191-6 删除图像

步骤9 新建一个"100×100"像素的空白文档，在工具箱中选择"矩形选框"工具，设置"羽化"值为"1"，在窗口中创建一个长方形选区，并设置其颜色为"浅蓝色（R:108,G:235,B:242）"，并为其填充颜色。

步骤10 将填充的长方形复制多个，选择【编辑】/【定义图案】命令，在弹出对话框中直接单击 确定 按钮，如图191-7所示。

步骤11 双击"背景"图层，弹出"新建图层"对话框，单击 **确定** 按钮将背景图层转换为普通图层"图层0"。双击图层0弹出"图层样式"对话框，选中☑图案叠加复选框，在弹出功能项的"图案"列表框中选择新建的图案样式，如图191-8所示。

步骤12 选择【文件】/【打开】命令，打开光盘中提供的素材文件"信签.jpg"，将该文档中的图像移动到"未标题1"中，调节其大小和位置，并将其置于图层0的上方，设置其"不透明度"为"30%"，如图191-9所示。

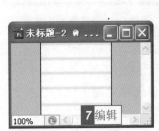

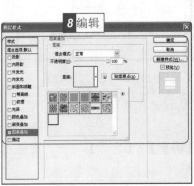

图191-7 创建图案   图191-8 添加图案   图191-9 编辑图像

第192例 制作杂志封面

素　材：\素材\第10章\封面.jpg
源文件：\源文件\第10章\封面.psd

知识要点	制作要领
★ "横排文字"工具	★ 排列文本
★ 选择颜色	★ 设置颜色
	★ 选择字体

 步骤讲解

步骤1 选择【文件】/【打开】命令，打开光盘中提供的素材文件"封面.jpg"，如

图192-1所示。

步骤2 在工具箱中选择"横排文字"工具**T**，将鼠标光标移动到窗口的左上角，输入文本"欣女报"，设置其"字体"为"方正祥隶简体"，"字号"为"80"；单击工作界面上方的"文本颜色"按钮 ，弹出"拾色器"面板，将鼠标光标移动到人物嘴唇上取样口红的颜色，如图192-2所示。

步骤3 在报刊名称的下方输入出版日期、期数和网址，设置其字号为"18"，选区衣服的颜色为文本的颜色，并修改头发部分文本的颜色为人物口红的颜色，如图192-3所示。

图192-1 打开照片

图192-2 选取颜色

图192-3 选取并修改颜色

步骤4 将鼠标光标向下移动，输入本期杂志的主要内容，为了使输入文本的颜色和图像的颜色更加吻合，在选取色彩的过程中也采用了吸取人物颜色的方法。

步骤5 为了使杂志中的文本更具艺术效果，在编辑文本的过程中，可以选择部分文本将其放置于人物的下方，方法是输入文本后，选择背景图像，将需要遮盖文本的人物部分选中后将其复制一个图层，将该图层放置于文本上方即可，如图192-4所示。

步骤6 继续在窗口的左边输入文本，在选择文本的字体时，一定要注意选择字体的效果要比较圆润、好看，以符合封面的整体风格。

步骤7 完成左边文本的输入后，为了使图像左右对称，在窗口的右下方也应输入相应的主要内容，如图192-5所示。

步骤8 当这些内容都输入完毕后，新建一个图层，在工具箱中选择"矩形选框"工具，在窗口的左下角绘制一个长方形，并为其填充颜色，然后将其制作为版权号，并输入发行标准和定价，如图192-6所示。

图192-4　设置文本效果　　　　　图192-5　输入文本　　　　　图192-6　编辑版权

第193例　制作宝贝影集封面

素　材：\素材\第10章\图案.jpg、宝贝.jpg、
　　　　宝贝1.jpg、宝贝2.jpg
源文件：\源文件\第10章\童年.psd

知识要点	制作要领
★ "渐变"工具	★ 创建渐变填充
★ "投影"命令	★ 绘制长方形
★ "色彩范围"命令	★ 调节图像位置

 步骤讲解

步骤1　选择【文件】/【新建】命令，在弹出对话框中设置新文档的宽度为700像素，高度为500像素，单击 ▭确定 按钮新建文档。

步骤2　在工具箱中选择"渐变"工具▭，设置前景色为"绿色（R:142,G:200,B:135）"，背景色为"白色"。在工作界面上方单击"径向渐变"按钮 ▣，新建一个图层，将鼠标光标移动到窗口的右方，拖动鼠标创建一个渐变填充，如图193-1所示。

步骤3 选择【文件】/【打开】命令，打开光盘中提供的素材文件"图案.jpg"、"宝贝.jpg"、"宝贝1.jpg"、"宝贝2.jpg"，如图193-2所示。

步骤4 将"图案.jpg"中的图像移动到新建文档的左上角，在图层混合模式中选择"变暗"，将图像复制一个并垂直翻转，将其移动到窗口的左下角，再用"橡皮擦"工具 对两个图形之间的结合处进行擦除，如图193-3所示。

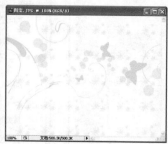

图193-1　编辑渐变　　　　图193-2　打开素材照片　　　　图193-3　编辑图像

步骤5 将"宝贝.jpg"中的图像拖入到新建文档的右下方，按【Ctrl+T】键调节其大小，接着将其他图层隐藏起来。选择【选择】/【色彩范围】命令，选择图形的背景颜色，在"色彩范围"对话框的"颜色容差"文本框中输入"76"，如图193-4所示。

步骤6 显示所有隐藏的图层，新建一个图层，在工具箱中选择"矩形选框"工具 ，在窗口的左上方绘制一个长方形选区，并为其填充"白色"。

步骤7 单击"图层"面板下方的"添加图层样式"按钮 fx，在弹出的快捷菜单中选择"投影"命令，在弹出对话框中按如图193-5所示进行设置。

步骤8 在"样式"列表中选中☑外发光复选框，保持选项的默认状态直接单击 确定 按钮，如图193-6所示。

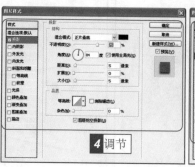
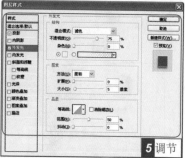

图193-4　选择色彩范围　　　图193-5　设置投影　　　　图193-6　设置外发光

步骤9 返回到编辑窗口中，按【Ctrl+T】键旋转图形的方向，将"宝贝.jpg"中的图像移动到新建文档中，用相同的方法调节图像的大小和位置，使其处于绘制的长方形的内部，如图193-7所示。

步骤10 选择【编辑】/【描边】命令，在弹出对话框中输入"宽度"为"3 px"，单击"颜色"后面的按钮，在弹出面板中选择"绿色（R:142,G:200,B:135）"，如图193-8所示。

图193-7 编辑图像

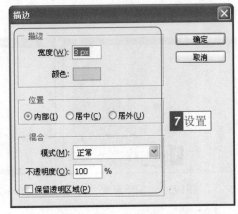

图193-8 设置描边

步骤11 将长方形图形复制一个，用相同的方法调节其旋转位置，将"宝贝2.jpg"中的图像拖入到新建文档中，调整其大小和位置，使其处于复制生成的长方形图形中，以模拟照片的效果并为其描边，如图193-9所示。

步骤12 在工具箱中选择"横排文字"工具**T**，在编辑窗口的下方输入"Tong nian"和"童.年"，设置英文"T"字体为"OzHandicraft BT"，字号为"60"；其他英文字体为"Snap ITC"，字号为"30"；中文字体为"隶书"，字号为"30"，如图193-10所示。

图193-9 编辑图像

图193-10 设置描边

第194例　制作生日贺卡

素　材：\素材\第10章\蛋糕.jpg、贺卡.jpg
源文件：\源文件\第10章\贺卡.psd

知 识 要 点	制 作 要 领
★ "魔棒"工具	★ 调节图像位置
★ 修改图层混合模式	★ 输入文本

　步 骤 讲 解

步骤1　选择【文件】/【打开】命令，打开光盘中提供的素材文件"贺卡.jpg"、
"蛋糕.jpg"。

步骤2　将"蛋糕.jpg"图像切换为当前文档，在工具箱中选择"魔棒"工具，单
击背景色，将背景创建为选区，按【Shift+Ctrl+I】键反选图像。

步骤3　在工具箱中选择"移动"工具，将"蛋糕.jpg"中的图像移动到"贺
卡.jpg"中，按【Ctrl+T】键调节图像的大小。

步骤4　移动蛋糕图像的位置，使其处于窗口的中上方，并修改图层的混合模式为
"明度"，如图194-1所示。

步骤5　在工具箱的选择"横排文字"工具T，将鼠标光标定位到蛋糕图像的左下
角，输入文本"happy"，设置其"字体"为"Lucida Handwriting"，"字
号"为"36"，颜色为"墨绿色（R:49,G:77,B:35）"。

步骤6　完成文本"birthday"的编辑，在工具箱中选择"横排文字"工具T，将鼠
标光标定位到输入文本的右下角，输入文本"birthday"，并修改"字号"
为"48"。

步骤7　完成文本"birthday"的编辑，在工具箱中选择"横排文字"工具T，将鼠
标光标定位到输入文本的右下角，输入文本"——小洁"，设置"字体"为
"方正古隶简体"，"字号"为"30"，如图194-2所示。

图194-1　修改图层混合模式

图194-2　输入文本

第195例　制作个性写真

素　材：\素材\第10章\写真.jpg、写真1.jpg、
　　　　写真2.jpg
源文件：\源文件\第10章\写真.psd

知识要点　　　　　制作要领
★ "多边形套索"工具　★ 勾选图像
★ "玻璃"命令　　　　★ 设置玻璃效果

步骤讲解

步骤1　选择【文件】/【打开】命令，打开光盘中提供的素材文件"写真.jpg"、
"写真1.jpg"、"写真2.jpg"。

步骤2　将"写真.jpg"切换为当前窗口，在工具箱中选择"多边形套索"工具，
将鼠标光标移动到窗口中，勾勒出人物的裙子，按【Ctrl+J】键复制选区，
按【Shift+Ctrl+U】键去色。

步骤3　依次将"写真1.jpg"、"写真2.jpg"中的图像清除背景色所在的图像后拖动
到"写真.jpg"图像中，按【Ctrl+T】键调节其大小和位置，并将其复制多

个放置于裙子的四周，在工具箱中选择"橡皮擦"工具 ，将图像中大的色块擦除，如图195-1所示。

步骤4 选择背景图层上方的所有图层，按【Ctrl+E】键合并图层，选择【文件】/【另存为】命令，将其保存为"写真.psd"。

步骤5 选择【滤镜】/【扭曲】/【玻璃】命令，在弹出对话框中单击 按钮，在弹出菜单中选择"载入纹理"命令，在弹出对话框中选择刚才保存的"写真.psd"，双击后将其打开，如图195-2所示。

图195-1 编辑图像

图195-2 选择纹理

步骤6 返回到对话框中设置"扭曲度"为"8"，"平滑度"为"1"，并选中 反相(I) 复选框，如图195-3所示。

步骤7 单击 确定 按钮返回到编辑窗口中，选择【图像】/【调整】/【自动色阶】命令对图形进行细微调节，最终效果如图195-4所示。

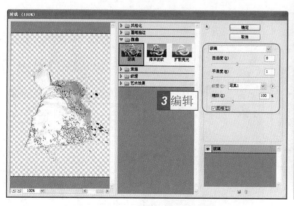

图195-3 设置扭曲效果

图195-4 最终效果

第196例 为照片添加彩虹

素　材：\素材\第10章\彩虹.jpg
源文件：\源文件\第10章\彩虹.psd

知识要点	制作要领
★ "钢笔"工具	★ 绘制图像
★ "应用图像"	★ 设置模糊
命令	

 步骤讲解

步骤1 选择【文件】/【打开】命令，打开光盘中提供的素材文件"彩虹.jpg"。

步骤2 在工具箱中选择"钢笔"工具，在窗口中创建一个弧形的路径，按【Ctrl+Enter】键将路径变换为选区。

步骤3 新建一个图层，设置前景色为"红色"，按【Alt+Delete】键填充颜色，并将选区向上移动，接着依次填充彩虹的颜色，如图196-1所示。

步骤4 选择【滤镜】/【模糊】/【高斯模糊】命令，在弹出的"高斯模糊"对话框的"半径"数值框中输入"4.5"，如图196-2所示。

图196-1 填充颜色

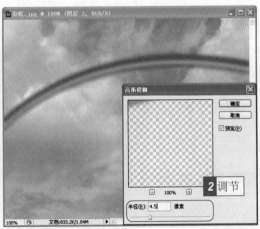

图196-2 设置高斯模糊

一学就会魔法书

步骤5 单击"图层"面板下方的"添加矢量蒙版"按钮 ◻️，选择【图像】/【应用图像】命令，在弹出对话框中保持默认设置不变，单击 确定 按钮，如图196-3所示。

步骤6 返回到编辑窗口中，即可发现绘制的彩虹图像变得非常朦胧，看起来更加真实，如图196-4所示。

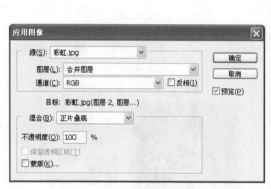

图196-3　应用图像

图196-4　最终效果

第197例　制作年历

素　材：\素材\第10章\年历.jpg、年历1.jpg、
　　　　年历2.jpg
源文件：\源文件\第10章\年历.psd

知识要点　　　　　制作要领

★ "自定形状"工具　　★ 绘制形状

★ "变换"命令　　　　★ 调整图像位置

步骤讲解

步骤1 选择【文件】/【打开】命令，打开光盘中提供的素材文件"年历.jpg"、"年历1.jpg"、"年历2.jpg"。

步骤2 在工具箱中选择"自定形状"工具，在"形状"下拉列表中选择"画框7"选项，如图197-1所示。

步骤3 将鼠标光标移动到窗口的左下角，按住鼠标左键不放绘制一个画框，按【Ctrl+Delete】键将路径变为选区，并使用"绿色（R:152,G:219,B:144）"对选区进行填充。

步骤4 将"年历2.jpg"中的图像移动到"年历.jpg"中，并将图层移动到"画框"图层的下方；按【Ctrl+T】键调节图像大小，并使用"橡皮擦"工具将画框外的图像擦除，如图197-2所示。

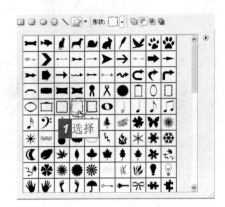

图197-1 打开素材照片　　　　　　图197-2 擦除多余图像

步骤5 将"年历1.jpg"中的图像移动到"年历.jpg"中，修改图层的混合模式为"明度"，在工具箱中"橡皮擦"工具，在"画笔"下拉列表中选择一种模糊笔触，将鼠标光标移动到窗口中对图像的边缘进行擦除，如图197-3所示。

步骤6 在工具箱中选择"自定形状"工具，在"形状"下拉列表中选择"爪印"选项，将鼠标光标移动到窗口的下方，按住鼠标左键不放绘制一个爪印，按【Ctrl+Delete】键将路径变为选区，并使用"绿色（R:195,G:234,B:189）"对选区进行填充，如图197-4所示。

图197-3 编辑年历　　　　　　　图197-4 绘制爪印

第198例 制作光盘封面

素　材: \素材\第10章\光盘.jpg
源文件: \源文件\第10章\光盘.psd

知识要点	制作要领
★ 显示标尺	★ 绘制正圆
★ "描边"命令	★ 编辑选区

 步骤讲解

步骤1 选择【文件】/【新建】命令,在弹出对话框中设置新文档的宽度为500像素,高度为500像素,单击 确定 按钮新建文档。

步骤2 按【Ctrl+R】键显示标尺,将鼠标光标移动到窗口的标尺中,按住鼠标左键不放拖入辅助线;将鼠标光标移动到辅助线的中心位置,按住鼠标左键不放的同时按住【Shift+Ctrl+Alt】键拖动鼠标绘制一个正圆,为正圆填充"白色",并将背景图层删除。

步骤3 将鼠标光标移动到正圆的圆心,按住【Shift+Ctrl+Alt】键在正圆的中心绘制一个同心圆,按【Delete】键将选区删除。

步骤4 按住【Ctrl】键的同时单击图层中的缩位图,在窗口中创建一个选区。新建一个图层,设置前景色为"黑色",并填充选区。

步骤5 选择"图层"面板中最下层的图层,选择【编辑】/【描边】命令,在弹出"描边"对话框的"宽度"文本框中输入"1 px",设置颜色为"黑色",并选中 ◉居中(C)按钮。

步骤6 选择【文件】/【打开】命令,打开光盘中提供的素材文件"光盘.jpg",如图198-1所示。

步骤7 将文档中的图像移动到新建的文档中,按【Ctrl+T】键调整图像的大小,按住【Ctrl】键的同时单击图层2显示选区;回到图层3中,按【Shift+Ctrl+I】键反选选区,并按【Delete】键删除当前选区中的图像,如图198-2所示。

图198-1　打开素材照片

图198-2　删除多余图像

第199例　制作手提袋

　素　材：\素材\第10章\手提袋.jpg
源文件：\源文件\第10章\手提袋.psd

知 识 要 点	制 作 要 领
★ "扭曲"命令	★ 编辑图像
★ "斜面和浮雕"命令	★ 调节图像

　步骤讲解

步骤1　选择【文件】/【新建】命令，在弹出对话框中设置新文档的宽度为500像素，高度为550像素，单击 确定 按钮新建文档。

步骤2　选择【文件】/【打开】命令，打开光盘中提供的素材文件"手提袋.jpg"，并将其中的图像移动到新建文档的左下角。

步骤3　新建一个图层，在工具箱中选择"矩形选框"工具，在图像的右方绘制一个长方形，并为图形填充"白色"。在工具箱中选择"横排文字"工具T，在长方形中输入相应的文本，如图199-1所示。

步骤4　按【Ctrl+T】键自由变换图形，将鼠标光标移动到编辑区中，单击鼠标右键

　一学就会魔法书

在弹出的快捷菜单中选择"扭曲"命令，然后用鼠标调节长方形图形的形态，如图199-2所示。

步骤5 新建一个图层，将图层移动到背景图层的上方，在工具箱中选择"多边形套索"工具 ，将鼠标光标移动到窗口中绘制手提袋的背面，并为其填充"浅灰色"，如图199-3所示。

图199-1　输入文本

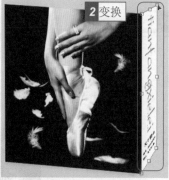
图199-2　调节图形形态

图199-3　添加背景

步骤6 用"矩形选框"工具 框选手提袋的最里层，选择【图像】/【调整】/【亮度/对比度】命令，在弹出对话框中设置"亮度"为"+47"，如图199-4所示。

步骤7 新建一个图层并将其移动到图层的最上方，使用"椭圆选框"工具 在图像中绘制一个椭圆形，并将其填充为"浅灰色"。选择【编辑】/【描边】命令，在弹出对话框的"宽度"文本框中输入"2px"，"颜色"选择"白色"，并将该图形复制3个，如图199-5所示。

步骤8 在工具箱中选择"画笔"工具 ，设置前景色为"白色"，新建一个图层，在手提袋的孔洞上绘制一条曲线，如图199-6所示。

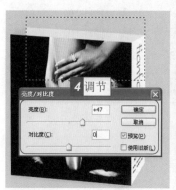
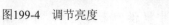
图199-4　调节亮度

图199-5　创建孔洞

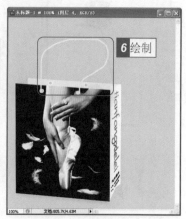
图199-6　绘制曲线

步骤9 在"图层"面板中单击"添加图层样式"按钮 ，在弹出的快捷菜单中

选择"斜面和浮雕"命令，在弹出对话框中直接单击 确定 按钮，如图199-7所示。

步骤10 返回到窗口中，将绘制的曲线复制一个，并将其移动到背景图层的上方，如图199-8所示。

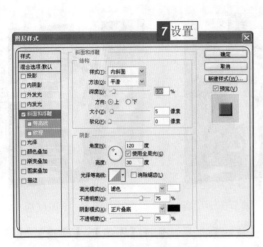

图199-7 添加浮雕效果　　　　　　　　　图199-8 最终效果

第200例　制作精美书签

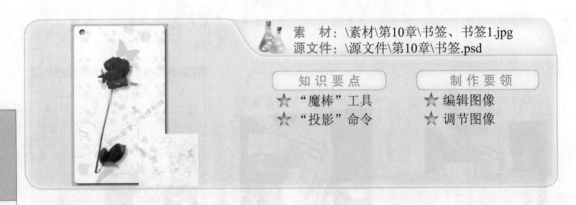

素　材：\素材\第10章\书签、书签1.jpg
源文件：\源文件\第10章\书签.psd

知识要点	制作要领
★ "魔棒"工具	★ 编辑图像
★ "投影"命令	★ 调节图像

步骤1 选择【文件】/【打开】命令，打开光盘中提供的素材文件"书签.jpg"、"书签1.jpg"，如图200-1所示。

一学就会魔法书

步骤2 新建一个"400×520"像素的空白文档，将"书签.jpg"中的图像移动到新建的文档中，按【Ctrl+T】键后将鼠标光标移动到编辑区中单击鼠标右键，在弹出的快捷菜单中选择"旋转90度（顺时针）"选项，如图200-2所示。

图200-1 打开素材照片

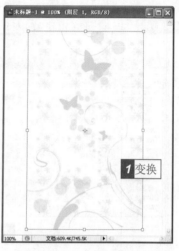

图200-2 旋转图像

步骤3 在工具箱中选择"魔棒"工具，设置"容差"为"10"。选取"书签1.jpg"的背景图像，按【Shift+Ctrl+I】键反选图像，并将其移动到新建的文档中，按【Ctrl+T】键后旋转图像，并输入相应文本，如图200-3所示。

步骤4 设置前景色为"浅红色（R:237,G:189,B:177）"，并使用该色填充背景色。在工具箱中选择"圆角矩形"工具，将鼠标光标移动到图层1中绘制一个圆角矩形，按【Ctrl+Enter】键将路径变为选区，反选图像，按【Delete】键删除选区中的图像，如图200-4所示。

图200-3 移动图像

图200-4 删除图像

步骤5 在工具箱中选择"椭圆选框"工具○，在图层1中图像的左上角绘制一个椭圆形选区，按【Delete】键删除选区。合并背景层上方的所有图层，选择"图层"面板下方的"添加图层样式"按钮 *fx.*，在弹出的快捷菜单中选择"投影"命令，在弹出对话框中按如图200-5所示进行设置。

步骤6 返回到编辑窗口中即可查看书签的最终效果，如图200-6所示。

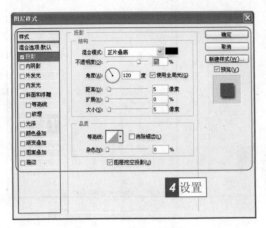

图200-5 设置图层样式

图200-6 最终效果

 过关练习

打开"水.jpg"、"写真1.jpg"、"写真2.jpg"照片（光盘:\素材\第10章\水.jpg、写真1.jpg、写真2.jpg），练习制作水做的裙子效果，如图"练习"所示（光盘:\源文件\第10章\水1.psd）。

提示：

❖ 创建选区。
❖ 存储PSD格式。
❖ 添加玻璃滤镜。

练习

一学就会魔法书